经典印象·小说坊

CLASSIC IMPRESSION

Sakaguchi Ango

# 坂口安吾

# 时钟馆的秘密

Sakaguchi Ango
Ango's Tome of Criminal Profiles II

杨明绮——译

浙江文艺出版社
Zhejiang Literature & Art Publishing House

# 目录

# 时钟馆的秘密

有人天生命苦，青年武士梶原正二郎就是如此。那年他二十二岁，送亡父遗体至火葬场的那天晚上，有人来敲门："晚上好，有人在吗？我要进来了！"

敲门声达两分钟之久，之后七八个人蜂拥而入。还来不及招呼，只见一伙人迫不及待地冲进屋内，大喊："我们是来给死者上香的！死者在哪儿？"

仿佛在和死者玩捉迷藏似的。只见一伙人一屁股坐在佛龛前。

"原来就是这块白木牌位啊！看来老爷已登西方极乐，回归尘土，实在是可喜可贺！拿酒来！”

真是一群叫人伤脑筋的家伙。这些人看来都是年纪和正二郎相仿的毛头小子，说穿了就是所谓“愚连队”①。带头的是个名叫望月龙太郎（彦太）的粗暴男子，名义上他是正二郎父亲的手下之一，不过正二郎的父亲在这个帮派里只是徒有大哥的虚名，实际上却怕东怕西，尤其怕望月彦太这个狠角色。这群人之所以不在亲友聚集的守灵夜上香，而是待丧礼完后跑来，其实是假借向亡者致意之名，行饮酒作乐之实。留下来的少数亲戚看到这一幕，纷纷飞也似的逃离，只留下正二郎和妻子久美。

正二郎比起他胆小的父亲，是有过之而无不及，从小屡遭同侪欺负，遇事就躲躲藏藏，是个无反击之力的可怜虫。因此面对这群闯进自己家的人，正二郎像是被毒蛇缠身般束手无策，只能按照他们的吩咐拿出酒来。这些人连续四天四夜，白天蒙头大睡，晚上醒来便喝酒、赌博。直到第五天早上，另几个“愚连队”的成员慌慌张张奔至正二郎家。

“我们找你们找得好辛苦啊！现在可不是鬼混的时候！战事②马上就要爆发啦！大家决定固守在上野的宽永寺，让那些家

① “愚连队”，日本明治初期开始出现的暴力青年族群，通常在大城市的繁华地带拉帮结派，第二次世界大战时成为日本社会不良青年的代名词。

② 战事，指日本倒幕运动中的戊辰战争。1868 年在鸟羽伏见之战中战败的幕府军一路北逃，同年 5 月交出江户城，11 月东北地区幕府军投降，次年 6 月，明治天皇攻下幕府的最后据点——北海道函馆市。

伙见识一下我们幕府武士的本事!”

“有意思!我们厌倦了这种混吃混喝的日子!正二郎,这段时间多亏你照顾了,教你一些好玩的,走吧!”

江户城无血开城,四处贴着警戒告示。正二郎虽然不想违背告示去打仗,但面对这群人的威逼利诱,一时也不好回绝。恰巧久美怀胎八月,又刚办完父亲的丧礼,怀有身孕的妇道人家根本无法一个人面对这么多事。只见正二郎怯怯地说:

“可是我老婆怀胎八月……”

听到他这么说,大伙随即怒斥:

“混蛋!你听过哪个武士等老婆生完才打仗?你这个没用的胆小鬼!”

结果正二郎根本来不及向妻子交代,便茫茫然跟着大伙儿驻守宽永寺。

虽然不幸战败,但加上正二郎共十三人的部队,无人负伤,因为全是脑子灵活的家伙,将战事视为儿戏的他们毫无勇气可言,只是觉得将其当作一趟旅行也不错。于是一伙人逃离江户,经由中山道往奥州①。这帮人一路上吹嘘他们的英勇事迹,到处白吃白喝、游山玩水,从二本松经由仙台,最后逃至北海道对岸的盐灶一带。这一路上各路诸侯中有些已早就不忠于幕府也说不

① 奥州,古地名,今日本本州岛的东北一带。

定，因此对外夸称豪杰，实为败兵的他们哪天会遭逮捕也未可知。没脸回江户的这一伙人决定逃至北海道的松前落脚，问题是因为害怕和他们扯上关系，所以没有船家肯为他们掌舵，根本没办法出航。所以这一个月来，这伙人只好在盐灶的妓院四处流连，等待前往松前的客船。等着等着，渐渐失去耐性，管他被逮捕、杀害还是任人宰割都无所谓了。这些人变得自暴自弃，甚至有人想挥刀自尽，就这样过着随时准备赴死的萎靡生活。即使被妓院视为瘟神，他们也不在意，行为越发放纵堕落，整日泡在酒缸里。而常被大家派去讨酒的倒霉鬼就是正二郎，他去酒店讨酒要是碰了钉子，同行的伙伴就会挥刀要挟店家，迫使对方就范。

于是，他们成了盐灶一带人见人厌的恶棍。只要鼬鼠组一出现，街上店家就纷纷关门，路上也霎时净空。鼬鼠组是这帮人的称号；在家乡江户时，他们自称河童队，但来到奥州，这称呼就变得有些微妙，因为河童的神力在北边吃不开；愈往南方，河童的神力愈大，九州岛一带甚至传说如孙悟空般厉害，但中国①、近畿和中部等地以北，河童的神力甚至不如猪八戒；关东一带评价更低，到了奥州，河童完全失了神力。在奥州，人们认为河童只是水中椿象或龙虱那样，在水里嗡嗡浮游的昆虫，是一种如此可悲的生物。当这伙人知道河童的神力居然在北边吃不开时，他

① 中国，日本中西部的一块区域，包括鸟取、岛根、冈山、广岛、山口等五个县。

们体会到人世无常之理，若要再往北逃，这名字非改不可，于是更名为鼬鼠组。反正不管怎么改，充其量只是一群夹着尾巴逃窜的无赖之徒。

每次被派去讨酒的正二郎最喜欢去的就是一间专门生产清酒的酒店“松岚”，因为只有这间店的老板同情正二郎的处境，不会将他和那帮人视为一类，还常常安慰、鼓励他。老板的独生女阿米对正二郎另眼相待，店家夫妇似乎也赞成他们交往，这至少能宽慰正二郎的满腹愁绪。

受不了鼬鼠组恶行恶状的镇民聚集商谈对策。镇上船家中最有胆识的“一力丸”号船主兵头一力，自愿担此大任，出船将鼬鼠组一伙人送往松前，且唯恐在海上出了什么事，他决定亲自掌舵。确定出发日后，正二郎前往“松岚”辞行，感谢店主长久以来的照顾，只见阿米拼命使眼色催促二老，清作老板这才下了决心地说：

“就算一直逃，逃到最北边，逃得了一时，也逃不了一世。不如离开那些家伙，在这里定居下来如何？若有此意，我想招你为婿。”

正二郎认真思量后，心想事到如今也没脸回江户，但继续和鼬鼠组那帮人鬼混，也是四处白吃白喝、巧取豪夺，过着终日喝闷酒、违背良心的日子，到头来肯定客死异乡，横尸街头。不想落得如此悲惨的他，虽然觉得把久美一个人留在江户实在过意不去，无奈现况如此，况且敌军压境，也不知久美现在是死是活。正二郎想到这里，便觉得清作说的是件天大的好事，没想到有如此天大的好运降临，还是好好想个脱离鼬鼠组的借口为妙。

可是生性懦弱的正二郎连想个借口的胆子都没有。直到上了船，船都开出去一段了，他拼命思索，突然心生一计。

“呜呜呜……”

只见他抱着肚子，一脸痛苦。像他如此胆小懦弱的男人，老天爷居然也赐给他一项特长，那就是假装腹痛，还真的一副痛得要死的模样。

一力了解正二郎的人品和鼬鼠组那些人不同。也许这模样是装出来的，但为了他好，一力打算帮他一把，助他离开这群狐朋狗友。

“放着不管也许会出人命。趁现在没开远，还是赶快让他下船比较好。到岸边有人家的地方放下他，也好找人照看一下。”

鼬鼠组的成员也觉得像他这么没用的家伙，只会成为大家的绊脚石，还是早点踢掉的好。

“好吧！就照你说的，也不用找户人家，靠岸找根松树扔下他就行了！”

于是船在瑞严寺附近靠岸，一力拜托松岛当地的渔夫之后，一行人便留下正二郎，随即离去。正二郎就这样顺利脱离鼬鼠组，立即赶回盐灶，成了酒店的赘婿。

* * *

没想到入赘一事，和正二郎当初想象的差了十万八千里。没了鼬鼠组做后盾，这家人待他的态度完全变了样。若是待他像个下等武士倒还好，简直是拿他当下人使唤，而且是不支薪的，连真正的下人都不如，毫无怜恤之情。

正二郎渐渐明了当初他们殷勤要他入赘的理由，因为阿米是个出了名的浪荡女，生下三个不知生父是谁的孩子，也都送人了。这一带当然没人敢娶。

此外，清作对女儿阿米的态度也很冷淡，他一直怀疑阿米不是自己亲生的，因为母亲阿源和女儿一样，也是个淫妇。谣传她与清作结婚后不久，便和名叫专信的俊美僧侣暗通款曲，生下阿米，所以她长得一点也不像丑男清作，五官轮廓神似专信。从此，夫妻俩渐行渐远，清作开始流连声色场所，阿源的淫乱也成了邻里茶余饭后的话题。在如此家庭长大的阿米会如此行为放荡也是理所当然。不过身为一家之主的清作居然能忍受这一切，还真是不可思议。像恶鬼一样的人竟然能忍着几十年的怒气，发怒不一定是恶鬼的行为。

正二郎成为赘婿后，清作便露出恶鬼本性。之前勉强还算是个家，阿源和阿米好歹也是妻女，但自从正二郎来了之后就变了。因为对清作而言，正二郎夫妇形同外人，加上阿源不守妇道，搞得家不像家，充其量只是间工厂罢了。正二郎是家中长工，为清作卖命却拿不到一毛钱，全进了清作的口袋。清作不但在外金屋藏娇，年轻小老婆还怀了他的种，甚至谣传他写好遗嘱，死后财产全归小老婆。

照理来说，同是被清作不当家人来看的三人应该更加团结才是，但却事与愿违。好像是家庭不和的原因都出自正二郎般，阿源母女对正二郎的态度愈来愈恶劣，拿他当外人，不，简直拿他当下人看。当老婆和岳母大啖生鱼片、天妇罗等各种美食时，正二郎只能吃些炖煮沙丁鱼或晒干的鱼片充饥。正二郎一大清早就得起来，阿源、阿米母女便指使他做这做那，自己却蒙头大睡。

这时，有个名叫松川花亭的女里女气的年轻旅行画家落脚在这恶魔之家。这个画家以前似乎就在这个家里住过，只见阿米简直像是迎接归来丈夫般殷勤接待他。从那天起，花亭俨然成了当家男主人，与阿源、阿米母女同桌用餐，可怜的正二郎从此被赶到厨房和仆役们用餐。阿米甚至没向花亭提起正二郎的身份，摆明他在家里的地位比自己的丈夫更高。至于阿源，也常和一个名叫宫吉的船老大厮混。清作虽然偶尔白天会回来，晚上却几乎都睡在小老婆那儿。

后来清作又在外头养了第二个小老婆，而且街头巷尾都在传这个小老婆也怀了清作的骨肉。

那天，清作在一号小老婆家睡到很晚。每餐必喝酒的清作那天早上也和小老婆喝了点酒，没想到餐后觉得不舒服，连医生赶来也没法子救，人就这样猝死了。因为死因离奇，警方鉴识过酒和食物后，并未发现任何奇怪之处。但喂给狗吃，三只狗全都身子摇晃，痛苦不堪，不一会儿便暴毙。虽然不知是哪种食物出问题，但某道菜里八成遭人下了毒，毕竟死状不太寻常，都是全身麻痹，鼻水、口水横流，突然断气。

奥州当地没有吃河豚的习惯，但要是以为当地不产这珍馐，可就大错特错了。比起日本南部的下关和福冈一带的海域，奥州所在的三陆海域的河豚数量更丰渥。尽管，当地没有食用河豚料理的习惯，但对渔夫而言，大海无边境，常吃河豚的土佐、五岛一带可以从海上直达三陆海域。坊间谣传与其听医师判断，不如信这些见多识广的渔夫所言，清作肯定是中了河豚剧毒。虽然当天菜肴里没有河豚料理，但警方从垃圾堆中搜出的河豚是令人无法辩驳的证据，于是一号小老婆遭警方逮捕。虽然依照遗嘱，她可以获得所有遗产，但难保二号小老婆怀孕后清作改了遗嘱内容，足见她有犯罪动机。即便一号小老婆拼命喊冤，却一点也没用，还是被判了死刑。直到行刑前，她还是疯狂哭泣喊冤，直嚷着凶手是阿源、阿米这对狠毒母女。

街坊邻居都认为是一号小老婆下的毒手，自然毫不同情她的遭遇。当地人都晓得吃河豚会丧命，根本不会拿它当食物，就连渔夫捕获后故意丢在岸边，也不会有人捡拾。就连小孩也知道河豚的毒性，连看都不看一眼。

不过正二郎却知道一件更恐怖的事，那就是案发前夜，他目击阿源的情夫宫吉拎了尾大河豚回来，蹲在井边宰杀。当时江户出身的正二郎不晓得河豚有毒，后来听到传言，才怀疑自己那日所见并不寻常。

“也许哪天我也会被灭口。”

正二郎愈想愈害怕，浑身发颤，从此更小心自己的言谈举止，生怕有个万一。总觉得不能再这样下去的他征求阿米和阿源的同意后，前去拜访“一力丸”号船老大。

“每天浑浑噩噩过日子也不是办法，能否让我跟着您跑船？”

曾助正二郎一臂之力的船老大一直以来都对他多有照拂，明白他的处境，感叹地说：

“这样啊！男子汉大丈夫，的确不能再委身那种人家。好吧！我愿意助你一臂之力。堂堂武士之后，落难至奥州，受泼妇虐待，也真够凄惨了。不过以你的条件实在不适合当渔夫。这样好了，我借你一艘船，让你送货营生。”

正二郎去自己参加的互助会借钱，没想到只交了一次会费的他借到了一大笔钱。于是他偷偷买了一点米，用船载送至东京。碰巧那年全国大歉收，米价飙涨，唯独北上平野一带丰收，米价还算便宜。原本奥州一带就常闹水患、霜害，只有北上平野一带自古以来就是不太闹水患的谷仓地带。伊达政宗①早就着眼于此，保留这块地为直属辖地，不分封给家臣，因此年年都能丰收而后运往江户卖钱。明治维新后时局混乱，一力早就注意到这门生意，颇为同情正二郎遭遇的他慷慨让出一部分利益。

那年是特殊的一年，只运了一艘米船的正二郎净赚不少，于是他用积蓄以迅雷不及掩耳的速度，接连买下第二、第三、第四艘船，财力足以媲美纪伊国屋文左卫门②，才半年就积累了一大笔财富。一力亦如自己成功般，欣喜地说：

“我说平井先生，你一个人这样拼命赚钱，肯定会被那两个泼妇抢去，况且继续待在那个家，对你只有坏处，没有好处。现在东京很流行开公司，我们要不要合作一下啊？我当总经理，你当副总经理。我留在这里调度物资运往东京，你去东京担任分店店长。反正继续待在这里，注定翻不了身。”

正二郎入赘后，改姓平井。对于一力的襄助，正二郎感动莫名，狂喜不已。虽然靠运送物资迅速累积了不少财富，但清作的悲惨下场始终烙印在正二郎的脑海里。在昏暗井边杀鱼的宫吉的身影，还有那个带着毒鱼偷偷潜入一号小老婆家的怪人的身影，

---

① 伊达政宗，日本战国末期的武将，心机深沉，政治眼光卓越。丰臣秀吉去世后，他辅佐德川家康灭绝丰臣遗孤，建立了绵延三百年的德川幕府，领有日本东北地方的仙台地区。

② 纪伊国屋文左卫门（1669？—1734），传闻中江户中期的富商，后逐渐成为大商人的代名词。

既像是阿米，又像是阿源、花亭。他无法停止想象哪天有人企图谋害他，只要待在盐灶一天，他就连觉也睡不安稳，所以一离开后，喜悦与勇气促使他将生意经营得更有声有色。

于是，两人以发迹地为名，成立“松岛物产公司”，由正二郎任副总经理，兼任东京分公司社长。思虑缜密的正二郎虽然不适合当武士，却是个经商人才。他就像一力的贤内助，仔细观察各地形势、人脉动向与市场行情波动等，是一力最得力的军师与伙伴，生意昌隆，累积了不少财富。随着局势更迭，正二郎居然也成了追求流行的时尚家，聘请一流西方建筑师盖了一栋东京数一数二的西式豪宅。因为屋檐上有座钟楼，所以人们称其为时钟馆，加上他出入皆由马车代步，宛如不可一世的达官贵人。

*　*　*

虽然他曾打探久美的下落，却没任何结果。正二郎之所以不再续弦，也是对女人有些畏惧，怕与女人有所牵扯。熟悉生财之道，也慢慢习惯社交生活的他始终无法克服自己畏惧女人的弱点，或许正因如此，才让他在事业方面格外出色。

迁入新宅后，他才开始向往有女人陪伴的生活，毕竟样样不缺的他只欠女人，结过两次婚的正二郎居然认为女人是个未知的世界，让他既期待又怕受伤害。

某天，招待客人的酒馆老板娘偷偷拦住正二郎：

“老爷，您是不是很中意我们家叫驹千代的艺伎呀？她刚踏入这行，所以没什么固定客人。她是个性极好，却无依无靠的女孩，应该不会给老爷您添麻烦才是。”

不知是否正二郎的心思全写在脸上，老板娘这番话还真是一语中的。自从正二郎在宴会上看到驹千代那温柔华美的身影，便深深着迷。人生就是这般妙不可言，如此顺水推舟下，老板娘向驹千代确定心意。“老爷是个沉稳的人，一定会好好待我。”她毫不犹豫地答应，促成这件美事。老板娘趁热打铁，为驹千代安排了一处妾宅，还特地给驹千代找了个人做伴，就是以前当过艺伎，现在在小酒馆当女侍，一样也是孤苦无依的阿龙婆婆。

“你的工作不是服侍阿驹，你的主子和阿驹一样是老爷，所以你们都要忠于主子，那样你们一辈子就都有依靠了。”

老板娘当着正二郎的面，恳切叮嘱，另外还嘱咐正二郎要经常光顾，不要让妾宅成为死水一潭。另外还派了个小女佣，就这样，正二郎终于有个能够抚慰心灵的妾宅。

妾宅的女主人驹千代是个温柔亲切又可爱的女子，和正二郎过着只羡鸳鸯不羡仙的幸福日子。如梦般的生活让正二郎欢喜，不知女人味的中年男人一旦沉迷女色就没出息，喝酒也喝得有滋有味，加上曾当过艺伎的阿龙也能陪着喝上几杯，所以用餐时间总是十分愉快。正二郎根本舍不得离开，决定退掉妾宅，要她们悄悄迁居时钟馆。

那是发生在某日晚上的事。正二郎突然听到枕边人驹千代说：

“其实我母亲还在世……”

其实也没什么缘由，驹千代只是一时想起，随口迸出这句话。或许是命运弄人，也或许是正二郎的体贴渐渐打破筑在两人之间的心墙。

“你不是说自己无依无靠，原来你母亲还在世啊！为何不早说呢？”

“因为我出身贫寒。”

“之所以会将女儿送去当艺伎，想必是因为生活清苦。我能理解，你就放心说给我听吧！能帮的我会帮。”

“是，虽然她现在双目失明，不过我母亲可是出身武士家。”

“哦？我也是身份较低的武士之后。你母亲应该有个姓氏吧？”

“她随夫姓，姓梶原。”

若非四周昏暗，驹千代肯定会看到正二郎那备受冲击的惨白面色。现在的他眼前一片昏暗。难道这是老天爷的恶作剧？深爱的驹千代竟然是自己的女儿？面对正二郎的沉默以对，驹千代着实纳闷。

“您听过梶原这家族吗？怎么全身颤抖呢？”

“没什么，只是有认识的人也姓梶原，该不会和你母亲有亲戚关系吧？”

“我不是梶原武士之后，我姐姐才是。听说母亲的前夫死于宽永寺一役，我的父亲叫望月彦太。”

“望月彦太！”

“您认识吗？”

“只是听过这名字而已。”

“这样啊！他是家人眼中的麻烦鬼，我听到的都是恶名昭彰之事，也没见过他。母亲都是因为他，才会那么不幸。每次看到她哭泣，做女儿的就好心酸。我出生后不久，父亲便抛家弃子，母亲辛苦抚养我们长大，才会累到双目失明。”

“你母亲现在住哪儿？”

“四谷鲛河桥的贫民窟，和一个同样双目失明的男人在一起，还有五个年幼的孩子嗷嗷待哺，靠那个男人做按摩师日子勉强过得去。”

“你说你有个姐姐，那她现在如何？”

“也住在鲛河桥那边，且和继父与前妻所生的孩子成婚。姐夫靠拉车维生，是个酗酒、赌博样样来的烂男人，姐姐真的好可怜！我之所以做这行，也是被姐夫卖掉的。虽然姐姐为了我想尽办法阻止，但继续待在家里也不是办法，倒不如出来当艺伎。姐姐还叫我用卖身钱断了这一切，从此忘了她和母亲，别再想起那个悲惨家庭。”

驹千代想起姐姐的深情厚谊便心痛不已，肩膀不住颤抖。

看来驹千代的母亲就是久美吧！而她姐姐就是当年正二郎离家时，久美肚里的小孩。这么说来，驹千代的父亲就是鼬鼠组的老大望月彦太！什么自己死于宽永寺一役，八成也是从松前逃回来的彦太胡诌的。

正二郎庆幸驹千代不是自己的亲生骨肉，但命运之神还是没放过他。没想到是从心爱的女人口中得知久美的下落，而且她还是久美的女儿！双目失明的久美和一样也是盲眼的男人住在鲛河桥，还有五个年幼的孩子要抚养，自己的亲生女儿又嫁了个不成材的丈夫。

东京有不少贫民窟，有三处最具代表性，分别是下谷万年町、芝新网和人口最稠密的鲛河桥。鲛河桥比万年町、芝新网一带更落后，房租也最便宜，平均每月只要三十八钱。贫民窟的房租是以日计价，一天只要付个一钱三厘，可是大部分居民却连这点钱也拿不出来。对许多贫民窟孩子而言，那里是个让他们早日体会现实残酷人生的地方。穷到谷底的生活，到处都是乞丐和吃闲饭混日子的家伙，每天就是这样上演着赤裸裸的悲惨现实。不管彼此有无关系，这些又穷又懒惰的人，就像金鱼粪便般纠成一团混日子。

明治二十年（1887 年）前后的每日平均工资，像是木匠、泥水匠、石匠约二十二三钱，造船工、染坊师傅则是十七钱，榻榻米师傅和裱糊匠约二十一钱，工资最高的是西服裁缝，一天四十钱（裁制和服师傅则为十九钱）。夫妇加一名小孩的平均生活费为米一升十钱、柴炭费一钱、饭钱两钱五厘、房租一钱五厘、灯油费五厘、布料一匹一钱五厘，所以最低也得花上十七钱；再加上酒钱和烟钱，要超过二十钱。虽说这是三口之家的最低生活费，但若遇着下雨天无法工作，实在闷得慌。俗话说："大雨下十天，饿死一家子。"这堪称当时贫民的真实生活写照。好一点的剩饭一百二十泉①一钱，烧焦的也要一百七十泉一钱，剩菜一人一餐的量一厘，剩汤同上二厘，平均一人吃喝得花上六钱，倘若遇上雨天，可能连残羹剩饭也吃不起。

杂耍艺人、人力车车夫、化缘和尚和临时工之类，生活更是清苦，偏偏贫民窟里多是住着这种人，自然成为犯罪与传染病的温床。

记得笔者念中学时，这些贫民窟还在，直到大地震发生才完全消失。战时，小餐馆前常见被炸得只剩一只手的男人排队要饭，那个男人说他以前曾在深川贫民窟卖蛤仔，所以十分清楚这些最底层的日本人如何度日。早上煮豆子配点咸菜和味噌汤，午餐则是晒干的鱼片之类，晚膳再配点腌青鱼子。那个男人还向笔者抱怨，到了战时，不少人甚至连这些最起码的吃食都没有。原

① 泉，重量单位，约3.75克。

来战时大半日本人的饮食生活比贫民窟还差，不过当时生活在贫民窟的人们，一个月有一半的日子连买这些食物的钱也没有。

正二郎心中有些感慨。面对有个盲眼丈夫，还有五个年幼孩子要养的久美，正二郎实在不知该如何开口相认，搞不好只会让她更痛苦罢了。看来还是当作自己已不在人世比较好，于是他对驹千代说：

“原来如此，你母亲和姐姐还真是辛苦啊！可是有个嗜钱如命的恶姐夫在，只怕我出手援助反而给彼此带来麻烦。你姐姐之所以要你忘了她们，就是这缘故吧！让我好好想想要怎么帮忙，你就别太挂念家里的事。”

“其实我也是这么想。之所以向您提起，倒不是想着母亲和姐姐过得如何，只是想起姐姐也曾恳切叮嘱老板娘，千万别让我和姐夫碰面，免得横生枝节。我想老板娘之所以找阿龙婆婆陪着我，也是顾虑此事，避免因为我的关系给老爷添麻烦，所以要她跟着过来，看紧一切。”

看来驹千代已有相当觉悟，正二郎无须担心。无奈世事难料，不可能尽如己意。

* * *

阿源和阿米前来投靠正二郎。她们听信船老大宫吉的花言巧语，偷偷将家里财产全拿去投资宫吉的造船业，结果被骗个精光。宫吉还撂下一句："你不是有个在东京的有钱女婿吗？损失这么一点钱根本不算什么。你们只要去趟东京，保证荣华富贵享不尽。"

母女俩虽然拿宫吉没辙，但在正二郎面前却耀武扬威。正二郎想安排她们住在别处，却遭拒绝。

"这里可是我们的家！再说了，我们才是你的原配和岳母！"

母女态度十分强硬，正二郎提出先安排她们在附近旅馆住个两三天，但她们强调时钟馆才是她们的家，一点儿也不肯让步。

宅邸内隔着庭院的另一头，还有一幢一样气派的洋房，那是正二郎为了一力来东京时，特地精心准备的歇息处。两个恶女人却看上了那幢别馆。

"这样好了。为了不打扰你，我们去住那里好了。"

正二郎一听到这要求，如五雷轰顶般震怒。

"你们这两个不要脸的女人！能住那幢房子的人，只有我的大恩人兵头一力，那是为了报答他的再造之恩特地准备的。要是你们敢踏入一步，休怪我把你们碎尸万段！"

母女俩脸色微愠。正二郎只有借兵头一力之名，才能病猫变猛虎，振振有词，毕竟兵头是他的大恩人。不过，他到现在都不敢提驹千代的名字，更别说其他事。看来只有兵头一力这名字才能让他病猫发威，气势百倍。

"是吗？我们哪知道那房子对你如此重要啊！总之，这里是我们的家，我们就不客气地自己挑房间了。”

这番话无非是回敬刚才正二郎怒斥她们，因为这两个坏女人早就将正二郎的性子摸得一清二楚。只见她们斜睨着不知该如何回嘴的正二郎，一边奸笑，一边擅自决定自己的房间。

三天，五天，十天过去了，看来像是事先计划好似的，松川花亭借口来拜访母女俩，顺理成章地住下。阿源、阿米对刚从公司回来的正二郎说：

“有客人来找我们，就留他住下了。这事和你没关系，他是我们的客人。”

母女俩一副不容许反驳的嚣张口气，她们口中的客人就是松川花亭。事到如今，发怒不是办法，得设法将这伙人撵出去。焦虑的正二郎不停思索起来。

其实最令他不安的，就是在昏暗的井边宰杀河豚的宫吉的身影，还有带着河豚鱼肉偷偷潜入清作一号小老婆家的那个鬼祟身影。那般鬼祟模样肯定是这三人其中一人，不，应该说这三人根本是一伙的。如今的正二郎是个百万富豪，比起惨死的清作更受人觊觎。一想到此，正二郎更觉得必须先下手为强，却还是苦思无方。就算先立好身殁后财产全归驹千代所有的遗嘱，也难以抹去他心中的不安。

这时，来到东京的一力从正二郎口中得知此事。

“有这种事？交给我处理，你别担心。”

一力和恶母女见面，怒斥她们立刻滚出去。

“搞清楚！我们才是名正言顺的妻子和岳母！恕我不客气，我们可和那艺伎出身的小老婆不同，为了她，竟然要将我们赶出门，天下还有公理可言吗？有种我们法庭见，争个是非黑白！”

虽然一力是个胆大刚强的堂堂男子汉，但还是顾虑面子，官司一途终究是下下之策。他转念一想，这里不是扔下一句“法庭见就法庭见！混蛋”就能了事的，一时也无法理直气壮地顶回去。堂堂男子汉一力也无言以对。

连最后的救命稻草一力也被那两个恶女人说得哑口无言，正二郎听闻，更加颓丧、烦恼。

此时，阿龙婆婆悄悄向正二郎进言：

“老爷，别怪我多事。见你如此烦恼，我已经请教过律师，有个方法能将那些恶人撵走。老爷和恶婆娘结婚前，不是还有个名叫久美的原配吗？同为武士之后的你们才是法定夫妻。要是把久美夫人迎回来，不就可以将阿源、阿米那些人给撵出去了吗？虽然老爷和久美夫人都犯了重婚罪，但那时正值明治维新纷乱之际，夫妻分离、生死不明也是情非得已，相信法官大人应该能体谅。虽然娶了久美夫人的女儿为妾的确不妥，但终究母女情深，只要私下好好商谈，一定能圆满解决，不会影响您的名声。一想到阿源、阿米这对令人厌恶的母女，凡事都得忍下来。”

真是恳切至极的忠告，说得一点也没错。真正的原配并非阿米，而是久美。虽然事到如今才将真相告诉驹千代，实在很残忍，但这对恶母女的出现更让驹千代悲痛。就算知道母亲原来是正二郎的发妻，善解人意的驹千代也会说服母亲助正二郎一臂之力。于是正二郎决定向驹千代坦白一切。

“我已经有你，也知道久美跟了别人，这也是天意。我本来打算佯装不知，和你厮守一生，偏偏那对母女出现。虽然这么做对你我都不好过，但比起让她们继续待在这里，找个解决办法总是比较好，所以我决定先将久美与其女儿阿园接来住，然后正式状告阿米与阿源。”

正二郎不知该以何种心情面对未曾谋面的阿园，更觉得愧对久美，内心痛苦万分。总之，造成这一切的原因，都在胆小懦弱的自己身上。

这突如其来的意外让驹千代错愕不已，但她也明白这一切不是谁计划好了的，而是命运之神在不知不觉间让母亲的前夫与自己相遇相恋。但这算是乱伦吗？只能说是命运弄人。相信正二郎也和自己一样，不觉得两人之间的感情是邪恶、污秽的。

“要是母亲她们过来的话，我该怎么办？”

驹千代很想这么问，却没有勇气开口。即使不觉得愧对天地，却畏惧世俗的眼光。母亲会再次成为正二郎的正妻吗？那我又该如何是好？世人一定无法理解如此复杂的关系，我该如何自处？正二郎、母亲和阿园也许能尽释前嫌，合家团圆，但我呢？

难道天地之大，竟没有我的容身之处？

尽管内心像被撕碎般痛楚，驹千代却只能勉强吐出一句话。

“母亲和姐姐能搬过来住，真是太好了。她们含辛茹苦地养育我，只要大家能住在一起，再怎么辛苦我都能忍受。”

驹千代露出如花般灿烂的笑容，好像从来没有这么高兴过的样子。

*　*　*

阿龙婆婆有个艺伎朋友在新宿大木户附近一户人家帮佣。正二郎和阿龙先去她那儿歇脚整顿。

“事情是这样的，我们受邀去大久保参加友人家的化装舞会，对方请我们乔装成乞丐夫妇出席，在家穿成那样出门会让老爷丢人现眼。所以想借你这里换装，给你添麻烦了，不好意思。”

巧妙地瞒过朋友后，两人乔装成乞丐。虽然无法证明住在鲛河桥的盲女就是久美，不过对方名叫梶原久美，应该错不了。只是阿园那个拉车的丈夫是个坏家伙，久美的那个按摩师丈夫也一样不好摆平。总之，得先绕过这两人单独约久美和阿园出来见面，听听她们的难处，再看看如何请她们帮忙。乔装成乞丐夫妇的两人躲在看得到车夫上工的地方，斟酌情形后才走进贫民窟。

这里是由谷町一丁目、谷町二丁目、元鲛河桥和鲛河桥南町等四个町组成，位于地势稍高的丘陵下，弥漫着山谷特有的潮湿阴气。贫民窟里的小孩特别多，四周传来各种嘈杂声，空气中不但飘散着臭水沟味，还混着甜味、烧焦味、霉味与难闻的小便味，那味道简直难以形容。陌生人在这里被视为闯入者，每个人都盯着你瞧，却又不理睬。家家户户的外观都一样，连室内陈设也是千篇一律，摆着垒起来当饭桌用的纸箱。每家晒的衣物都一样破烂，根本分辨不出究竟是尿布还是衬衫。走在每一条巷弄都得避免被晒洗衣物滴下的水给弄湿，巷道一隅种植着牵牛花、向日葵。每户人家都没有门牌，因为会来这里的只有巡警和讨债的，都是些令人避之唯恐不及的人物，所以挂上门牌只会自找麻烦。

虽然向驹千代问了大致位置，但两人面对这片陌生地还是搞不清楚方向。

“梶原太太住哪儿啊？”

无论是问小孩还是大人，都响应：“不知道。”

“有一对盲眼老夫妇，他们有个拉人力车的儿子，住在哪儿啊？”机灵的阿龙婆婆改口这么问，立刻得到答案。

她先装作若无其事地走过去探看，幸好贫民窟里的人家习惯敞开大门，所以屋内情形瞧得一清二楚。说的也是，住贫民窟的人，哪个有钱糊纸拉门呢？两人走过门前一两趟后，确定盲人按摩师和车夫女婿都不在，屋内传来年幼孩子的哭声。

阿龙敲门探问，才发现屋内还有看不见的死角。“来啰！谁呀？”一个面容憔悴的女人从后面厨房来应门。仔细一瞧，还蛮年轻的，却和驹千代长得一点也不像。虽然看上去聪慧美丽，但也许是因为终日操劳的关系，让她看上去比实际年龄老了八九岁。当然，两人还是担心麻烦人物突然出现。

“请问盲人按摩师和他儿子是住这里吗？”

“是啊！不过他们都出去了。”

阿龙听到后稍稍安心，低声说道：“别看我扮成这样，其实是受人之托。他叫梶原正二郎，是武士的后代，能否请你和令堂随我去个地方，千万别让别人知道。”

女人脸庞蒙上一层与其说是感动，不如说是诧异的阴郁神色，默默走向屋内阴暗处，她那双目失明的母亲就坐在那儿。两人悄声交谈一阵，交代邻居婆婆后，便跟随两人离去。正二郎他们带着母女俩来到大木户，两人褪去抹在身上的泥炭，换上干净的衣物，正二郎娓娓道出从宽永寺一役后历经的所有事。

“以前的事，我全忘了。”

听完正二郎的陈述，久美无动于衷，毫无怀念之情，只是不停嚅动缺了牙的嘴，像在喃喃自语。

“我会付给那对父子足够的报酬，待法院裁定后，就会收养那五个孩子，好好抚养他们长大。但在那之前请你们务必保密，别让他们知道。可以请你们现在随我回去吗？”

“你是谁啊？以前的事我全忘了。”

“我是阿园的父亲，梶原正二郎啊！”

久美噤声不语。相较于执拗的母亲，年轻的阿园较能冷静思考。她意外地发现，与其说是不思念父亲，反倒说是对这个生父没有任何感情。倒是对于和自己同母异父的驹千代居然和生父扯上关系一事，既惊讶也不谅解，而是宛如脸上被泼了一盆脏血般嫌弃。

“总之，先让我们和驹千代见个面。妈，你说是吧？”

面无表情的久美没有响应。正二郎叫了辆人力车，准备带两人回府，没想到车夫居然是阿园丈夫八十吉的好友兼赌友。阿园没见过他，但这男人曾在街上看到过阿园和替人按摩的久美。

在家里等待的驹千代欣喜地迎接母亲和姐姐到来，带她们到自己的房间，欢喜地聊着。正二郎费了番工夫才将母女俩带来，看样子当说客这事还是先交给驹千代处理比较好，自己则和一力庆祝第一阶段计划顺利成功，也唤了阿龙过来，一起小酌几杯。一力听完事情经过后，感慨万千地说：

“唉，也难怪她会说过去的事全忘了。看来心里的伤痛一时难以平复吧。也许她很憧憬穷人摇身一变成为有钱人，但偏偏自己跌入人生谷底时，二十年前不告而别的丈夫却成了富豪，叫她情何以堪。比起早已缘尽的有钱前夫，不如珍惜眼前一切，看来她真的已经忘了过往种种。”

“或许是穷人的偏见罢了。”

“此言差矣啊！阿龙。当一心憧憬的东西突然出现时，反而会让人更珍惜现在所拥有的一切。”

听到一力这番话，正二郎无言地垂着头。

从驹千代口中证实正二郎所言属实后，让阿园深感人生如戏，造化弄人。驹千代不晓得母亲和姐姐并不想踏进这个家，因为现在的她根本没多余心思倾听她们的心意。满腔悲伤无处宣泄的驹千代就像自动演奏的琴，向亲人一吐心中的忧思。

“姐姐，我该如何是好呢？”驹千代不由得脱口而出。

阿园瞧着妹妹一脸哀怨，不停诉苦。阿园听到妹妹这么问，心如刀割，其实自己和母亲根本不稀罕这般突如其来的好运，但驹千代不知道。一旦母亲成了正室，自己就是正二郎的女儿，那么身为父亲小妾的妹妹又将何去何从呢？妹妹内心早被这一连串烦恼占满，才会哀怨地说个不停。

真是个可怜的孩子啊！你别担心，只有你能沉浸于眼前的幸福，我们会默默守护你，不会破坏这一切。

然而转念一想，阿园心中蒙上一层阴影。这算什么幸福？我为何要自欺欺人？能够继承这个家、继承这巨大财富的人只有我，我为何要为了这个无耻的妹妹而自欺欺人地放弃这一切呢？她的心情顿时有些茫然，不禁叹气。

“总之，得先将阿源、阿米这些人赶出去，否则你别想得到幸福。要想赶走她们，母亲得成为这个家的女主人，我也必须认祖归宗。天啊！到底该怎么做才是最妥当的呢？”

“对我而言，已经没有过去了。”久美像是心中压了块大石头般，叹了口气。

不料，八十吉一身酒气地冲进来。

“喂！把我老婆和老妈交出来！”

一力听到用人通报，不慌不忙地站起来说道：“什么？这事我来处理。”只见他迅速起身，最擅长应对这种事的他将八十吉请到另一个房间，设法安抚。

“这家男主人是武士之后，和久美女士是远亲，一直在寻找她的下落，所以不会对你做什么失礼的事，这点大可放心。过几天就会让她们回去，也会带上足够的谢礼正式登门拜访，今晚先请回吧！”

不愧是长年征战海上的老勇士，简单几句话就哄得暴躁的八十吉服服帖帖。

八十吉行了个礼，说道：

“原来如此。我明白了。不过还是请让我和内人见个面。”

“好吧！这也是应该的。”

一力叮嘱阿园，只需告知是远亲关系，别透露太多，便让他们见面。

没想到阿园却坦白了一切：

“虽然母亲现在还没有同意，但只要母亲同意，我就会顺理成章成为这个家的继承人，那么驹千代的立场就尴尬了。要是母亲不点头答应，非但我继承不了这个家，可怜的驹千代也会被赶出去，这宅子就会落入阿源、阿米母女手中。不管结果怎样，你总能从中捞点好处。所以你现在先别闹，回家去。反正你要的只是钱，不是吗？”

“好吧！我明白了。如果是为了钱，我什么都可以忍耐。总之，我先回去想想怎么大捞一笔！我会再来的。”

八十吉是个干脆的家伙，说完就回去了。

然而就在那天夜里，阿源、阿米和花亭三人突然莫名失踪。

当然，宅邸内都对此事闭口不谈，所以外头的人都以为是因为原配久美和阿园这个正牌千金出现，所以他们没脸再待下去，只好连夜离开，这件事也就成了街坊谣传的笑柄。

唯独八十吉十分怀疑，毕竟阿源、阿米不在，正二郎也就不必硬要久美留下来，于是母女俩拿了一大笔钱回到鲛河桥。这件事一传十，十传百，大家都晓得鲛河桥出了前所未闻的有钱人。传来传去，自然引起警方注意。

* * *

因为警方介入时，距三人失踪已过了三个多月，所以三人住过的房间原貌与事情的经过皆已不可考。唯一的线索就是和这个家格格不入的久美、阿园和八十吉这三个住在鲛河桥的穷人。那时的他们与其说是访客，不如说是登门乞食的流浪汉，所以也无法从他们身上查出什么线索。加上案发现场已经无法还原，搜查陷入瓶颈。警方只好请新十郎出马，但碍于现场没有完整保留，新十郎也无法施展查案功力，只能姑且勘查一下各个房间，了解案发当夜状况，结果还是一无所获。虎之介看着新十郎愁眉深锁，一副无计可施样，心想此事只能由胜海舟先生解决。于是他便来到冰川町海舟家，详细报告事情经过，恳求解惑。

“阿源、阿米和花亭应该是回盐灶了吧？”

“可是据查三人并未回去。松川花亭是个居无定所的画家，我实在想不出他能带着两个女人去哪儿。”

“也就是说，三人恐遭杀害，凶手八成是梶原正二郎。反正久美并不想破镜重圆，所以正二郎为了能和驹千代白头偕老，只好杀了那三个人，这是再明白不过的事。我想挖掘一下附近的土地，应该能找到尸体。”

海舟回答得简洁明快。虎之介恍然大悟，道谢告辞后，火速赶往新十郎住处。

“你还在这里愁眉不展啊！有个故事里说：挖挖这里，汪汪！①

---

① 挖挖这里，汪汪！这是日本童话“开花爷爷”中的著名桥段。一对老夫妇在救助一只受伤的小狗后，一日狗嘴吐人语：“挖挖这里，汪汪！”顺着狗所在的地方一挖，果然挖到了大量金银财宝。

这么一说，你该有头绪了吧。既然久美无意复合，正二郎为了和驹千代长相厮守，只有杀害那三人，所以凶手就是梶原正二郎。哈哈哈！事实再明白不过啦！挖掘一下附近的土地应该能发现尸体。”

只见新十郎浅浅一笑，说道：

“虽然人多少会有想杀人的念头，可是有些人在生理条件上就不具备杀人的能力。生性胆小的梶原先生是个手无缚鸡之力的人，根本杀不了人。就算他心一横能够勒死一个女人，但要连续去不同房间除掉另外两个人，我想他应该没这胆吧！对他来说，若得如此辛苦杀人，还不如自我了断。就算他杀得了一个人，也没气力杀第二个，只能仓皇逃走吧！”

新十郎对于此案始终耿耿于怀。某日，他突然造访松岛物产公司，请求查阅账本，花了好几天时间仔细勘账。

就这样过了一个月，兵头一力来到东京时，新十郎约一力在时钟馆的别馆单独碰面。待用人退下后，两人静静对坐。

“我并非警官，也无意举发凶手，纯粹基于个人性格，非得揭开真相不可。”

新十郎面露微笑，接着说：

“那三人失踪后的第二天，有一批从东京进的货以海运送至盐灶，是吧？”

一力微笑回道：

“是的，那批货是点油灯用的石油桶，您就是来问这事吗？”

“应该是二十桶，没错吧？”

“是的。”

新十郎笑了笑，说道：

“在东京进货时的确是二十桶，隔天拉上船的，却成了十七桶石油和三桶其他货物，我说的没错吧？”

“没这回事，里头装的都是石油。应该说除了石油之外，还有其他东西一起上船。”

一力吐了口烟，平静地凝视着新十郎。

“那三个人的尸体一直到装进石油桶之前都藏在那壁柜里，壁柜还特意上了锁。”

一力指着起居室的壁柜，面无表情地说：

“那个人太优柔寡断了，无法干脆处理自己的事。对那个半生颠沛流离的男人而言，这是他初次尝到的幸福。我这个垂垂老矣的老头只能用这种粗鲁的方式给他幸福，这样我就满足了。反正这世上也没什么好留恋的了。听说你去我公司查过账本，果然是天下第一名探，仅凭这些就识破一切，佩服、佩服！我其实早有预感你会来找我。”

新十郎微笑问道：

“您是如何处置那三桶的呢？”

“绑上重物沉至海底，就在铫子滩二十海里处，不可能浮上来了。老夫这次彻底输了，甘拜下风。”

就在一力说完准备起身时，新十郎潇洒地抓起帽子先起身。

“让那三个人沉入海底失踪，是吧？我看应该说他们是在距铫子滩三十海里处找到了安居之地吧？”

新十郎撂下这句话后，留下错愕不已的一力，随即离去。

# 幻之塔

“我说你啊！难不成是小野小町[①]的弟弟，可助大臣啊！可不能让人瞧见你光着身子，对吗？哈哈哈！”

听到五忘这么说，可助垮着脸。这家伙可真是一张嘴不饶人。可助来这间寺院修行已经四年，五忘这家伙是从今年夏天开始老爱这么挖苦他。

“你流了那么多汗，怎么不脱了衣服呢？好怪啊！”

---

① 小野小町（生卒年不详），日本平安时代初期女诗人，被列为平安时代六歌仙之一。她的诗歌有六十六首被选入敕援和歌集，是日本王朝女性文学先驱。在日本与杨贵妃、埃及艳后并称世界三大美女，成为美女的代名词。

“毕竟是在寺院里干活，这么做不太好。”

“哈哈！每晚站在檐廊下小便就不怕被人说伤风败俗啊！”

五忘总是爱这么嘲讽可助。

可助不在人前光身子是有原因的，该不会被发现这秘密吧。

看来这间寺院还真是聚集些让人不能疏忽大意的家伙。

虽然现在已经没有七宝寺了，但在从前可是相当气派的寺院。因为明治维新废佛毁释①，这间寺院也成了民众攻击的目标，因为住持三休是个行为不检点的出家人。

但是三休没在怕的，因为他是个很有生意头脑的出家人，把念经的时间都花在思考如何赚更多的钱上。在这场浩劫中，佛像变得一文不值，所以三休趁机搜罗各寺院的佛像，待十年后就可以大赚一笔。

不仅如此，天生巧手的他还会雕刻佛像。五忘从小就受父亲三休的影响，父子俩边哼歌，边雕佛像，要是一年能雕上二十尊，收入很可观。因为他们将雕好的佛像涂上泥巴，假装成是千年前、六百年前某间寺院收藏的神秘佛像来卖，就能借此大赚一笔。

三休出远门时，偶然瞧见编织畚箕的可助有一双巧手，便雇

---

① 废佛毁释，发生于明治元年（1868年），为了强调天照大神的后代天皇才是日本最高统治者，鼓吹神道故而打压佛教的运动。在这场运动中，日本大量佛寺、佛经遭毁坏，神道教成为日本国教。

用他，产量也跟着加倍。但五忘这家伙跟他父亲一样是个享乐至上、满肚子坏水的家伙，父子俩甚至在大殿开起赌场。虽然卖佛像收入不错，但以他们挥霍的程度，往往不到年底便入不敷出。

可助的工资不低，包食宿一个月十日元。因此，三休和五忘有时不够花用，还会向可助借钱。可助都是先扣两成本金，两成月息借给他们。还钱的日子一到，也会催债。因为可助有个远大的理想，所以要趁现在多赚些钱。

可助说自己编织畚箕为生，其实是骗人的。

可助本名叫新八，生于名古屋，在横滨长大，以前是个工匠的他因为杀人在大阪入狱，处刑前越狱逃进深山躲藏。在山中躲藏时可助曾和熊搏斗，被熊掌击中半边脸，瞎了一只眼，下巴还被打碎，但他还是杀了熊，靠啃食熊肉存活下来。可助不仅奇迹似的死里逃生，还容貌大变，完全成了另一个人。

为了不暴露身份，他化名可助，以编织畚箕维生，但他不在人前脱衣，是因为他身上还有个明显的特征。

反正只要不被别人瞧见那个特征，可助就有自信不被别人识破他就是那个杀人越狱犯新八，所以绝对不能对五忘这家伙掉以轻心。

“你难不成是小野小町的弟弟，可助大臣啊！哈哈哈！”

五忘又嘲讽可助，但可助已经不想理会他了。

只见五忘纵声大笑。

“我说可助大臣啊！要背着蛤蟆和自来也①，很重吧！”

这句话仿佛刺进可助的心坎里。背负着杀人、越狱大罪的工匠新八，再怎么样也无法换掉身上的这层皮。蛤蟆和自来也可是天下最酷的文身形象，但这天下最酷的形象却让可助十分痛恨，让他无法彻底从杀人犯新八变身成没有前科的可助。

不畏惧任何事的可助脸色惨白地呆怔着，不由得握紧手上这把用来雕刻佛像的錾子。五忘见状，又咯咯笑。

“砍掉小和尚的头，可就无法连本带利地要回钱哦！想让人家当你是真的可助大臣，也不是没办法可想嘛……”

五忘仿佛看透了可助的心思，让可助顿时失了杀气。

* * *

在离冰川町海舟宅邸不远处的田村町，住着一位名叫岛田几之进的武术家。他于五六年前在这里开设道馆，据传他以前是活跃在中国长白山一带的马贼的头目，也有人说他在中国东海当过海盗。

帮他建造居所和道馆的是个名叫平户久作的人。竣工后，岛田一家没带任何家当，只带着一只行囊搬入新居。听说那只行囊里头装着一百三十块金条，而且听说他是随手从行囊里抓了几块

---

① 自来也，江户时代后期故事书中虚构的盗贼、忍者，其形象出自中国宋代沈俶《谐史》中“我来也”。

金条给平户。

平户靠着从中国进口棉花，成了资产丰厚的商人，但在金光闪闪的金条面前，也只有屈膝的份儿。人们猜测岛田是一号大人物，也有人说他是可怕的罪犯。

岛田约莫五十几岁，身高六尺①（约180厘米）而身形魁梧，家里只有两个孩子，长子三次郎看不出年纪，为什么呢？因为他生来就是个侏儒，是个身高只有三尺的畸形儿。光看外表实在看不出年纪，大概二十到二十五岁吧。

三次郎有个妹妹幸子，是个十八岁的美少女。气质高雅，比百合花更令人觉得清爽。

被岛田收为徒弟的人，五年来只有十五人。五年来至少有好几百人想拜岛田为师，但入门者需要赢得了当时只有十三岁，手持木棍的幸子，否则别想踏进道馆的门。没想到前来拜师的人，几乎全败在幸子的棍下。

如同道馆的招牌“十八般武艺”，入门的十五名弟子从早到晚习艺，几乎没怎么休息。

因为他们从不透露习武的状况，所以外人也不得而知，只知道他们都很尊师重道。

---

① 尺，日本的1尺约等于0.303米。

世人因此将他们比喻成现代版的由比正雪①，而且这种谣传愈演愈烈。

由比正雪是为了得到天下，但岛田几之进是不知道在策划什么，难道是为了培养马贼、海盗吗？因此，有些人会调侃岛田的门生：

“拜马贼为师，是想当马贼啊？”

他们还被视为异端分子，不被世人接受。

但是就与十五名门生熟识的友人说，他们绝对不会说岛田的坏话。这些门生的共通点就是想成为像师傅那样的侠义之士。问题是，他们看起来没有侠义风范，反倒像是文弱书生，因为他们都是有教养、品行敦厚的青少年。外行人看来，他们的体格都称不上强健，一点也不像习武多年的武者，但内行人都看得出来他们已经练得一身好功夫了。而且他们学习的是当时武者最欠缺的东西，像是棍术、空手道，还学习骑马、游泳、射击，甚至连航海技术都有学习。岛田可是出了名的神枪手。

空手道在实战时比较派不上用场，因为如果一拳、一踢就成了必杀技，可就没办法比赛了。空手道看上去华而不实，其实并非如此。要想将花拳绣腿的三脚猫功夫练成致命绝招，需

---

① 由比正雪（1605—1651），江户时代初期军事学家，创立楠木流军学塾，曾率领弟子举兵参加推翻幕府统治的安庆事变，后兵败自杀。

要耗费大量的心力练习，而且练习量是其他武术无法与之匹敌的。况且必须够沉稳温厚，还要有强韧的心志，才能坚持不懈地练下去。

空手道是赤手空拳，而要说能与剑对抗的功夫只有一种，那就是棍法。梦想权之助①的神传梦想流如今已经传到了福冈县一带，前几天，我有幸拜见警视厅棍法教练铃木先生的实力，看得我是目瞪口呆。

可以交替使用棍子的两端攻击对方，当对方凝视一端时，趁机从相反方向出其不意地攻击，所以只要一耍起来，就会搞得对方头昏眼花、无力还击。

知道有所谓的棍法，也晓得有这样的攻击绝招，终于明白要是没有经过特别训练，根本赢不了十三岁的幸子手上那根木棍。

空手道五段（空手道最高级别）广西先生是日本空手道界的大师，但据他表示，自己的一身好功夫还是难敌棍法。

剑法需要挥舞，所以空间够宽敞才施展得开来，但是长约四尺二寸②（约 127 厘米）的棍子就没这限制了。可以自由耍弄，作为女人防身用的武器再适合不过了。

怪的是，棍法就是流行不起来。也许是因为空手道和棍法都

---

① 梦想权之助（生卒年不详），江户时代初期剑客，创立了“神传梦想流”棍术。

② 寸，日本的 1 寸约等于 0.0303 米。日本的 1 分等于 0.1 寸，约为 0.00303 米。

过于实用，在讲究悟道武术界始终轻蔑这两项功夫吧。

岛田主要传授的就是棍法，因此他会特别挑剔徒弟。

“岛田的道馆要聘雇聋子工匠盖房子，你装成聋子去应征看看吧。”

五忘告诉可助这件事，又说：

“其实我妹妹阿绀就在岛田道馆帮佣，她天生又聋又哑。还有个叫金三的男仆也是又聋又哑。岛田家有个家规，那就是非聋哑人士不用。他们还请了一个名叫阿吉的瞎子按摩女，所以这次要找的工匠也是要这样的条件。反正你一向沉默寡言，附近的人都以为你是个聋子，不是挺合适的嘛！”

可助在山里被熊打碎了一边的下巴，舌头也变得不灵活，讲话会漏风，所以他才不爱开口。

“对了，有一事相求。记得在檐廊地板下方留一条可自由出入的暗道，我先付你三百两，事成后再给七百两，如何？”

可助并非刻意拒人于千里之外，但平常的确和附近的人没什么往来。

所以他根本不晓得有个岛田道馆，听了五忘这番话之后，也觉得这道馆不太寻常，毕竟只有聋子、瞎子才能出入那里，肯定有什么不可告人的秘密。

虽然可助不晓得五忘在打什么鬼主意，但五忘要他装成聋子混进去，肯定掌握了什么秘密，所以可助觉得这件差事有赚头。

*　*　*

这次的工程委托是要为侏儒三次郎与平户久作的女儿叶子这对新人盖一栋新居。

魁梧高大的岛田让可助暗暗吃惊，幸子的美更是让他心动不已，还有三次郎的缺陷也令他啧啧称奇。

娇小身躯却配上大脑袋瓜的三次郎却拥有一双锐利的眼，简直就是恶魔的眼神，怎么会有人露出那样的眼神呢？简直城府深沉得令人不寒而栗。

岛田几之进的眼神虽然也很锐利，但还算保有几分温和，三次郎的眼神却完全看不到半点温情。可助和三次郎一天只碰得上一次面，但被那眼神盯着就足以让人浑身不舒服。

“那家伙是恶魔，八成是妖怪的化身。”

可助必须在心里对自己这么说。

“怎么会有这么让人讨厌的家伙！”

可助不明白自己为何看到他就这么不舒服，也摸不清三次郎到底是个什么样的人。

总之，装成聋子这点很重要，可助有自信绝对不会被识破。

不过也因此他察觉到一件怪事。

某天夜里，结束工作的他正要收拾时，那个叫阿吉的盲女经过施工现场，但她走路的模样明显比白天还来得不灵活，伸手摸索着前进的她不时碰撞到东西，花了足足一倍的时间才走过。

瞎子的行动力也有白天黑夜的分别吗？看来阿吉肯定是和我一样，也是装的，可助马上如此断定。

阿吉的一只眼睛只看到眼白，另一只眼则是红肿到细得只有一条缝，只见得到一点点黑眼珠，看起来的确是个瞎子，但从她方才的行动看来，应该是装瞎。可助和阿吉恰巧走同一条路回家，可助想找机会搭讪，套出什么秘密。但毕竟自己是装作聋子，这么做岂不露馅？遂悄悄跟在她身后。幸好天色昏暗，一路跟踪到芝山内，只见阿吉走进一户气派宅邸。

幸好四下无人，可助翻墙潜进宅邸内。

宅子有很多房间，可助逐一窥看还亮着灯的房间，发现在正房的洋风客厅，有个看起来应该叫作三太夫的人，正和宅子主人、阿吉谈话。可助凑近窗边，因为阿吉嗓音偏高，所以听得特别清楚。

“金三先生说，这次请来的木工是个假聋子。金三先生说他自己也是装聋，所以马上就识破对方也是冒牌货。因为从某个方向发出声音，木工总是不由自主地朝那边看，分明就听得到，根本没聋啊！”

阿吉这番话让可助诧异不已。原来男仆金三也是装聋作哑，而且还识破了可助的诡计，还真是强中自有强中手啊！

男人嗓音低沉，听不太清楚，好像问说工匠是怎么找来的。

阿吉回道：

“七宝寺的小和尚五忘介绍的。他父亲三休是寺院住持，有一对儿女，儿子就是癞蛤蟆五忘，他妹妹阿绀是天生的真哑巴，在岛田道馆帮佣。那个秃驴和癞蛤蟆都是出了名的恶人，金三说他们肯定在打什么坏主意。”

然后男人好像要阿吉转告金三，好好监视工匠。阿吉随即离去。

接着从里头走出两个年轻人，可助总觉得他们看起来很面熟。

“啊！”

可助在心里惊呼。两人都是岛田道馆的弟子：一个是平户久作的儿子，叶子的哥哥平户一成；另一个是岛田的得意门生，也最得岛田的信任，名叫大坪铁马。

两个年轻人的说话声音比较大声，所以听得比较清楚。

“难不成平户久作被钱给蒙了眼啊？竟然要将女儿嫁给那个活像妖怪的侏儒，真是个蠢货！你说是吧，铁马？你父亲大坪彦次郎和平户久作可是生死之交，铁马和叶子才是天生一对，何况七年前订下婚约时，我也在场啊！”

宅子的主人明显是在煽风点火。

但是铁马的回答意外冷静。

“平户一成与在下大坪铁马和父辈们一样，也是生死之交，所以没必要一定要和叶子结婚。”

“哦，挺能说会道的嘛！不过啊，大坪彦次郎去世后，连说也没说一声就取消婚约，要女儿嫁给那个怪物，真不明白平户久作在想什么。不，也不能说不明白。最可恶的就是岛田，为了得到美少女，竟然要叶子当那个怪物的祭品，所以也不能怪久作。”

“不，师傅和老师不是这种人。”

说这话的是叶子的哥哥平户一成。主人故意装糊涂说：

“什么师傅、老师？你跟着两个人学习吗？”

“岛田几之进是我的师傅，岛田三次郎是我的老师。”

“那个怪物能教你什么？”

“他教了我很多绝技，像是射落飞出去的箭，快到看不见踪影的棍法，还有用手枪六发都击中同一个洞孔的技巧。”

主人似乎也是初次听闻这种事的样子，一时不知如何回应。

“你说岛田和怪物都没有打叶子的主意？”

主人语带不屑地说。一成颔首说道：

“是的。也不是家父的意思，而是叶子自己提出来的。一个好好的女孩嫁给身体有缺陷的人，确实叫人不忍，但她很坚持，打定主意，没有二心。”

“好了。退下吧。那是出于真心吗？等着看狐狸尾巴露出来吧。”

两个年轻人并未搭腔，只是恭谨地行礼后静静退下。摇曳的烛光中，只剩下主人一个人，有如一只发狂的猫，目露凶光。可助只觉得背脊发凉。

“这些人是什么关系呢？还真是不明白啊！”

可助离开宅邸时，看了一眼门牌，上头写着“山本定信”。

可助回到七宝寺，问五忘：

“山本定信是什么人啊？”

五忘的眼神犹疑了一下。

“你今天看到什么？”

“什么也没看到啊！只是听到有人提这名字。”

“不可能。我告诉你，道馆里不准提起这名字。”

“是吗？”

“是啊！算了。反正这事告诉你也无妨。山本定信是大清国皇帝的要臣。”

“他不是日本人？”

“好比我是释迦牟尼佛的朋友，你应该晓得要臣代表着什么意思吧？天下可是大得很啊！”

“是吗？”

“男仆金三、按摩女阿吉，一个是聋哑人，一个是瞎子，你都见过了才是，你有什么感想？”

可恶！看来绝对不能对这个癞蛤蟆掉以轻心。可助压抑怒气，没有响应地起身离开。

秃驴和癞蛤蟆还真会算啊！要我深入敌营，拿我当炮灰，看来还真是件麻烦差事。

但都已经到这地步了，干脆查个彻底，让秃驴和癞蛤蟆对我刮目相看吧。

总之，得先弄清楚这伙人到底和大清国有何关系，所以得想个万全的法子才行。

可助这么想，开始拟订计划。

* * *

隔天，可助早早结束工作，前往横滨本牧一间小酒馆。酒馆老板是个好赌的大清国浪人，之前不时去七宝寺的正堂赌几把。对横滨十分熟悉的可助想办法弄到鸦片作为伴手礼，因为小酒馆的老板有鸦片烟瘾。

这可是一份比什么都好的伴手礼，可助的交际手腕可真高明。老板立刻请可助进密室详谈，只见他一边抽鸦片，一边说：

“你说山本定信？我认识他啊！那家伙和这东西有关。听说他在北京有一栋有五十几个房间的豪宅，专门存放鸦片。透过关系送鸦片给高官大人们，所以他在日本的影响力可是比公使还大。要想和大清国有什么交易，都得通过他才行。”

“这么说来，山本这个人到底是帮日本做事，还是帮大清国呢？”

“他啊，哪一边都不帮，只为自己牟利。反正他就是狐假虎威，占咱们日本人的便宜。”

“所以这家伙也不是什么好东西啰？对了，想向你打探一件事，武术家岛田几之进和大清国有什么关系吗？”

“这家伙最近名气很大呢！我在大清国时，这名字连听都没听过。那边的马贼和海盗的头目有一两个是日本人，而且他们都是用中国名字。”

“平户久作呢？”

“他经营棉花生意，结果运气好，成了富商。大坪彦次郎帮他做生意，肯定也赚了点钱，只是没平户赚的多就是了。做这种生意得靠山本打通关系，所以当然要给他好处，不然成不了事。山本定信要是不肯帮忙，他们肯定赚不到钱。”

“原来如此啊！”

这样就掌握住大概情形了。问题在于岛田几之进，倘若平户久作背着山本定信将叶子嫁给三次郎，那么说明岛田和山本是死对头，肯定也是一号了不起的人物。

那么，秃驴和癞蛤蟆图的又是什么呢？

可助不喜欢岛田这家人，都是些令人浑身不舒服的怪家伙。加上去给山本通风报信的阿吉知道我装聋，说不定岛田一家也早就识破了。

不过可助也不是省油的灯，就算知道自己的诡计暴露，也不打算就此收手，因为他有着放手一搏、缠斗到底的毅力。

倒不是因为和五忘那家伙有所约定，而是因为面对的是个不简单的人物，况且对方已经看穿自己的伪装，所以更要做好五忘说的那条密道，让这些怪物吃点苦头才行。

从此，可助倾全力盖房，一手包办木匠、水泥工，连盖屋顶也不假手他人。九月上旬动工，十二月中旬就已经盖好拥有一间八张榻榻米大小、一间四张半榻榻米大小的房间，以及三张榻榻米大小的厨房的小别馆。一个人只花三个月的时间就盖好漂亮的新房，实在了不起。揭开厨房地板，就是一间储藏室。储藏室的四面墙都用水泥封住，但其实靠檐廊一侧设了一块宽三尺、高二尺、可以移动的石墙。可助的这番苦心可不是偷偷摸摸地做的，而是正大光明地进行的。

岛田几之进对于可助的敬业态度相当赞赏，额外赏了他不少钱。

可助那天回七宝寺，对五忘说：

“我已经依约定留了一条密道，你可以去确认看看，再付我尾款。”

对可助来说，他连岛田那种大人物都蒙骗过关了，秃驴和癞蛤蟆这种小角色自然不放在眼里。

五忘倒也大方，爽快地给了可助剩下的七百日元，还对可助说：

“感谢你帮了大忙。我不会再提你的陈年旧事了。你就离开这里，逍遥度日吧。这几年委屈你帮忙雕佛像啊！”

五忘就这样解雇了可助。

可助把这四年来赚的钱揣在怀里，对五忘说：

“受你们父子的照顾这么多年，从今天开始我又是那个编织畚箕的可助了。”

随即收拾所有工具，离开七宝寺。

不过就这样干脆离去，可一点也不像可助的作风，因为他想看看将会发生什么不可思议的事。于是他一边假装以编织畚箕为生，一边在岛田道馆附近观察情况。

一定会发生什么事，而且是惊天大事；虽然不晓得会发生什么事，但从现在开始就看我的了。可助暗暗思忖着。

* * *

这是发生在婚礼当晚的事。虽说是婚礼，但只有几个近亲参加，岛田几之进、平户久作，他们的另一半都已经不在，还有几名门生与幸子。也就是说，只多了新娘和新娘的父亲这两张生面孔。

大家向新人道贺，开宴席畅饮。除了正月新年，这可是平日讲求纪律的岛田道馆看不到的热闹景况。

这些平日练武的人，却没练出酒量，不一会儿便醉了。席间开始喧闹不已，只有新娘和幸子没醉，几之进和三次郎都酩酊大醉。

婚宴结束后，阿绀和金三醉得不省人事，按摩女阿吉也是吐到不行，呈现昏睡状态。

隔天一早，阿绀早早便醒来，想去别馆新居看看新郎夫妇是否起床。还有点宿醉的她走到别馆的厨房，看到厨房里摆着新鲜的茶叶，想煮水沏茶。第一次使用这个厨房的她想地板下的储藏室应该有柴薪，便掀开地板。

没想到掀开一看，吓得她发出像十几只鸭子的吼叫声。

众人闻声冲向厨房，只见阿绀吓得瘫坐在地，掀开一半的地板下方是倒在血泊中的尸体。

两具尸体都被利刃捅了三四刀，现场一片血海。

仔细一瞧，那不是阿绀的父亲三休和哥哥五忘吗？活脱脱就是一起密室杀人事件，下方的储藏室被封死，既出不去，也进不来。

就只有储藏室是一片血海，厨房却连一滴血都没有的情形来看，两人肯定是在里头惨遭杀害。

看到眼前惨况，就连岛田几之进也不知如何是好，过了半晌才平静下来，对儿子三次郎说：

“看来发生了一起离奇命案。实在想不透这两个和尚怎么会在这里惨遭杀害，难不成他们是想趁婚礼混乱之际闯空门吗？你瞧，他们的腰际还挂着牢固的麻袋。看这情形应该不是你所为，你不可能下手得这么粗糙。总之，一定是这屋子里的谁杀害的，真叫人难以置信，我们家怎么会发生这种事？”

三次郎点了点大脑袋瓜，说道：

“这也是没办法的事，因为大家都喝醉了。该不会是谁梦游下的手吧？真是伤脑筋啊！”

报警后，怪物宅邸内发生离奇命案的消息便传开。不到一个小时，便传进住在附近的海舟耳里。

“去通知新十郎。”

海舟想了想，又吩咐侍女：

“郑重请他调查完后，劳烦来我这儿一趟。”

于是，新十郎偕同花乃屋、虎之介，三人骑着快马赶赴现场。

新十郎看了现场后，颇为吃惊。

“还真叫人匪夷所思。”

新十郎看着命案现场，也有点不知所措，过了半晌才说了这么一句话。

他仔细调查两具尸体。

“这麻袋应该是要用来偷什么东西吧？可是这处空间里没有他们的脚印，但他们惨遭杀害这一点是毋庸置疑的。”

大批警察彻底搜索岛田宅邸。徒弟们的房间也一律彻查，就连他们昨晚穿的衣服也不放过。大家都穿着正式礼服，上头半点血迹都没有。

警方再次彻底搜索岛田宅邸，并未发现什么贵重物品遭窃。

“阿绀是住在这里的女佣，可能和她父亲、哥哥绑着麻袋一事有关吧？问问阿绀看到什么。”

新十郎比画手脚地和阿绀沟通，她说自己并没有唆使父亲和哥哥干这种事，也没见过岛田家有什么贵重物品。

“用麻袋搬运的珍贵物品。”

又彻底搜查了宅邸一番，还是没找到任何线索。看来根本没有他们想盗取的东西吧。

直到日落时分，还是没有任何进展，新十郎一行人前往海舟宅邸报告。新十郎苦笑道：

“竟然有如此匪夷所思的事，而且找不到任何头绪。”

海舟沉静地问道：

“匪夷所思的事是指什么？”

“只有地下储藏室的木板背面沾有血迹，足见是在地板下的储藏室里，也就是木板下方遭杀害。”

“檐廊下方有入口吗？”

“没有，四周都以石材封住。”

“我听新门的辰五郎说，有一招偷天换日的做法，把原本嵌死的石材换成可活动的石材。比如在盖储藏室时，泥瓦匠在檐廊下方做个可活动的假门，供日后搬运货物之用。”

只见新十郎脸颊泛红，眼睛一亮。

“发生了匪夷所思的事，肯定有其理由。我怎么就没注意到这一点呢？如同老师所言，我看到端倪了，却没注意。为什么呢？因为我只是绞尽脑汁想着这两人怎么会死在这里。我过于在意这一点。其实我有看到，有两面墙几乎没喷溅到血，一面墙被凶手的身体挡住，当然不会溅上血，另一面则是位于不会被喷溅到的方向，为什么呢？因为两面墙是相对的。犯人遮到的另一方，就是被害人背对的一方。一个被害人被割断颈动脉，一个蜷曲着身子横躺在地，背后那面墙应该会喷溅到血才是，可见那时那面墙是可活动的，被移开了的缘故。肯定是这样没错，才会发生这起匪夷所思的命案。犯人提前埋伏在那里等待被害人进去那间储藏室才动手的。”

翌晨，新十郎请新门的辰五郎的徒弟钻进檐廊下方，顺利开启那片石墙。

新十郎也查到建造这栋新居的人，就是曾在七宝寺工作的可助。

但是线索到此为止就查不到什么了。

那晚喝得醉醺醺的那群人，也没人记得当晚有何动静。凶手不可能是平户久作和岛田儿之进的弟子们，有可能是外人所为。

怎么说呢？因为他们不可能有时间处理掉沾上血迹的衣服，就算他们想偷偷回家处理掉血衣，恐怕也没这能耐，因为他们都喝得酩酊大醉。

新十郎断绝对外往来，每天独自一人偷偷外出。因为他什么也没说，所以也不晓得他出去做什么，只能确定他现在十分热衷于某件事。

“看来绅士侦探的脑子也有不灵光的时候啊！凶手就是岛田三次郎。那个不到三尺高的侏儒是个武艺高强的家伙，准是他干的，没错。我来揪出真凶算了。不然绅士侦探的美名要是毁了，岂不可惜。哈哈哈！”

虎之介的粗壮双手捂着腰带，抖着肩膀哈哈大笑。

只见花乃屋扑哧一笑，说道：

“说你是石头脑袋，还真是石头脑袋。三次郎有何理由要杀掉那两个要来偷盗的人呢？况且那晚可是他的大喜之日呢！石头脑袋果然无法理解人心啊！人心都是有是非因果的，不是可以随便指鹿为马的，你还是读读我写的小说吧。”

“哈哈哈！你认为凶手是谁？”

“现在还说不清，不过我觉得应该是个女的！故意破坏家里的大事，正所谓女人心海底针啊！”

虎之介捧腹大笑，一时之间停不下来。

＊ ＊ ＊

岛田几之进是何方神圣？和平户久作又是什么关系？新十郎一件件地厘清。

结果还是没能清楚查出岛田几之进的底细。

根据街坊传闻，他曾是马贼的头目，也曾是海盗老大。听说他搬来这里时，身上背着一个装有一百三十块金条的行囊。但搜查岛田家，并未发现金条一说。看来这对和尚父子是听信这个传言而带着麻袋来偷东西的。

问题是，三休和五忘竟然差使可助盖了这条密道，就应该是掌握到比较确切的消息才是，莫非岛田家还有什么地方没被搜查到？

新十郎好不容易才将平户久作与大坪彦次郎的关系，还有叶子与铁马没能成婚的原因，以及叶子嫁给三次郎等事一并查清楚。

他最后会面的人是阿吉。

“说说婚宴那晚你听到的事。应该有什么特别的事吧？”

“是。我虽然参加了婚宴，却帮不上忙，只好呆坐着，等待婚宴结束。婚宴结束后，酒足饭饱的我根本记不得什么，金三先生和阿绀也喝醉了，在旁边叽叽喳喳地啰唆个不停。”

“婚宴是几点结束？”

“大家都说是八点。我因为喝醉了，所以睡着了。起来后回家时大概是十二点吧。那时金三先生和阿绀也醉得呼呼大睡，两人还鼾声大作呢！”

“那天晚上你有洗澡吗？”

“参加婚礼，当然要梳洗一番，不过我没洗澡。”

“婚宴过程中，没听见从洗澡间传出什么声音吗？”

“洗澡间在道场那边，离厨房比较远，所以没听到什么声音。”

“那天负责做菜的是阿绀吗？”

“不是，是叫的外卖。需要手工做的东西则是幸子小姐照着老爷吩咐做的。”

“你经常出入山本定信的宅邸，是吧？”

“是。有时去帮忙按摩。”

“你知道木匠可助这个人吗？”

“知道。听说他是个聋子，失明的我是不知道啦！但我听金三先生说，他根本是装聋。”

“他的确装聋没错。对了，你曾察觉阿绀带她父亲和哥哥偷偷进岛田道馆吗？”

“我眼睛看不到，所以不知道。”

新十郎的询问告一段落。新十郎又连着十几天外出，终于，解开真凶之谜的日子到来了。

* * *

所有参加婚礼的人都聚集在岛田道馆。新十郎除了带着花乃屋和虎之介随行之外，还有三名警官陪同。

新十郎请众人就座，喧闹霎时平静时，岛田几之进却悄悄掏出手枪，朝金三耳边放了一枪，金三吓得跳了起来。

新十郎只是笑了笑，平静地对警官说：

“这个装聋作哑的男人就是凶手。你们看，一听到我这么说，他就吓得想逃走。”

金三马上被众弟子团团围住，五步也走不了。插翅难飞的金三当场被逮捕。

新十郎对岛田道馆的众人说道：

“这都得归功阿吉，因为她说金三识破可助根本不是可怜的聋子。一个聋哑人和一个瞎子说话，不是很奇怪吗？那么，识破可助的金三又是何许人呢？如果知道他和阿吉一样，经常出入山本宅邸的话，那么就不难理解了。金三识破三休和五忘委托可助建造密道一事，而且他必须埋伏在地下储藏室杀了三休父子。至于是不是出于金三个人的意思，那就要靠各位自己推测了。至于他的杀人动机则是为了让主人蒙上杀人嫌疑，这么一来，宅邸势必会被搜查，一旦搜出金条，就能没收充公了。岛田一家也只能逃到大清国的深山隐居。”

新十郎微笑。

“那么，那些金条究竟藏在什么地方呢？虽然我到现在还是不知道，但看来三休和五忘应该晓得。警方彻底搜查后，还是没有任何结果。三休和五忘只带着麻袋，可见金条应该不是埋在地下。”

这时，岛田几之进轻咳一声，看起来像是在拼命忍住笑意，结果还是忍不住笑着大吼：

“幻之塔！”

“幻之塔？”

“没错。虚幻的东西反而容易被看见，每天都能看到的东西，反而容易被忽略，这就是幻之塔，也就是大家最常看到的东西。因为看得太清楚，反而没有特别注意，大家请看道馆地上铺的这些石头，它们都是金条，所以这座道馆就是我的幻之塔。我还有一个名字，叫白①……”

新十郎忍不住呵呵笑。

“我重听，没听到您说的话。那么，请您去中国发展吧。别忘了有两个人在日本祝福您一切顺利，一个是在下结城新十郎，一个是闻名天下的胜海舟先生。”

“还有神佛皆通的万事通花乃屋先生！”

① 白，指岛田几之进的原型小日向白朗。小日向白朗（1900—1982），出生日本、闻名中国的马贼，汉名尚旭东，上海青帮大佬。他曾在千山无量观修行，获得“小白龙”称号，成为全中国的马贼总头目。

“还有天下第一的泉山虎之介!”

岛田道馆的众人以笑声代替掌声，虎之介显得有点可怜，不过也是应得的。无论是花乃屋还是虎之介，都还不清楚岛田几之进究竟是何方神圣。

不久，岛田一门便无声无息地离开东京。

听到这消息的海舟喃喃道：

“幻之塔啊？能说出这番话的马贼头子肯定是个气度不凡的家伙。咱们日本人也非等闲之辈!”

# 罗特南姆美容术

被妻子加久叫醒的一助揉揉惺忪的睡眼，又是个寒气逼人的日子。因为从昨日傍晚就开始刮大风，所以风强浪高，天气虽然不错，但今天恐怕没零工可打。一助是在横滨码头当搬运工，也就是所谓的船虫①。

“看来今天可能没工可打，去也是白去吧。”

一助没有一睁眼就去梳洗的习惯，每天心不甘情不愿地起床后，不过是一边发牢骚，一边机械地套上工作服，然后就坐在饭

① 船虫，对在轮船或者码头上从事苦力劳动者的俗称。

桌旁等待挺着大肚子的老婆把寒酸的早饭端上桌。

“码头没零工可打也不见得是坏事哟！巷子出去的围墙边贴着一张传单，说是要雇用有自然卷的大块头男，一个月工钱六十日元呢！”

“少嘲讽我！我就是自然卷的大块头男，那又怎样？”

“我哪里在嘲讽你，是围墙上真的贴着这么一张传单啊！”

一助来自能登半岛的内地。江户时代有所谓的“能登相扑”，据说能登国的男子大多都是高头大马、臂力过人的汉子。一双手的比例比身子还长，所以大家都说能登人很适合当相扑力士。

一助身高五尺七寸多，当时的日本男人普遍个子都不高，所以一助站在人群中显得鹤立鸡群。一助住的村子里有个名叫能登岚的人，据说明治初期曾在相扑力士中名列前四五位，后来隐退成了相扑教练。有一次能登岚回乡探亲，一眼相中了一助，问他要不要当相扑力士，却被胆小怕事的一助断然回绝。

后来一助因为某件事和村里的年轻人起了争执，被对方用镰刀砍断左手的小指和无名指，一助也一脚踹中对方的腰部，迫使对方成了半身不遂的残疾人。一助也因此不想再待在老家，决定离乡发展。

“干脆去江户当相扑力士吧！虽然总觉得自己不是这块料，但看到那个被踹一脚就残废的家伙，感觉自己好像有这潜力吧。反正我今年才二十二，搞不好能成为扬名天下的横纲。”

于是一助连夜离家，前往东京投奔能登岚。

“你这混蛋！怎么不趁手指没缺时来呢?！要是少一根手指，力气可是去了一半，少了两根手指，根本就吃不了这碗饭了。你走吧！走吧！”

一助就这样被撵了出来。事到如今，一助也没办法走回头路，只好通过别人的介绍，开始打些零工，后来在码头做船虫，还娶妻生子，落脚于横滨的贫民窟。

一助天生一头鬈发，而且一根根卷得很厉害。在家乡时，有不少人和他一样天生鬈发，也就不觉得醒目，但到了东京后，他无论走到哪里都会被注意到头上的三千烦恼丝。

一助单身时，还有闲钱去理发店剃个平头，无奈成家后，光是要谋三餐就很不容易了，也就顾不得这头鬈发，总是随便用毛巾一裹。但别人一提起他的头发，总让他心里觉得不太舒服。

一助才刚吃完早膳，同样在码头当船虫的邻居便来邀他出门：

“喂，还没吃完吗？今天是因为风大的关系吗？怎么特别冷啊！”

两人一起出门后，邻居便说：

“我说你啊，光是嘴皮子厉害，但要活在这人世间，还是要有别人没有的东西比较好啦！哟，你看这张传单。”

两人停下脚步，无奈邻居不识字，一助也是个文盲。

两人来到船虫聚集之处，看来这张传单好像张贴在横滨不少地方的样子，船虫聚集的地方也有张贴，大伙议论纷纷，其中有两三个人识字。

“一助啊，这张传单上说，要雇个头发是自然卷的大块头男人。工资很高耶！先付十日元，后付五十日元，要去巡回日本各地演出一个月的日本壮士大戏。哈哈哈！好像是要演政治戏里的反派吧。一助很适合啊！去试试看吧！”

不管一助走到哪儿，都有人过来向他说这件令人气恼的事。

果然如一助所料，那天没工可打。一助连连叫苦，转念一想，不管了，只是巡回演出一个月就能赚六十日元，可是天大的好机会啊！就算只拿到先给的十日元，尾款被赖账，算算一个月能赚到十日元，也不比当船虫赚得少。

于是一助请识字的人帮忙看一下上头登的地址之后，直奔位于本牧妓院街上，一家名为“T&K 兄弟商会别馆”的地方。

这条街的店开门很晚，所以一半的店家都没营业，幸好那家商会别馆有开。好像是间专卖洋酒和西餐的店，有个鼻头红红，长着鹰钩鼻的西方男子正在打扫店面。

一助说明来意后，西方男子上上下下打量一番，看到他那头鬈发，总算明白的样子，于是带着他走向店铺最里面。出了商店后门，又经过一段走廊，打开门出现一道楼梯。登上楼梯，除了从屋顶泻下来的光之外，没有窗户，是一间昏暗的小房间。

带他过来的鹰钩鼻男人要他在这里等候，随即消失在门的另一头。不一会儿出现一个一助从未见过，非常奇怪的外国人，而且这个外国人会说一点日语的样子，和刚才那个一路沉默带他过来的外国人不一样，主动向他打招呼。一助有点被吓到，显得不知所措，男人请他坐下。

“你很棒！”

男人一脸非常满意似的颔首，从口袋里掏出一沓钞票，拿了一张十日元的钞票放在桌上，推向一助。

一个半月很快过去了。

加久在一助离家后的第五天，收到一封丈夫寄来的信，当然是请人代笔的。信上说一个月后回家，还附上一张十日元的钞票。可是一个月过去了，一助迟迟未归。眼看即将临盆，加久着实担心不已，和邻居商量后决定报警。

警察立刻前往“T&K 兄弟商会别馆”调查，结果一问之下，根本没人见过这么个日本人，而且这里只住洋人，没有日本人，也没听过什么壮士大戏，也不记得有贴出那种传单。总之，这家洋人经营的食品店根本不可能招募什么饰演日本壮士大戏的演员，就算真的有张贴，也是有人恶作剧。

经过调查后，确实有不少人见过这张传单，而且有人知道有个鬈发男人去应征。

“没看到过这张传单啊！”

洋人还是否认，警察和证人只好无奈地离开。一助就这样莫名其妙地失踪了。

* * *

克子婚后第十七天，娘家差人来通知她的兄长大伴宗久病倒。克子这两天胸口隐隐作痛，果然是不好的预感。她立刻和丈夫宇佐美通太郎坐上马车急奔大伴家的豪宅。夫妇俩抵达时，只有叔父大伴晴高和小林医师在兄长的隔壁房间看顾。

“我哥的情况如何？”

克子着急地询问，晴高伸手制止：

“小声点，小声点。”

晴高看起来有点不知所措。

“情况很糟吗？”

“是没有生命危险，但他的情绪很不稳。”

“嫂子有陪在我哥身边吗？”

“没有，谁敢陪在他身边啊！他脾气闹得可厉害呢！但是他说想见克子，所以赶紧通知你过来。你先坐一下，跟你说明一下他现在的情况。”

晴高劝克子先坐下，看了一眼小林医师，由他说明大概状况。

宗久是在克子婚后第六天突然病倒的，那时他的情绪很不稳，一直大吼：

“谁在那里?！是谁?！”

问题是他盯着大吼的那个方向，根本没半个人，那样子就像大白天做噩梦似的。

过了两天，宗久的情绪总算稍微平复。阿忍夫人一直随侍在侧，除了书房和起居室、卧房以外，哪儿都没去。

但是从昨晚开始，宗久又开始发作了。不同于之前，这次更加狂暴。不但握着日本刀胁迫阿忍夫人和他一起死，还追着夫人砍杀，连来劝阻的男仆都差点被他砍死。

阿忍夫人的父亲须和康人，以及服侍过几代的大伴家家臣久世喜善，还有叔父晴高等，同主治医师小林一起共谋对策。宗久只有在面对叔父晴高时能稍微平心静气地交谈几句，但聊个几分钟就会情绪失控。

“你不是大伴晴高！”

两人交谈还不到十分钟，宗久就猛然抬头，目露凶光，开始吼叫。要是现在他手上握着刀，肯定砍向晴高。

“你这么说就怪了。你仔细看着我，难不成你忘了我的模样吗?”

“闭嘴！靠一张脸能取信吗？你是须和康人！”

“你说光靠脸不可信，这可就考倒我了。我要怎么证明，你才会相信呢?”

宗久听晴高这么说，顿时陷入苦思，有时露出沮丧的神情，一脸阴郁，闷声不吭，有时又好像在思索什么的样子。只见他抬起头，说道：

“用刀劈开来看就知道是真是假了。须和、久世和你，你们三个站成一排，我用刀划破你们的肚子，瞧瞧你们的真面目。”

宗久突然起身，作势要砍人，这下子就连晴高也被追杀。宗久整个人急速衰弱，天生体弱多病的他钻研学问，几乎都是窝在书房里，所以身手不是很灵活。因此，就算他拿刀追砍，连女人也追不上。不过众人都难逃被他追砍的命运，所幸到目前为止还没有人因此受伤。

总之，宗久谁都不信，就连阿忍夫人和侍女也傻傻分不清。见到男人则是大吼着说对方是冒牌货，完全不相信任何人。

宗久倒是经常说很想念妹妹克子。

“去把克子叫来！快去啊！除了她以外，我谁都不信！”

虽然他这么大吼，但恐怕他连妹妹也不相信吧。只见他吼叫了一阵后也没力气了，成了无力的呻吟。

晴高说明完宗久的病况后，不是看着克子，而是看向宇佐美通太郎，苦笑道：

“因为他的病况就是这么特殊，所以我们也很犹豫要不要通知新婚不久的你们。现在看来，除了克子之外，没人能看顾宗久了。还请克子代我们安抚她哥哥的情绪。”

叔父一脸无奈。

就在这时，阿忍夫人和她的父亲须和康人以及久世喜善轻轻开门，蹑手蹑脚走进来。被追砍得累倒在别的房间休息的他们可能刚刚才醒来吧。

克子看到他们三个人，就心生厌恶感。虽说如此，两个男人可是十足绅士。须和康人靠采矿致富，久世喜善则是大伴家的几代家臣，克子当然得以礼相待。彼此打过招呼后，喜善对克子苦笑道：

“克子小姐，劳烦您担此重责，真是不好意思。还请您尽量安抚令兄的心情。阿忍夫人、小林医师和我都已束手无策，要是连您也没办法的话，事情可就糟了。”

“此话怎讲？”

“这么说可能很失礼。因为令兄动不动就拿刀砍人，我们觉得还是请精神科医师诊治比较妥当，视情况而定，也许还必须监禁才行。”

克子顿时觉得浑身虚脱，过了一会儿才回过神来，脑子却还是很混乱。这是多么恐怖的事啊！居然要将膝下无子的哥哥送去精神病院，这下子谁来掌管大伴家呢？

现在自己要担的责任是多么重大、残酷啊！希望父母在天之灵，能保佑哥哥，守护这个家。

克子有所觉悟地点头行礼后，提起精神走向哥哥宗久的房间。

* * *

卧病在床的哥哥沉睡着。克子想说不能吵醒他，就蹑手蹑脚地在床旁的椅子上坐下来，实在不知如何是好。

“哥哥怎么会憔悴成这样呢？”

克子不禁叹气。婚礼结束后第三天，她和丈夫一同回娘家时，哥哥明明还好好的啊！没想到十几天后，他的双颊竟然消瘦了许多，双手也是瘦得只剩下骨头了。

克子看着哥哥的睡脸，有如做了一场噩梦。悲痛不已的她忘了自己究竟呆坐了多久。大概半个小时后，宗久突然睁开眼，惊讶地看着克子。

“哥，我是克子。你还好吗？”

克子凑近哥哥，微笑地问。宗久直盯着她，点点头。

“克子啊！我好想你。这里是哪儿？”

“这里是哥哥的房间。”

宗久伸手在床上摸索一阵，摇摇头。

“不可能！”

“你看看这房间的布置，无论是天花板、床还是墙壁，一切都没变啊！”

宗久的眼底闪着微光。

“傻瓜！同样的东西要多少都有啊！也可能盖了间一模一样的房间啊！我一直抱着的那把刀放哪儿了？”

克子心头一惊，缓缓起身，看了一下被子里、床底下和四周，都没瞧见那把刀，看来被叔父他们拿走藏起来了吧。克子不晓得该如何向哥哥解释，只好假装四处找刀，一边想着如何向哥哥解释。

克子回座，执起哥哥的手，说道：

“哥，你为什么一定要找那把刀呢？告诉我为什么？”

“这里除了你之外，没有别人吧？”

“没有。”

宗久闭上眼。一副已经不想再确认什么，厌烦一切的样子。却也没有打消内心的疑问，他郁闷地闭着眼说：

“我只相信你。但要是闭上眼就看不到你了。但我还是知道坐在那里的是克子。没有人能够做到，哪怕什么都看不见，依旧心静如水地去相信别人。”

“这番话是什么意思？告诉我。哥，你是不是在担心什么事？要是克子我能帮忙的，一定帮，所以尽管跟我说。”

“别急，这件事没办法一下子就明白的，就连我也有不明白的时候，有时候真叫人无法相信。有句话叫‘三位一体’，这句话也许还真有道理呢！就像人都是三个一组，也就是一个人拥有三张脸，三副躯体。”

天啊！看来哥哥真的疯了。不，不会的！要是连我都这么想，不就完了吗？哥哥的这番话肯定有什么意思，我的任务就是要弄清楚这到底是怎么回事。克子拼命忍住悲伤。

宗久继续说着不知所谓的话。

“但是我只有一个人，克子也是只有一个人。在这房间里，我只有一张脸，一副身躯，还有你是一张脸，一副身躯。只有一张脸，一副身躯的人才是正派之人，才能相信。”

“任谁都是一张脸，一副身躯啊！”

“才没这回事。内心扭曲的人，虽然只有一颗心，却拥有好几张脸和好几副躯体，就像虫子那样。好几百只虫子都是一个模样，人也是，虽然没有上百，但一个人拥有三张脸和三副躯体。”

“你说说谁是这样的人呢？”

“克子啊！你还不明白。好比大伴晴高、须和康人和久世喜善，他们其实是同一个人，而且……”

宗久欲言又止，看得出他内心受伤，有着难以言喻的苦楚。

过了一会儿，宗久又露出没事似的表情。

“阿忍也不是一张脸，一副身躯的人，还有两个阿忍在，也就是她的侍女加代子、喜美子。没人能明白，也是没办法的事，毕竟就连你也不明白。但是克子啊，我只希望你能相信我说的话，在这里陪着我。很快，你就会明白的。一直陪在我身边吧！即便我睡着了，也别离开，我现在能相信的人，只有你了……”

宗久自言自语似的睡着了。那张睡脸比刚才安详多了。

三个男人是一个男人，三个女人是一个女人，这是什么意思呢？实在想不透。

要说三个女人是一个阿忍的话，那么三个男人又是谁呢？

阿忍长得美，个性开朗大方，又擅交际。当宗久迎娶她为妻时，克子真的非常敬重她。但他们的婚后生活并不美满，难道她的美丽、开朗也无法改变哥哥阴郁的个性吗？

因为宗久新婚后不到两个月，克子也出嫁了，所以没机会了解哥哥的婚后生活。

但婚后她从丈夫口中，听到关于嫂子的传闻。丈夫通太郎的学长八住是个很有能力的年轻人，经常在国外考察的他最近回国，得知通太郎的妻子是克子，便说：

“听说你的新婚妻子的兄长大伴宗久娶了须和康人的女儿阿忍。我曾在伦敦见过须和父女，记得是去年春天吧。虽然是一年半前的事了。当时有个年轻人如影随形地陪在须和父女身边，他是外务省的青年才俊，叫作久世隆光，是一名外交官。听到这名字，你应该明白吧。他就是大伴家的老家臣久世喜善的长子。须和康人带女儿去欧洲考察矿业，正在休假的久世隆光担任他们的口译兼导游。在我看来，与其说是隆光迷上阿忍小姐的美色，不如说是须和康人利用女儿的美貌占尽别人的便宜吧。总之，隆光和阿忍小姐的好交情，在我们这些在欧洲的日本人看来真是羡煞旁人！阿忍小姐于去年年末回国，隆光也于今年春天结束外交官的任期回国，听说是他拜托长官让他回国担任内勤职务的样子，但大家都觉得他是追着阿忍小姐回来的。我这次回来，听说阿忍小姐初秋嫁给大伴宗久，还真是吓一跳呢！表面上是某位公爵牵线，其实恐怕是隆光的父亲喜善做的主。要是为了说服儿子放弃追求阿忍小姐而把他叫回国，也令人费解。

“说到大伴家啊，可是南方数一数二的大藩宗家，富可敌国，而且大伴家拥有的山林地可是蕴藏着日本最丰富的地下资源。但大伴家的男主人却终日泡在书堆里，懒得管理那些丰厚的家产事业，也不和觊觎这块资源的资产家打交道。身为大伴家的老家臣，为了主人而促成这件亲事，实在是匪夷所思。世人常说‘权钱联姻’，多的是有钱人想和名门贵族攀亲事。须和康人的确很有钱，大伴家更是有钱的贵族世家，无论从地位上，还是家底来说，须和康人都远远不及大伴家。要说是为了金钱和权力而联姻，好像有点怪。若是大伴家的老家臣出面促成姻缘的话，也该是找五摄家的千金才是啊！你不觉得这件事很怪吗？”

宇佐美通太郎是小大名（日本的旧时贵族）的儿子，因为过不惯名门望族的少爷生活，向往大海的他梦想着有朝一日能远航世界各地，因此学习造船技艺，也决定将大名之位让给弟弟继承。迎娶克子小姐之时，通太郎已实现梦想，虽身为平民，却成了一名造船技师兼航海研究家。

八住前辈继续说：

“我说宇佐美啊，你知道世人怎么评论你吗？久世喜善挑中你，成为克子小姐的夫婿，你明明贵为大名的嫡子，却不恋栈名利，人家都说你很有骨气呢！而且是一种敲锣打鼓、用钱也买不到的奇妙骨气。搞不好克子嫁给你，大伴家也花不了多少嫁妆，这才是久世喜善的主要目的吧。你年纪轻轻就成了造船航海专家，日后势必前途无量，哪怕有朝一日落魄了也不会觊觎妻子娘家的财产，所以大家都说久世真是好眼力啊！”

通太郎是个完全不谙世事的人。

听到八住这番话，他也只是听听，没放在心里。后来又偶然听到类似的传闻，他才晓得个中含意。原来世人是这么看待我和大舅子的婚姻啊！于是，他将这些话告诉克子。

克子也是初次耳闻。生活在深宅大院的贵族千金又怎么可能听闻这些传言呢。克子见过一次阿忍后，便对她的美貌、气质咋舌不已。听闻她曾在欧洲受过西方文化熏陶，又见到本人端庄大方的言谈举止，更是钦慕不已，哪有心思想别的。只觉得从小体弱多病、不善交际，成天只知道埋首书堆的哥哥实在配不上这么一位绝代佳人。

不过，身为大伴家当家主的宗久虽然性格阴郁，但只要认识他的人，都会对他的满腹经纶惊叹不已。做学问不求名与利，才能学得广又深。他的朋友逍遥曾向大伴请教古代历史与风俗文化，并赞叹大伴宗久是个真正有学养的人，说巧还真巧，宗久和通太郎在世人眼中都是不求名利之人。

婚前的宗久埋首书堆，虽然他不够开朗大方，但平静度日倒也惬意。

然而婚后，宗久一向有规律的书房生活逐渐被打乱。婚前他虽然性格不够开朗，日子倒也过得平静随兴；但婚后的他仿佛有着什么苦恼，而且越来越烦躁不安，个性也就愈来愈阴沉。

克子的房间本来就离宗久的书房有一段距离，直到宗久结婚前，她还能自由出入哥哥的房间，婚后就没办法这样了。倒也不是克子的出入受到了限制，只是紧邻书房和宗久卧房的房间，以及其他几个房间全成了阿忍的起居室、梳妆室、客厅和卧室等，还有两个侍女的房间。这些侍女负责打理宗久与阿忍的生活起居，除了她们，还有一个叫作阿澄的女帮工。这使得克子觉得出入哥哥的书房与房间变得不太方便，也渐渐觉得这里不再是自己的家，有一种寄人篱下的感觉。

走廊的另一头总是传来女人们的开朗笑声和演奏乐器的声音，还有络绎不绝的访客，举行不完的觥筹交错的宴会。

克子只有晚膳时，才会和兄嫂一起用餐，其他时间都是独自用膳，因为兄嫂他们用膳的时间对克子来说，实在太晚了。因此只有晚膳的时候，克子才会刻意配合兄嫂的用餐时间。

女主人、侍女们和访客的欢笑声，促使宗久更加抑郁、痛苦，总是一副想逃避什么似的，却又逃不了的他看起来越发悲苦。克子不忍心看到哥哥痛苦的模样，所以不太和嫂子他们说说笑笑。

“是不是我的个性太孤僻了？”

克子试着这么反省。无奈每晚的餐桌上，总有两个外人，那就是宗久和克子这对兄妹。无论是大伴家的家风，还是哥哥的生活习惯全都荡然无存。当家主竟然在这个家成了外人般的存在，这样下去怎么行呢？

克子看到阿忍那般开朗的生活态度，原本还期待着哥哥也能有所改变。

“这才是真正的生活嘛！如此聪明伶俐的嫂子一定能让哥哥也过上开朗幸福的生活啰！”

没想到宗久丝毫没有改变，让她一度觉得这个哥哥真的很糟糕。

没想到嫂子和侍女们非但没有努力改变宗久，还刻意孤立他。

“根本就对他不理不睬嘛！”

克子也越来越不想理会阿忍他们，总是以头痛、有事为借口，刻意不和他们同桌共餐。事实上，她也是在忙着筹备自己的婚礼。

克子离开娘家时，哥哥的生活可说乌云罩顶，一片黑暗。

“可怜的哥哥，我离开以后，你就一个人了。但就算我想继续待在家里，也没有办法帮上你了。”

克子离开娘家时，心里这么想。现在的娘家实在让她待不下去，一切只能寄托新居、新生活。同时，克子对于哥哥的将来也有一种不好的预感，恐怕只会过得更加晦暗、悲伤。

克子从丈夫口中得知阿忍与久世隆光的传言时，着实吓了一跳，不由得想起久世隆光曾经常出现在大伴家的餐桌上。才华横溢的他总是炒热用餐气氛，其实除了哥哥之外，其他人看起来都很融入。那时克子还不明白个中缘由，如今则顿时觉得很难过。

“所以哥哥才会变成这样子。”

克子凝视着一脸憔悴的宗久，内心十分痛苦，脑子里不由得冒出各种悲观念头。

“为什么哥哥会变成这样？我该怎么做，才能帮助他找回平静的心呢？”

克子一筹莫展。不过她确定一件事，那就是这世上只有她能帮助哥哥，没有人会像她这样为宗久着想。

这时，宗久突然醒来，目不转睛地凝视着克子，问道：

“你是谁？”

声音听起来怪怪的。明明宗久睡前的那番话还残留耳畔，诧异不已的克子说：

“是我，我是克子啊！”

“什么时候来的?”

“哥，你是不是刚睡醒，头脑有些模糊，不记得了啊?四五十分钟前我们谈了一会儿后，你就睡着了。你不是要我一直陪着你吗?”

宗久想起什么似的，但是不是真的想起，不得而知。只见他认真地思索着什么。

“记得你已经结婚了。没错吧?”

“是啊。我嫁人了。怎么会这么问呢?我是真的已经结婚啦!你怎么连我的事情都不记得了?”

“不是的，你别责备我。我只是对任何事都存疑，因为世上没有人比我更痛苦了。对了，你是和谁结婚?”

“宇佐美通太郎。”

“是喔。没错，我记得。你丈夫如何?不是什么好家伙吧?”

“不，他和哥哥一样是个正派好人，而且很有担当。”

宗久发出不以为然的笑声。

“休想骗我。他用铁丝把你绑在松树上，你还哭叫呢!我想跑过去救你，可是脚疼得无法走路。”

难道哥哥真的疯了吗?克子拼命压抑内心的恐惧，只能祈祷。只见宗久口气骤变，瞪大眼问克子:

“宇佐美通太郎在哪里?”

“他在隔壁房间。他很担心你，说只要能帮上忙，一定竭尽所能。”

“是吗？带他过来。”

宗久又恢复了平常的口气。

* * *

克子带着通太郎走进房间时，宗久又忘了自己说的事，似睡非睡地躺着。克子和通太郎想要叫醒他，过了两三分钟，他才微微睁眼，也没特意看向通太郎。

“你觉得我是个什么样的人？”

“因为我们相处的时间不长，所以还不是很清楚，不过我听克子说，您爱做学问，不善交际。”

“你喜欢做学问吗？”

“喜欢，也喜欢学以致用。”

“少说大话！”

虽然宗久的口气听起来像是在嘲笑，其实是被通太郎的这番话感动了。宗久自己也觉得很意外似的，又像是在脑海中遐想着什么、整理着什么的样子。突然，他满脸严肃地睁开眼，又闭上眼。

“通太郎，你太自满了。你还没有办法识破不少人都是由三个不同的个体组成的。奸邪的人，往往都有三副面孔，甚至有三个名字。”

这番话让通太郎怔住，不知如何搭腔。

“干吗不说话？难不成这里一个人都没有吗？克子！人呢？”

宗久闭着眼，突然大吼。难不成他无法睁开眼？

“我在这里。”

“为什么不回应？”

通太郎回道：

“因为我不知道如何回答。哥哥的这番话太过突然，我无法理解。哪里有拥有三张脸、三个身体的人呢？如果有的话，您能告诉我是谁吗？我实在无法理解。”

宗久依旧面无表情，沉默不语，而且仍然闭着眼。

“你知道埃及的尼罗河流入大海时，沙子在海底漂洋过海，在阿拉伯沙漠的边上堆积出来的那个国家叫什么吗？”

通太郎不明白这番话的意思。是问我某个阿拉伯国家叫什么吗？通太郎回道：

“耶路撒冷。”

“喔！”

宗久睁大眼，悄声惊呼，盯着通太郎问：

“你说耶路撒冷？”

“不对吗？”

宗久显得很沮丧，然后像要收起什么重要的东西似的，缓缓闭上眼，难过地喃喃道：

“你们先出去一下吧。我想一个人静静。为了方便我叫你们时，你们可以马上过来，就在隔壁房间休息吧。晚上要轮班睡，至少要有一个人听得到我的呼唤。我的脑子里现在有如浪涛翻滚，我必须一个人静静来使我的脑子平静下来，你们快点离开。”

两人只好静静地离开。

众人在隔壁房间等待。

“情况如何？”

晴高迫不及待地问。其他人倒是一脸诧异，惊讶宗久竟然没有大吵大闹。

两人说明了谈话情形。没看到每天都睡到很晚的阿忍。不过克子有一种预感，她应该已经醒了，等会儿就会过来。克子回头一瞧，走进来的不是阿忍，而是端茶点进来的喜美。这不是克子的预感错了，而是只有阿忍身上才有的香水味，怎么喜美子身上也有呢？

这是一种独特的香水，名叫“黑衣母之泪”；不但香味不如古驰那般独特，而且价格不菲，是个名叫罗特南姆的神秘外国女人调制的香水。因为她的广告词很夸大，根本没有她说的效果，所以贩卖不到一个月她就连夜逃离日本了。不堪忍受各种批评的她离开日本也不过是一周前的事，现在仍是街头巷尾议论纷纷的话题。现在仍然相信罗特南姆美容术，还在使用这香水的人，恐怕只有大伴阿忍夫人了。而且这件事还被登上报纸，为人所谈论。

克子结婚前也在阿忍的怂恿下，去了罗特南姆美容院。裸体躺在美容床上，用各种香料洗脸、洗全身，然后抹油按摩一阵后，用黑布覆面，裹住身子。黑人男女捧着器皿，里面点着香料，缓缓地绕着床走，一直到香料燃尽。最后揭开黑布，擦干净身上的油，略施脂粉便大功告成。就这么重复做五天，第七天全身肌肤就会像埃及艳后般光滑，脸上没了皱纹，整个人就像接受过神灵洗礼般清爽。

这是罗特南姆美容术的宣传要点，但是付了一大笔钱，反复做了五到七次后，脸上的皱纹不但没消失，皮肤反而变得粗糙。什么肌肤有如埃及艳后般的广告词根本是骗人的鬼话。

罗特南姆夫人总是向来美容院的客人强行推销“黑衣母之泪”这款香水，起初尽管售价高昂，但受西欧文化熏陶的贵妇们争相抢购。说什么公爵夫人也爱不释手，所以某位男爵夫人买了很多瓶，这款香水顿时成了抢手货。那时流行了十五到二十天左右，因为克子正好要结婚，所以也在阿忍的推荐下，买了这瓶香水当作嫁妆。

阿忍是这款香水的忠实粉丝，但是在大伴家也只有她在用，侍女喜美子不可能用这么昂贵的东西。一瓶要价二百日元对一般人来说可是天价，所以再怎么流行，也只有富贵人家的女眷才用得起。当时的二百日元相当于二战前的一万日元吧。要是现在①，不就是几百万日元的香水吗？

克子没想到侍女身上也有阿忍爱用的这款香水味。贵妇人保有自己独特的香水味，这不是常识吗？怎么会给侍女用，实在匪夷所思。

克子忽然想起哥哥喃喃自语的那句奇怪话语，还有他问通太郎的那个问题。

若只是单纯问国名的话，这问题不是问得很古怪可笑吗？难道兄长意有所指吗？

“你知道埃及的尼罗河流入大海时，沙子在海底漂洋过海，在阿拉伯沙漠的边上堆积……”

就是这个！这不是罗特南姆美容术的广告宣传词吗？总是窝在书房，不问世事的哥哥又怎么会知道罗特南姆美容术呢？

“一定是意味着什么……”

克子像座雕像般陷入沉思。究竟意味着什么呢？克子想起只造访过一次的美容院，却没想起什么特殊之处。罗特南姆夫人长得很丑，听说她来自耶路撒冷，长得和普通的西欧人没两样。

要说有什么奇怪之处，那就是捧着冒烟的香料，绕着美容床走的两名黑人男女吧，而且是肤色黝黑，体形高大的黑人男女。

---

① 现在，指小说创作时间的1950年至1952年。本篇小说的时间背景为日本的明治时代（1868—1912）。

对了，还有一名黑人，也是长得人高马大，还有一头鬈发，但他不进美容室，而是负责开门接待客人。这名黑人用左手开门时，克子记得很清楚，因为他的左手只有三根手指。

* * *

隔天傍晚，疲惫不堪的克子面如死灰地回到自己的家。

为了看顾哥哥，很久都没好好睡觉的她今天早上起来的时候脸色也没如此难看。为了以防万一，通太郎昨晚也是在大伴家过夜，一早看见从宗久卧室走出来的克子虽然一脸倦容，但还算有精神，通太郎也就放心不少，所以先行回家。

然而，只过了冬季的短短一天，妻子就像是去了趟地狱又回来似的非常憔悴。难道去过黄泉的人不会向现世的人打招呼吗？为什么对我如此冷淡？就连一向沉着的通太郎也满腹疑惑，不由得起身问道：

“难不成大哥他……”

克子总算回魂似的，将脸埋进丈夫胸膛，痛哭不已。

“我哥死了！”

克子哭吼。

“哥哥虽然性命无忧，可是他已经不是现世的人了。他被那些人强行送往精神病院，被关在一间小房间里，我再也见不到他了！”

昨天她一回娘家就没休息地看顾，宗久的病情也有好转迹象，可是那些人却当着她的面，强行将宗久送往精神病院。

早上通太郎离开时，宗久还在睡觉，而且睡得十分安稳。守了一夜的克子暂时离开去向等候着的家人说明情况，说虽然宗久夜里醒来过几次，但都没发病。

克子刚到病榻前时，得以兄妹相见的宗久还区分不了现实与幻觉，但是昨天夜里就已经清醒许多了，看到守在床边的妹妹，他明显安心不少。

“你在那边铺个床，休息一下吧。”

宗久还对妹妹这么说。那时已是深夜，证明宗久确实记得要求克子一直陪在身旁的约定。毕竟兄妹俩昨天刚见面时，宗久连五分钟以前的事都记不得，也分不清时间和现实。

天亮后，克子见哥哥睡得安稳，便离开房间向大家说明宗久的情况已经好转许多。她虽然一夜没睡，却丝毫没有倦意，因为她满怀希望。

大家都很高兴，在场的人没有人面露不悦。不管是叔父晴高、须和康人、久世喜善，还是通太郎都很高兴。嫂子阿忍不在场，因为冬日不到正午，她是不会起床的。但是形同她的分身的两名侍女都在场，她们听到好消息也很开心。通太郎这才留下妻子在大伴家，只身一人安心地先回家。

当时，克子的确感受到两名侍女是阿忍的分身。现在回想起来，那是一种不祥的预感。为什么阿忍不在场，两个不应该在场的人却在场……

为什么会有这种不祥的预感呢？

克子茫然地思索着。

哥哥宗久发病时，一直喊着阿忍夫人和两名侍女其实是“三位一体”的同一个人。克子永远也忘不了这句话。当时她无法理解这句话的意思，以为是哥哥发病时的胡言乱语，如今想来却背脊发凉、悲伤不已。

当她感受到那两名侍女是嫂子的分身时，有一种胸口插着一把利刃的感觉，非常有真实感，她能清楚地体会到那种感觉。

这也是她守了宗久一夜，还是想不通的事，或许是太疲累的关系吧。想了一夜都想不通的事，肯定和那股不祥的预感有关。

* * *

大家一早从克子口中听到好消息都很高兴，之后也没发生什么导致他病情恶化的事。

但是一到下午，克子被叫到另一个房间，里头坐着许多人，有一股杀气腾腾感。

似乎所有人都来了，有大伴晴高、久世喜善、久世隆光、须和康人、阿忍和侍女们、小林医师，还有几个克子没见过的人。

好比据说是大伴家族代表的某公爵、某侯爵，还有堪称日本贵族代表的某某公爵也来了。

此外，积田、尾山、加奈井这三位日本医学界的权威也在场。积田是日本医学界的最高权威，尾山和加奈井则是日本精神病学界的权威。在场的人物中，这三个医学权威成了中心，而不是那些权贵。总之，在场人士身边都有随从跟着，一派威风，所以实在无法判断到底是怎么回事，只觉得令人害怕。

这一大群人突然闯进大伴家，是要鉴定具有桓武天皇血统的千年王者，贵族后裔大伴宗久侯爵是否患有精神病。

这么多大贵族大博士聚在一起的盛况是前所未闻。尽管这些人的大驾光临别有隐情，这也是大伴家的光荣。因此，即使身为宗久唯一血亲的克子对大驾光临的隐情心存异议，也插不上嘴。面对如此威风凛凛的大规模来访，克子除了恭恭敬敬地当一个迎接队伍里的陪衬以外，别无他法可施。

作为被鉴定人宗久唯一血亲的克子哪怕故意降低自身的存在感，蜷缩在人群的角落里，但只要出现在这鉴定会场上，都会被认为是不合规矩的。

在克子的精心照料下，情绪逐渐安定下来，正在好起来的大伴宗久侯爵，此时也不知道被哪只“鬼手”硬拖到了房间里——不管是谁，除了克子的手以外，都像是“鬼手”——宗久仿佛被带进了阎王殿。

“宗久，你看，这个是你的什么人？”

在一排威严的阎王中，叔父晴高左右踱步，大声诘问宗久。这么多阎王中，所有人都威严地伫立着，在克子看来简直比地狱还要可怕好几倍。因为这些阎王不是地狱里的冷血鬼，而是活人，他们正在审问的，是克子唯一的亲哥哥。

克子循着叔父手指的地方看过去，那里站着身穿雪白洋装的阿忍夫人。

阿忍夫人的貌美，使她站在一群威严的男人当中也毫不逊色。她像是这阎王殿里不熟悉情况的外来者，又像是一个偶然迷失了方向的仙女，将人都引到了这里。穿着雪白洋装的她，宛若高贵又迷人的白衣仙女。

不管是被叔父晴高指着也好，还是被自己丈夫盯着也好，阿忍夫人都超然自若，好像与自己无关似的。大概是因为这个从天而降的仙女听不懂人话，要不就是见有人指着自己，问自己丈夫自己是他的什么人这种荒唐的问题后，只能采取这种超然的态度来掩饰。

克子认为这番光景实在太残酷，更觉得哥哥太可怜了。虽然她实在看不下去，还是强忍着直盯着宗久。宗久也许会拒绝回答这种粗暴无礼的问题，这也是他应有的权利。问题是这么做的话，他就会被这群阎王判断是个连自己的结发妻子都不认得的精神病患者。克子一想到这，内心就隐隐作痛。

宗久看着自己的妻子，脸上露出受到屈辱的表情。但是为什么感到屈辱，除了他自己以外，连克子也不知道。克子只知道有什么复杂难解的问题正在折磨着哥哥。

宗久看着叔父身后那群沉默不语，却气势逼人的阎王。

克子心想：哥哥认识他们之中的谁吗？总是窝在书房里的他跟王公贵族几乎没什么往来，就连各种仪式和宴会也是叔父和久世喜善代他出席，所以他恐怕连自己的亲戚都不认识。

只见宗久逐一打量着那些人的脸，像是恍然大悟似的，露出开朗的表情。克子不知道哥哥究竟发现了什么，而这表情说明这个人的神志很清楚。也就是说，这个人不会屈服于眼前的恶势力，也不会焦虑反抗，无论被问到再怎么粗暴无礼的问题，也会平心静气地响应。

没有比这更聪明的判断。而且他不是被迫如此，而是经过自己的冷静判断而做出来的结论。在这般情况下还能如此，足见这个人有多么聪明冷静，一点也不像神志不清的疯子。

克子真想大声地向人们宣布："我哥是多么伟大、圣明的人啊！"

宗久平静地回道：

"她是我的妻子阿忍。"

宗久有些脚步踉跄。毕竟哥哥卧病在床多日，难免如此。说话的声音也低沉到听不太清楚，但宗久的嗓音天生如此，生病迫使他的声音更为低沉。克子相信宗久只要如实回答就行了，他也的确如此。再也找不到像宗久如此聪明冷静的人了，克子莫名感动。

没想到叔父又指着同一个方向，问道：

“那是你的什么人？”

晴高的态度明显有点愠怒，并非慌张。

克子心想：可能是没听到哥哥的回答吧。也或许是有点重听，没听清楚。

可当她安心地看向叔父指的方向时，差点惊呼。因为侍女喜美子站在阿忍夫人原本站的地方，阿忍的身影则是不知去向。

克子都惊愕得差点大叫，更何况是宗久。虽然克子看不到宗久的表情，却不难想象他冷汗频冒的痛苦模样。

只见宗久缓缓地伸手捂住脸，过了一会儿才平复下来的样子。他并未发狂，而是抬起脸平静地说：

“她是内人的侍女喜美子，但其实她和内人是同一个人。”

宗久似乎有些亢奋，声音比刚才洪亮。他那清澄的声音冷冷地打破安静，传进在场众人的耳里。

晴高缓缓点头，严肃地盯着侄儿，眼神却透露着沮丧。只见他又指着同样方向：

“那是你的什么人？”

第三次询问。

克子就算不看向那方向，也知道又换人了。摆明了，就是一场鉴定宗久是否罹病的实验。克子对这次换人已不感到意外了。但不知情的人目睹这实验，见接连换了两次人，莫不议论纷纷。

两个女人消失后，第三个女人现身，这不是什么奇迹。之前站在那里的女人不见了，又冒出另一个女人，并非什么不可思议的事，也没布置什么特别的机关。只是靠墙垂挂着窗帘，她们利用那块窗帘进出而已，并非什么炫目的魔术。

人们的期待与关心又集中在宗久如何回答关于第三个女人的问题上。

跟人们的期待与关心不同的是，宗久和克子一样，都预期到会出现第三个女人。

只见宗久象征性地瞅了第三个女人一眼，不像第二次那样思索良久，也没有做出什么惊讶的举动，坦然回道：

"她是内人的另一名侍女，名叫加代子，但她和内人也是同一个人。内人阿忍和侍女喜美子、加代子根本是同一个人。"

那些期待听到如此奇妙答案的人，总算松了口气。看来他们都得到了预料之中的答案，开始叽叽喳喳地讨论起来。与其说是讨论，不如说是他们得出了相同的结论，结束了之前的争辩。看得出来从开始鉴定到得到结论，他们始终担心得不到证据，但现在总算放心了。

叔父晴高有点无精打采，虽然他自问自己的提问毫无陷阱也没圈套，但出于自己的提问，致使至亲的侄儿被判定有精神疾病，他心里也不好过吧。

直到全场的骚动平息下来后，晴高本来有点落寞的表情突然变得严肃。

“宗久，你看那边。”

他又指向同样方向。

在场众人怔住。明明已经得到可以做出结论的明确证据，还需要再问下去吗？搞不好有人认为和宗久有血缘关系的晴高，脑子也有毛病吧。

克子同样吃惊，因为叔父第四次指的方向，并没有什么奇妙之处，所以这么做只是画蛇添足罢了。

只见方才轮流出现不同女人的地方，三个女人并肩而立。一切不都明了了吗？为何故技重施呢？难不成要像歌剧的谢幕那样，向在场的阎王们表示感谢吗？

只见众人面面相觑，晴高却依然固执而又认真地问道：

“宗久，你看到了什么？”

晴高的口气意外地激动。

宗久八成早就料到了众人的心思。被一片嘈杂声淹没的他露出放弃一切的颓然样。

克子从哥哥的表情上，读懂了他内心的声音：反正不管我再怎么说，你们也不会相信。

宗久刚才那般聪慧的态度，那种沉稳的态度，无非是因为相信只要自己说出真相，人们就会理解他；但现在的他显然已经放弃一切，觉得没人会相信他所说的了。

他就像一个不得不依从父母之意的孩子，机械地看向叔父所指的方向。那瞬间，像是被无声的闪电劈到了似的，宗久怔在原地，仿佛房间里只剩下了他一个人。

当他的视线移向那三个女人时，突然像弹簧断掉似的怔住，接着像是被雷劈到的冰冷的石像般，然后浑身开始静静发抖。眼看他颤抖得愈来愈厉害，犹如逐渐涨潮的海平面，不多久就会掀起狂涛巨浪似的。

下一刻发生的事，给在场所有人留下的印象都是不一样的。因为一切是那么突然又那么迅速，在人们看清楚前就结束了。

克子看到的情况是这样。哥哥那时的姿势像是看到什么意外的东西，而且拼命地盯着那东西，又像是因为过于恐惧，要扑上前去的姿势，只见他双手抱胸，微微弯腰，开始直打哆嗦。那瞬间，原本抱在胸前的双手突然伸向半空中，一副不知所措样。

宗久的双手就像牵线木偶般，不知被谁突然拉起来。双手朝半空中伸展的同时，双脚也跟着伸展。克子感觉哥哥就要飞起来了。当时在场的一人形容宗久动作像画上跳向柳枝的青蛙，大概就跟克子看到的差不多。在场的其他人根本还没来得及看清楚这动作，只见一个身影一闪，随着一声巨响，一切都已经结束了。

大伴宗久侯爵倒下了，倒在了他刚刚站着的地方。

作为鉴定人的诸位博士、王公贵族考虑到大伴宗久的尊贵身份，不便发表什么意见。反正他们也不需要商量什么，只要交换一下眼神就达成共识了。

倒在地上的大伴宗久侯爵被送往精神病院。不，从他倒下的那一刻起，也许他就不再是侯爵了。从他倒下的那瞬间开始，也许他就不再是一个人了。充其量倒在那里的只是个影子也说不定。

雄踞南国一隅的千年王者大伴家在此刻瞬间灭亡，只剩下庞大的财富。莫非这些都将落入阿忍之手？

* * *

宇佐美通太郎以一个严谨的科学家的态度，努力、认真地听着妻子叙述这场现实的悲剧，分析悲剧中每个人所说的话。无奈世俗本来就阴险复杂、表里不一，所以就算不谙世事的通太郎再怎么注意聆听，也会错漏要点。不过相反地，也有一般人容易错漏，他却能确实抓到的要点。

再者，虽然会错漏世俗的观点，但一旦被身为科学家的他抓住，就会更加理解它的重要性，探究得更加透彻。

通太郎对大伴家的万贯家财不感兴趣，所以对于宗久和阿忍的这段奇怪婚姻，还有自己和克子的婚姻，都没有意识到是有人为了大伴家的财产，暗中撮合而成的。

但是当他听到大哥被当作废人送进精神病院，以悲剧收场后，他开始察觉不太对劲，从这场悲剧发生的始末重新分析其中隐藏的阴谋。只要他认识到了重新分析的重要性，他会比任何人都要细心和敏锐。

他相信妻子的观察，因为他相信克子有一颗正直的心。

被拉到阎王法庭上审问的大哥，竟然被叔父当众指问自己的妻子是何人，这是极为不礼貌的行为。面对如此无礼的提问，宗久非但没有情绪激动，还很冷静地回答，正如克子所说的他是那么“聪明冷静”。

但是换成阿忍的侍女上场后，宗久虽然显得诧异，却还是能力持镇定，从容对答，不失聪明态度。

换上第二名侍女后，宗久依旧不失从容；但当他回答第三个问题后，现场开始骚动起来，宗久明白众人心思后，着实心灰意冷。这种情绪不是因为三个女人轮流出现产生的，而是自己说出了自己坚信的答案后，看到众人议论纷纷的模样产生的。

“也就是说，三个女人轮流出现时，大哥并未遭受什么太大的冲击。”

通太郎首先在心里确认了这样一件事实：

宗久的激烈反应是从“三个女人并肩而立”时开始的。

三个女人轮流出现，和三个女人并肩而立，这之中有多大的差别呢？

宗久相信那三个女人是同一个人，通太郎也亲耳听过他这么说。他深信那三个人是同一个人，而他所相信的事实就摆在眼前，究竟是因为什么深受冲击呢？

轮流出现和同时出现，其中一定有着只有宗久才明白的意义，所以一定是有人为了给他致命一击，而巧施了什么手段。

那么，究竟是什么样的手段，既能给他致命一击，又能让别人不察觉其中的奥妙？

是三个人并排的位置吗？顺序？服装？表情？还是利用宗久的混乱，让他看到三个女人同时出现而想起某个重要的人物呢？

通太郎将自己的疑问告诉克子，克子也无法解答。因为当时她满腹心思都在担忧哥哥，只注意到他的一举一动。

克子还是努力回想当时的情况。

“当时我只顾注意着哥哥，无法正确想起当时的情况，所以对于大嫂、喜美子、加代子出现的顺序和站立的位置，实在没有把握说明得一定正确。她们出现的先后顺序是：嫂子、喜美子和加代子。三个人站在一块时，好像也是这个顺序。至于服装，喜美子和加代子穿的都是平常穿的侍女服，也没看到有人走向窗帘那边。她们三个人好像很清楚出入的时机，也没有人从旁指示。不过要是有人躲在窗帘后面指示，我也不会知道就是了。总之，窗帘前方只有她们三个，没看到有人站在窗帘外侧。”

“要是有人站在窗帘内侧指示的话，那个人就不会现身人前，质问的晴高叔父可以初步排除。接着是和大伴家有关系的人，请回想一下哪些人当时在客厅，哪些人不在？”

被这么问的克子，说她除了叔父之外，其他都不记得了。因为那些王公贵族和大博士，以及他们的随从占据主要位置，森严的气氛使克子完全没余力在意其他事。而且有一点可以肯定，那就是与大伴家有关的人都来了。像是须和康人、久世喜善、久世隆光、小林医师等，连三大夫及宫内权贵都来了。

通太郎左思右想了一番，说道：

“总之，不管是不是一场要将大哥送进精神病院的阴谋，要想救大哥，唯一的办法就是证明他没病。被硬是拉进鉴定会场的大哥，被迫一一指认三个女人。当他说这三个女人其实是同一个人之后，在场的人都认定他疯了。根本没必要再让他看到三个女人同时站在一起，以至于昏厥过去，但是……”

他温柔地看向妻子，又说：

“根据你当时看到的情况，大哥除了说三个人其实是同一个人这句话以外，表现都十分冷静沉着。我当然相信你说的，但根据我和你一起去探病时的观察，他除了坚称三个女人是同一个人这件事不寻常之外，并没有其他异状。问题是，他是如何产生三个女人是同一个人的幻觉的呢？我们必须先解开这个谜题才行。所以我们得好好想想有没有什么解谜的线索。”

克子将想到的事都告诉了丈夫。躺在病床上的哥哥突然问通太郎是否听过耶路撒冷这个地方时，曾说：“埃及的尼罗河流入大海时，沙子在海底漂洋过海，在阿拉伯沙漠的边上……”

这段像是咒语的话，也就是罗特南姆美容术的广告宣传语。克子将罗特南姆美容院的事告诉通太郎。

“我哥哥认定的坏人好像对他而言，都是‘三位一体’的样子，而且反复提到‘三’这个数字，这让我想起在罗特南姆美容院为客人开门的那个黑人的左手只剩三根手指，缺了小指和无名指，看起来有点可怕，就像一条蛇般盘踞在我脑海里，令人印象深刻。我觉得这或许是神指引我们的一条线索……”克子有点不太好意思，脸都红了。通太郎安慰她：

“这样的猜测没什么好羞耻的，想到什么尽管说吧。哪怕是会被人嘲笑的那种，什么所谓神仙、先祖的指示之类的毫无根据的暗示，说不定就是人的直觉在起作用，毕竟人有时候不是靠双眼，而是凭直觉识破真相。”

通太郎鼓励妻子，两人又提出各种疑问，讨论一番，无奈还是没有分析出宗久为何出现幻觉的原因，只好满腹疑问地就寝。翌晨，克子一早醒来，脑子里突然有个想法。

“对了。昨晚我怎么没想起来呢？明明是单纯到不可思议的事实啊！明明跟哥哥有关的事我都想起来了。唯独漏了这件事。”克子想起来的确实是一件单纯到不行的事。

克子昨晚没想起来的事，就发生在她在哥哥床边陪了一整晚后。天亮之后，她离开哥哥的房间，想告诉在另一个房间的人，哥哥睡得很安稳，情况很稳定。

她过去时没看到阿忍，倒是看到喜美子和加代子。克子看到她们的瞬间，直觉告诉克子她们就是阿忍的分身。为何会有这种直觉呢？又是根据什么事而有此直觉呢？这就是克子昨晚怎么也没想到的事。

现在回想，自己真的很笨，明明答案就在身边，却绕了个圈子才想到。

之所以产生她们是阿忍的分身的直觉，是因为两个人身上都喷了阿忍爱用的，却贵得令人咋舌的罗特南姆夫人贩卖的香水“黑衣母之泪”。

几个钟头前，当喜美子出现时，克子就闻到她身上有这股香水味，深感意外，所以特别有印象。后来在鉴定会场上，又闻到加代子身上也有这股香水味，所以才会觉得她们是阿忍的分身。克子赶紧告诉通太郎这件事。

“那时我有一种她们是阿忍夫人的分身的直觉。”

通太郎思忖了一会儿，面露欣喜地夸赞克子：

“你的直觉真是太敏锐了。你闻到喜美子身上的香水味时，只觉得诧异，因为只有喜美子一个人而已。后来你在她们身上都闻到香水味，便产生她们是阿忍夫人的分身的直觉，为什么呢？这是因为用同一种香水的正好是三个人。你在潜意识中感觉到

‘三’这个数字有重大意义，于是产生了喜美子和加代子是阿忍夫人分身的直觉。你产生的这种直觉正是困扰你哥哥的‘三位一体’的幻觉的具体表现。并且，你产生这种直觉的瞬间，跳过继续对‘三’这个数字进行深究，反而从你哥哥的幻觉中看出了现实依据。”

通太郎神采奕奕地接着说：

“你之所以跳过了对这个问题的关键——‘三’这个数字的深究，是因为你和你哥哥一样，都没有对此存疑，想当然地当作无关紧要的事了。但是，这也不是说你和你哥哥一样对‘三’这个数字产生了幻觉，而是你在意识深处，已经认定了‘三’这个数字是困扰你哥哥的关键。”

通太郎开心地看着一脸诧异的克子，如此断言：

“虽然你没有意识到，但其实你已经掌握了解谜的关键。之所以你想起了其他所有细节却单单忘了关于分身的这件事，是因为你觉得这是很平常的事；但也因为是无意识的自觉，所以你的直觉的可信度很高。就像当你想起罗特南姆美容院那个左手只剩三根手指的黑人时，甚至认为这是神在冥冥中给的指引。意思就是喜美子和加代子是分身这件事自然到让你没有马上想到，但黑人的三根手指却让你印象深刻。表面上这两件事看起来没什么关联，但其实都和‘三’这个数字有关，来自同一个根源。其实你已经握住了解谜的关键，只是没有自觉，所以才会忘了关于分身的直觉这件事。”

只见通太郎兴奋地做出结论。

“我们一定要有自信，相信自己一定能解开这个谜了。罗特南姆美容院那个黑人肯定和解开‘三’的这个秘密有关，肯定有什么含意。那个黑人的三根手指究竟是有什么样的魔力来支配大哥的幻觉？虽然解开这个方程式不是件容易的事，但我敢肯定解谜的关键一定在这个方程式里。因为你的心很真诚也很正直，所以我相信你的直觉就像神一样，一定能逼近秘密的真相！”

于是通太郎和克子热烈讨论起来，想解黑人依靠三根手指支配宗久产生幻觉的方程式，无奈讨论了半天，还是讨论不出个所以然。

“看来我是没能力解开这个谜了。对了，我听说有个叫结城新十郎的绅士侦探，他不为名利，只为秉持正义，解开犯罪真相。听说他年纪轻轻便通晓古今东西的学问，是个推理天才。我打算去请他帮忙，你也和我一起去，把你看到的听到的都告诉他，请他来解谜吧。”

通太郎查到新十郎的住处并与他取得联系。在和新十郎碰面的前一天早上，通太郎边看报，边用早膳时，突然脸色骤变，大声呼唤克子。

“克子，快来看！这则报道太不可思议了。”

通太郎指着报道给妻子看。因为版面不是很大，一般人可能不会注意到，但是对通太郎和克子来说，却是一则可贵的报道。

原来是隅田川附近的三围神社一带，发现了一具挂在河边的木桩上的大块头男子的尸体。

调查后，警察发现很多不可思议的事。这个男子不是溺死的，而是遭人从背后枪杀。

而且脱掉他穿的西装一瞧，警方发现了更多的疑点。露出来的额头和手是黄皮肤，身体和包裹在袜子里的双脚却是黑皮肤，而且不是天生的黑，是用颜料涂上去的，所以用肥皂一洗就能洗掉。脸和手之前也似乎被涂了黑色颜料，因为长时间泡在水里，黑色就掉光了。但是就肤色来看，还不能断定是日本人，因为死者天生有一头和黑人一样的鬈发，身上穿的西装也是在日本的西装店买不到的款式。

最让他们在意的是报道的最后一句话：

“死者身上的明显特征就是左手缺了小指和无名指，警方将依据这一线索追查此人的身份。”

这句话让一向冷静的通太郎脸色骤变，立即决定：

“看了这则报道，等不及明天再出发了。我今天请假，反正公司没什么特别重要的事。我们赶紧去找结城新十郎，将事情讲给他听，如果有必要的话，还得去查查这具尸体才行。赶快准备一下吧！”

两人换上外出的穿着，坐上马车直奔位于神乐坂的新十郎宅邸。见到新十郎后，两人将这件事一字不漏地告诉新十郎。

* * *

这件事的背后如果牵扯上犯罪的话，肯定是件不得了的大事。新十郎没忘记追根究底地询问，然而两人观察的时日并不长，特别是对于搞阴谋的一方几乎没有任何接触和观察。

“我明白你们说的情形，但我没办法马上下结论。总之，我们先去确认一下那具只有左手三根手指的尸体是不是罗特南姆美容院的黑人雇工吧。”

一行人坐上马车前往警局。将尸体挖出来一看，虽然长相无法判断是否是同一人，但体形相仿，身上的衣服也和克子那时看到的一样。

看来刚死不久，而且听警方说他是遭人从背后枪杀，跌落河里后挂在木桩上，所以才没漂走。

尸体是昨天早上发现的，推断死亡时间是前一晚到凌晨左右。负责此案的警察回道：

“那一带没有血迹，也没留下什么脚印，上游和下游的河岸都调查过后，没有发现任何线索。涨潮时间在前天晚上十点和昨天上午十点，退潮时间则是早上四点和晚上五点左右。相关人员根据这几天的水位和涨潮判断，要是尸体在涨潮时间前后一个半小时内落入河中，就会被没过木桩的水流冲走。因此就死者在惨遭射杀后，掉入河中挂在木桩上没有被冲走这一点来看，死者应该是涨潮时间晚上十点的一个半小时后落水的，也就是晚上十一点半以后到第二天早上八点尸体被人发现为止。只有在这段时间内死者落入河中，尸体才不会被涨潮的水流冲走。因此我们判断案发时间是前天晚上十一点半到昨天早上八点之间。”

“被害人的口袋或身上有发现什么比较特别的东西吗？”

“没有。”

因为陈尸在人迹罕至的三围神社一带，所以没人听到枪声。

警察离去后，新十郎对通太郎他们说：

“必须迅速展开调查才行。虽然罗特南姆夫人已经连夜逃走，但可以去管理外国人出入境的机构问一下情况，待我查明清楚后，再通知二位。”

新十郎和他们约定后，旋即离去。

新十郎来到外务省。留洋归国的他曾在外务省工作过，所以查起事来很方便。没想到查了半天，竟然查不到罗特南姆夫人和她的助手们出入境的记录。新十郎也想过罗特南姆可能是假名，所以查阅了所有外国妇女的出入境记录，希望能找到类似的对象，结果一无所获。

于是新十郎去探访名叫宇井的外交官朋友。碰巧他在招待外宾，所以新十郎等了一会儿。

“什么？罗特南姆夫人？这种数据通过正式途径查得到吗？

亏你还是留过洋，通晓外国事情的名侦探，竟然跑来外务省查这种外国骗子的行踪，真是可笑啊！弄到假营业执照明目张胆开业的外国骗子多的是，不光日本，哪个国家没有啊。”

“可是连公爵夫人都知道有这号人物，还去她那边美容，甚至向她买了二百日元一瓶的昂贵香水，报纸上几乎每天都有她的新闻。”

“那么多名媛贵妇上门，那就更能享受治外法权啰！”

“后来她被爆出很多丑闻，说她那一套美容术根本是骗人的把戏，受害的可都是贵妇！”

宇井笑着说：

“我要下班了。既然你对那个骗子美容师那么感兴趣，那我就多少告诉你一些吧。走吧！我们去八百善那里聊聊吧。聊美容师的事，当然要美女伺候啰！”

两人来到一间餐馆，坐下来用餐。

“尽管罗特南姆美容院开张不到一个月，就被名媛贵妇批评是一间虚有其表的黑店，但我不认为这个罗特南姆夫人是个外行。根本没有罗特南姆夫人这号人物，所以你光靠名字找人，不可能得到什么小道消息的。日本目前跟阿拉伯诸国没有邦交，所以也没有哪个外国领事馆可以帮忙查这个人。”

“营业执照呢？”

“所以你今天要请我啊！还不到一个月就被贵妇们揭穿骗局，

马脚也露得太快了吧。开张那天可是名媛贵妇纷纷上门，热闹得很。这说明什么呢？肯定有人躲在幕后操控这一切。事实上就是三个有权有势的人在操控这一切，我只能告诉你，他们都是王公贵族。据我了解，能够驱使这三个人的人就是你想找的人，但恐怕没人知道他是谁吧。我当然也不知道。这在我们这些搞外交的人之间，还是一大谜团。要驱使这三个人动员贵妇去捧场，同时还能让名媛贵妇趋之若鹜，势必要有一大笔资金运作。找几个有名望的人帮忙造势很容易，但要动员那么多人登门消费可就没那么简单了。不用想也知道需要相当大的一笔资金。只是没想到开张不到一个月，罗特南姆夫人便饱受抨击，一下子就消失无踪了。可想而知，贵得吓人的美容费用和香水，让她在短时间内捞了不少钱。但始终想不透幕后黑手究竟是出于什么目的策划这场闹剧。有人怀疑他是间谍，搞外交的人都会先想到这件事，却至今都找不到怀疑的对象，但我们也想不出他有其他什么目的。总之，我们外交官也束手无策了。看来只能交给你来破解了。那个大肆张扬、明目张胆开店的叫罗特南姆的可疑外国女子，显然有着比骗钱更重要的目的。关于这一点，我们外交官至今摸不着头脑，甚至想过要找你这位名侦探帮忙呢！如何？我告诉了你这么多内幕，这顿饭值得请吧？”

宇井有点沮丧地接着说：

“告诉你，罗特南姆美容院开张时，能让那么多贵妇专程捧场，可不是件简单的事。更令人想不通的是，到底是谁有那么大的本事在幕后策划一切呢？还有比这件事更诡异的吗？倘若真的是间谍捣鬼，我看日本可就危险了。问题是，根本想不通到底是谁利用罗特南姆夫人，又说得动那三个有头有脸的人。毕竟开张不到一个月就露出马脚，我们外交官根本无法查到谋划这一切的目的，也根本没有任何能够逮住凶手的线索。”

这番话大概是宇井的肺腑之言吧。看来这问题已经扩展至外交问题了。

但新十郎还是很感谢好友的帮忙，说道：

“你说的这番话对案情很有帮助，假设你真的找到了什么线索，恐怕对案情也没什么帮助。相反，像现在这样你们绞尽脑汁也束手无策，还毫无保留地讲给我听，反而使我对谁是幕后黑手有了眉目。接下来只要一步步抽丝剥茧地推理下去，拨开犯罪的迷雾，我就可以找到幕后黑手了。总之今天真的太感谢你了，只请你这顿也太小气了。应该好好谢谢你才是。”

新十郎这番话并非讽刺之言，而是他真的察觉到很重要的线索。

新十郎向宇井道别后，立刻造访通太郎夫妇，告诉他们：

“你们一开始来找我时，我以为你们只是出于自己的想象罢了，根本没在意。但现在看来，确实隐藏着一个大阴谋。哪怕你们打退堂鼓，我也会追查下去，非得解开这个谜不可。我来此就是要表明我的决心。”

*　*　*

罗特南姆美容院到底葫芦里卖的什么药呢？克子只去过一次，了解更多内幕的又都是日本的名门望族贵妇，新十郎根本没办法见她们一面，这让他身陷困境。

新十郎只好去一趟两周前还在营业的罗特南姆美容院。那是一栋四周围着绿色草坪的西式洋楼，草坪四周仅设有铁栏杆，像是半开放的小公园，不像是不可告人的秘密基地。

“原来是这么明亮开放的地方啊！还真是投那些贵妇所好呢！大门前面那辆马车应该就是罗特南姆夫人之前坐的吧。搞不好就是故意弄成这样，吸引那些贵妇上门。”

新十郎揣测着贵妇们的心态，绕过草坪，走到大门口，拉了一下门铃，想说里面应该空无一人。

没想到却有人出来应门，而且是个看起来二十四五岁，气质高雅，很像贵妇的女子。

新十郎有些错愕，不好意思地说道：

“不好意思，我只是好奇想来参观一下罗特南姆美容院，看来是走错了。”

妇人微笑道：

“您客气了。这里就是罗特南姆美容院。像您这么好奇来看热闹的客人，在偌大的东京还是头一个。虽然除了房间的平面布置，什么都变了，不过既然来了，就进来随意看看吧。”

新十郎很开心，逐一看遍每个房间，怎么样也无法想象贵妇们光着身子躺在美容床上，接受罗特南姆夫人的美容术，那种妖艳的光景。

“这间客厅就是罗特南姆夫人帮客人美容的地方，所以窗户、美容床都设有布帘，四周还有立镜。只是会有两个黑人男女拿着香，绕着床走，这一点比较奇怪而已。除此之外，他们用的都是我离开前留下的东西。”

新十郎吃惊地问：

“您是这间洋房的女主人？”

“是的。房子盖好不久后，我丈夫罹患肺病，在医师的建议下，我们搬去位于海边的别墅疗养。我偶尔回来东京时，就会住个几天，所以基本上只留一个老用人看家。”

“莫非罗特南姆夫人知道这情况，所以才向您租借房子？”

“其实是通过我一个朋友介绍的。说什么要在这里开一间让世人惊讶的美容院，我也就抱着半开玩笑的心态借给她了。不过我说只能借一楼，她说一楼就够了。”

“原来如此，没想到这间房子还发挥了奇妙的效用呢！谁也没想到一时轰动不已的罗特南姆美容院不到一个月就关门大吉了。说句失礼的话，罗特南姆夫人应该是我们常说的连夜逃走吧？我听街上的人都这么说。”

妇人觉得很有意思似的笑着说：

“我想应该没人知道罗特南姆夫人是怎么离开，何时离开的吧。我当时不在这里，所以也不知道。不过她应该不是连夜逃走的，怎么说呢？因为她可是预付了三个月的房租，而且是不小的金额呢！我通过介绍人收了人家三个月的房租，可是她只用了一个月，也没跟我要回剩余两个月的房租，搞得我就像欠了人家两个月的房租似的。所以我听到别人说她是连夜逃走，就觉得心情郁闷。”

“是我不晓得内情，失礼了。原来如此，罗特南姆夫人不是因为资金上出了问题，而是受不了世人的批判而离开的。”

“应该是吧。我收下三个月房租时，也觉得她应该待不久。因为我那朋友向我提借房子一事时，也说她的美容术其实没什么效果，只是靠着诈骗游走世界各地，碰巧那段时间在日本落脚罢了。但我朋友说，她骗的都是些名媛贵妇，那么这个骗子也算不上是个恶贯满盈的人。我这个借房子的屋主也顶多算是个没有恶意的共犯啰！我听了友人这番话后，觉得很有趣，便答应当个没有恶意的共犯。本来不想收房租，单纯当个天真的共犯就行了，但我朋友不答应。我朋友很有钱，在她眼中，别人都是可怜的贫穷人。”

“您的朋友莫非是大伴阿忍夫人？”

“你怎么知道……我没提她的名字啊！”

只见妇人脸色骤变。新十郎为了安抚她，只好故作天真地说：

“您别紧张。我只是突然想到她而已，因为最推崇罗特南姆美容术的人就是她，这是大家都知道的事。要说没有恶意的共犯，就是大伴夫人了。因为她到现在还是很推崇这个美容术，这真是个天大的玩笑。所有贵妇都说美容术根本是假的，只有她一个人还是很热情地推崇，只能说她毫无恶意地撒着谎吧。大伴夫人本来就是个绝色美人，本来就是肤如凝脂，根本不需要什么美容，所以她还那么推崇，分明就是在说谎。”

“您说得很有道理。她之所以那么吹捧罗特南姆夫人，搞不好是为了让其他贵妇的皮肤变得粗糙吧。因为她天性就是喜欢恶作剧。房子租给罗特南姆夫人时看房子的老用人单独住一间房，他说大伴夫人天天都会来，但从没做过美容，总是睡在我家二楼的卧房，钥匙是我给她的。她付我那么高的租金，搞不好是为了租二楼那个房间吧。她不像其他人一样在这里美容，而是去二楼房间做美容。我家老用人说，二楼房间放有一张比普通美容床大几倍的美容床，而且只有大伴夫人用过的样子，看来她的目的是使其他人皮肤变粗糙，自己独享真正的美容术，也就是她大力吹捧的罗特南姆美容术。”

“若是这样的话，罗特南姆夫人一走，大伴夫人不就失去了让她越来越美的珍贵女神吗？若您说的是事实，她应该不会放罗特南姆夫人离开。”

“的确是这样，没错。您能抓到重点，真是个不可思议的人！看来她接受的美容术也没有特别有效嘛！不过她用的美容床可是比其他贵妇大多了。她的欲望还真强啊！”

这时外出归来，看到女主人在和陌生人交谈的老用人喃喃插嘴道：

“应该不是什么欲望吧！别的贵妇用的美容床虽然比较小，但装饰精美，还铺着柔软的丝绸。大伴夫人用的美容床是我和那个只有三根指头的黑人一起搬上去的，虽然比较大，但就是个用木头做成的箱子，看起来像一口大棺材，还有点脏脏的。恐怕谁也不会想为了变成天下第一美人，而躺在那种吓人的大棺材上做美容吧。”

“你看过大伴夫人躺在那上面做美容？”

“从外头看不到房间里头在干什么。自从罗特南姆夫人搬进来后，我虽然还是可以住在原本的房间，但不能上二楼。不过可以从我的房间自由出入厨房，但不能进去罗特南姆夫人租用的房间，也不能去那个缺指头的黑人的房间。他们从没跟我说过半句话，也没打过招呼，完全没往来。身为用人，我也不方便去贵妇们做美容的地方。所以尽管住在这里，但对罗特南姆美容术，我并不比街上来来往往的人知道得多。不过我倒是经常撞见大伴夫人和她的两个侍女，以及罗特南姆夫人一起上二楼，看来应该是做什么特别的美容术吧。”

“罗特南姆夫人离开后，大伴夫人搬走了她专用的美容床吗？”

“我虽然没特别注意，但那张床已经搬走了。既然是专用的美容床，肯定不会留在这里。如果不是罗特南姆夫人搬走，那就是大伴夫人搬回自己的宅邸了。”

新十郎向屋主郑重道谢后，急忙去找通太郎夫妇，问道：

“你们可以去精神病院探视大伴侯爵吗？”

“医生还不允许家属探视，说是等病人病情稳定才能让家属探望，这是医院的规定。内人每天都会去医院问，却迟迟没有好消息。”

“这样啊。若是可以探望的话，请将这张字条拿给侯爵，请他回答纸上写的问题。”新十郎将一张字条交给通太郎，上头写着：

“请问您去罗特南姆美容院时，都是去一楼的美容室，还是二楼的呢？”

通太郎夫妇没想到字条上写的是这样的问题。克子怔怔地问：

“这就是您要问的事吗？我实在无法想象我哥会去罗特南姆美容院。”

“确实已经发生让人无法想象的事了。如果他的回答跟我判断的一样的话，我们就有百分之九十九的把握可以将他从医院救出来。”

新十郎留下这句谜一般的话，便走了。

* * *

过了几天，新十郎竟然请虎之介带路，造访位于冰川的海舟宅邸，还请海舟谢绝其他访客，另辟密室商谈。

“我是败军之将，所以和当权的王公贵族也没什么往来。虽说文明开化，但这世间还是恶势力当道啊！就算是再怎么英明的君主治世，也是有不通情理的地方。为了争当家主，为了谋夺万贯家财，把当家人污蔑成疯子的阴谋亘古有之。就算你弄清楚大伴宗久是遭人算计，但谁能帮他呢？就算现在是文明社会，但你和那种阴险之人讲道理无疑是对牛弹琴，就像耶稣基督和孔子早在好几千年前就不停地向世人传道，结果又如何呢？不管你的道理多站得住脚，还是扳不倒那些有身份的阴谋者，这是自古以来不变的法则。”

海舟的结论未免也下得太干脆了。不用说虎之介肯定是一脸不以为然，而新十郎却露出一副表示赞同的样子来。

虎之介悻悻然地说：

“原来绅士侦探也这么落魄无胆啊！拿不出证明侯爵没发疯的证据，就放弃抵抗决定向阴谋家们投降了吗？你脸上可是清楚地写着呢！”

“你说的都对。道理可以用语言表达，谎言也可以用语言伪装成真理，所以只通过语言，无法分辨谎言与真理。”

虎之介还想争辩下去，新十郎赶紧制止，转身向海舟告辞，他此次来访见识广博的海舟，虽然没有得到满意的答案，但海舟这番话的确道出了人生真相，所以新十郎虽然颇郁闷，却无法反驳海舟说的。

新十郎沮丧地来到通太郎夫妇家。

“根据我这几日调查的结果，可以确定侯爵是遭人陷害而发疯的。我可以说明给你们听，但遗憾的是，可能没办法救出侯爵。也许你们不满意我的说辞，还请谅解。”

新十郎这么说明后，内心像是有一阵飒爽的风吹过，总算好过些。

“夫人，您闻到那两名侍女身上也用阿忍夫人爱用的香水味时，觉得她们是分身，您的直觉是正确的。但是黑人的三根手指头和‘三’这个数字的秘密毫无关系，只是凑巧缺了手指头，也不是让侯爵产生幻觉的原因。他在任务完成后遭人枪杀灭口。再回到侍女身上为何会有阿忍夫人的香水味一事，这么做是为了让侯爵相信她们是阿忍夫人的分身，但是这么做就能让侯爵相信三个不同的女人是一个人吗？光靠用同一种香水当然不可能。这只是其中的一个原因而已。于是他们巧施了一招诡计，缜密到令人瞠目结舌，而且还要特地绕地球半圈，请外国人来帮衬。罗特南姆美容院就是为了让侯爵发疯的一招诡计。”

通太郎夫妇又惊又怔，形如呆雁。新十郎内心却很落寞，因为他虽然识破诡计，却没办法将罪犯绳之以法。

“为何罗特南姆美容院一开张，就吸引那么多名媛贵妇上门呢？恐怕是事先砸了大笔资金，大肆宣传的缘故吧。问题是开张不到一个月就饱受恶评、关门大吉，和开张时的盛况一比是太随便了。开张当日便吸引一堆贵妇上门，可见幕后的操作有多么缜密完善，所以罗特南姆美容院至少要撑个一阵子，不应该瞬间关门才是啊！因为对比前后情形实在太悬殊，悬殊到找不到任何共通点，所以任谁也无法得知幕后操控者的目的究竟为何。就算找到共通点，不晓得大伴家秘密的人，也不可能知道罗特南姆美容术的真正目的。

“罗特南姆美容院只要在开张时，吸引贵妇们上门就行了。也就是说，开店才是他们的目的，之后运营情况如何就不重要了。甚至可以大胆断言，就是故意要让其猛遭恶评，迅速关门大吉。要说开店的目的为何，那就是要让阿忍夫人喜爱罗特南姆美容术一事成为理所当然的事，这样她就可以顺理成章地邀请自己的亲朋好友上门，最终目的则是邀请大伴侯爵到罗特南姆美容院。

“阿忍夫人要让丈夫亲眼看到她接受美容术的过程，当然不是和其他贵妇一样在一楼的美容室进行，而是特意租用二楼一间房间，而且用的是一张特制的美容床。这张床是用木板打造出来的，不是用来做美容，而是为了表演魔术之用，这张床是三层构造。最上面可以躺一个人，板子底下可以藏两个人，好让两名侍女事先躲在下面。大家看过西洋魔术就知道，只要演技够熟练，瞬间就能和藏在木板下面的人换位。阿忍夫人几乎每天都带她们去演练，从罗特南姆美容院开张到倒闭，足足练了一个月，练到和在巴黎、伦敦剧场表演的魔术师一样的水平。她之所以这么做，就是为了要在侯爵面前表演美容术，不是让肌肤变得光滑的美容术，而是表演让阿忍夫人变成喜美子、喜美子变成加代子、加代子变成阿忍夫人的诡计。大伴侯爵亲眼见到在罗特南姆美容术的作用下，同一个人变成其他两个人的神奇景象，叫他怎么能不相信呢？

“那些阴谋者为了这场演出，之前肯定成天对侯爵说美容术有多神奇，诱发他感兴趣。同时，三个女人绝对不会同时出现在侯爵面前，还刻意使用同一款香水。此外，正式表演之前，必须让侯爵的唯一亲人，也就是亲妹妹克子夫人出嫁，离开大伴家。

“罗特南姆美容院是在克子夫人结婚前一个月开张的，克子夫人婚后没几天就倒闭了。这间美容院的真正目的只有一个，就是在大伴侯爵面前表演‘三位一体’的魔术，但是绝不能让克子夫人看到。这场魔术表演需要在克子夫人婚后进行，罗特南姆美容院也只需开张到表演完成即可。于是，您新婚后没几天，侯爵便发狂，那是因为他亲眼看到这个魔术，他没有想到这是一场魔术表演，而相信真的有所谓的‘三位一体’。毕竟他在看表演之前，没看到那三个女人同时出现过，加上她们身上有着相同的香水味，自然就信了这招诡计了。

“侯爵之所以在鉴定会场昏厥，是因为他看到了不敢相信的奇怪现象，也就是三个女人同时出现在他面前。因为在这之前，三个女人总是分别出现在他面前，况且三个人长得不一样，但借由那场魔术表演，让他相信一个人有三副躯体的事，所以当他看到三个女人竟然同时出现后，一时无法相信的他就这样昏厥。

“所谓罗特南姆美容术，就是诬陷侯爵发疯的可怕手段。甚至大老远地请来外国人，表演这场又是戏剧又是魔术的诡计！”

新十郎说明完后，立即起身向通太郎夫妇道别：

“我能做的就是调查其中的阴谋诡计，为了让人们相信我所言，要从哪里弄来这样的设备和人员来佐证呢？”

新十郎就这么一边悄声嘟哝着，一边转身向外走。再也没有比这时让他深感沮丧的时候了。

三天后，传来大伴宗久去世的消息。听到这个消息的新十郎整整三天紧咬嘴唇，不过也有一种得到救赎的轻松感。

# 完美陷阱

又是新的一年，一月十三日，门松[1]已经撤掉，街上的新年气氛也逐渐退去，但是千叶县市川的乡间路上，人们还穿着新衣服三五成群地走着，乍见有几分东京的老城区风情，人群中还夹杂着艺伎装扮的女子。

这些人是要去参加为赫赫有名的深川储木场“山喜”的大老板在市川别墅举行的丧礼。明明是去参加丧礼，却没有穿着丧服，女子还打扮得像是要去游山玩水，这么做是有道理的。其实

---

① 门松，一种用松枝、竹子做的装饰品，是日本典型的新年装饰。一般在年前时摆在正门前，元旦之后第七日就可以撤下，以祈求长寿之用。

是“山喜”的老板要以丧礼的形式给自己祝寿。

“山喜”的当家主不破喜兵卫今年六十一岁。一月十三日是他的生辰，因此以丧礼的形式给自己过六十大寿。①

这么做也有消灾解厄的意思。不破喜兵卫中年丧偶，所以晚年十分孤独。他的身体倒是很强健，甚少生病，令人羡慕。他死去的另一半却体弱多病，为他生了三个孩子，但排行前面的一男一女都已不在人世，幺儿清作也是病恹恹的，骨瘦如柴，一看就不是什么长命相。

“得赶快给他找个媳妇才行，不然‘山喜’可就后继无人了。人家都说红颜薄命，我却重视姿色，结果落了个中年丧偶。只怪自己年轻时候不懂事啊！只顾得眼前快乐，没考虑到老后身殁的事，所以得选个有帮夫运、聪明的媳妇才行。长得漂亮当然好，但并非第一条件。”

不破喜兵卫这么想，所以清作二十岁便娶妻，那时媳妇千代才十六岁。

幸好玉之助、信作这两个孙子都遗传了母亲的强健体质，无病无灾地健康长大，所以喜兵卫非常放心。没想到去年秋天，两个孙子误食毒蘑菇，一夜之间双双殒命。

个性豪放的喜兵卫有很长一段时间茶饭不思、夜不成眠，成

---

① 日本普遍相信男子25、42、61岁，女子19、33、37岁的那一年是“厄年”，即厄运降临的那一年。因此到了对应年龄往往会去寺庙、神社消灾解厄。

天哀叹不已。但冷静想想，倒也不是从此没了希望，至少一直被以为不长命的清作还活得好好的，今年已经三十岁了。看来应该还可以再活个几年。两个孙子去世后，媳妇千代又怀孕了，再给山喜家添两个孙子也非做梦。

于是喜兵卫念头一转，要以丧礼方式给自己过六十大寿，借以消灾解厄。他认为已经死过一回，便能重生。

这件事定下来后，喜兵卫不再愁眉不展。先不问他的起心动念为何，总之这场“丧礼”要办得喜气洋洋、热闹、有气势些，所以从去年年底便开始筹备。

据说作为邻国的中国会在病人枕边之类看得到的地方摆上一口棺材，用来冲喜，像是在安抚病人：“给您准备了这么好的棺材，您就安心走吧。”还真是心胸宽大的习俗啊。要是在日本的话，病人肯定会气死，跳起来踹翻棺材也说不定。所以日本人直到咽下最后一口气，都很忌讳谈死，平日努力保养身体，希望自己活得长命些。

可是啊，人死了才筹办丧礼，实在很仓促。无论是采用什么仪式的丧礼，起码得花上一周到十天的时间，就算尽全力筹办，也还是难免有疏失，不是前来吊唁的人数和回礼的东西数目对不上，就是临时搭建的灵堂忘了拆。

喜兵卫的丧礼不但有充分的准备时间，还能一边顾及储木场的运营状况，就连棺材也是不输给中国冲喜用的棺木的上等货，不过准备起来也是有好多的事要做。

首先要寄讣闻给众亲戚好友，上头也写明了仪式进行程序。喜兵卫的丧礼仪式如下：

首先由和尚诵经，禅师给喜兵卫套上寿衣，然后身穿寿衣的喜兵卫自己走向棺材，躺进去。

接下来在队长小间五郎的指挥下，年轻的鸢工①们穿上防火装备，抬着棺木走在前头，引导参与丧礼的众人在庭院绕一圈后，将棺木放上火葬台。这个火葬台是小间五郎率一群工匠于去年年底开始搭建的。棺木放上去后点火，待火烧得最旺时，火葬台的门一开，有个包着红头巾的人走出来，他就是重生的喜兵卫。

这就是以丧礼办六十大寿的过程，庆贺喜兵卫重生。

所以参加丧礼的人也就理所当然地不穿丧服。人群中有两个人打扮得格外与众不同，一个是身穿西装的绅士花乃屋，另一个是身穿印着家纹的和服礼服的虎之介，他们好像有什么目的似的，混在人群中朝别墅走去。花乃屋嗅了嗅吹过田野的风，说道：

“哦，越近，味道就越浓呢！看来八成会应验我这个半仙半

① 鸢工，日本从事土木建设的工人。在江户时代，鸢工兼任消防员，主要靠拆毁着火房屋附近建筑以隔绝火源的方法灭火。

神万事通所言，今天会出事不成？我的嗅觉可是灵敏得犹如长兵卫①，所以绝对错不了。会死一个？呵呵！还是两个呢？呵呵！”

以往不管花乃屋说什么都会立刻唱反调的虎之介，今天不但没反驳，还一副若有所思样，看来他也在担忧同样的事。过了半晌才说：

“嗯……搞不好是三个人吧。加上千代肚子里的孩子，一共是四个人……”

虎之介这番话听来吓人，但他这么说是有原因的。

* * *

在乡下长大的万事通花乃屋之所以特别喜欢都市特有的风情，是有理由的。因为他是为永春水②的戏迷。深川储木场可是春水的作品《春色梅儿誉美》的舞台背景，那些身穿和服的女艺人是花乃屋心中的女神，所以他经常来此闲逛，也因此结识不少储木场的老板。不破喜兵卫也喜欢看戏，因此和他有些交情。

花乃屋十分了解“山喜”的家务事，也清楚“山喜”在储木场中的地位。尤其是“山喜”痛失两个孙子后，花乃屋与生俱

① 长兵卫，落语《鼻子灵的长兵卫》中的主人公，鼻子灵得可以闻到十里外的酒味。

② 为永春水（1790—1843），江户时代后期的剧作家，擅长爱情剧，著有《春色梅儿誉美》等剧。

来的本性便开始显露，他开始用不解风情的侦探眼光仔细观察着心目中的圣地现况。

花乃屋认定“山喜”的两个孙子是遭他杀，而且计划得相当缜密。

体弱多病的清作根本无力掌管家业，他没住在不破家的宅邸，而是住在向岛那边。胜海舟在那里也有房子，因为胜海舟的女儿住在那里，所以胜海舟也很关心那一带的事。向岛一带的三围样、牛之御前、白须、百花园等，从以往就是风雅之地，只有一处叫作出水的地方稍嫌差了点。

两个孙子出事的那天，清作碰巧回深川的宅邸。一向很少回去的他似乎冥冥中注定逃过一劫，若非如此，他们一家四口就死光了。

清作因为回来得晚，所以没像平日那样一家四口一起吃饭。孩子因为等不及父亲回来，千代便让两个孩子先吃。那天刚好从本家带回一些京都产的松茸，千代便加了鲷鱼做成一道菜，结果两个孩子送命，父母捡回一条命。

那些松茸里头混着长得一模一样的毒蘑菇。

松茸是去年去京都出差，年轻的副领班二助买回来的。喜兵卫是个美食家，只要有人去外地出差，就会带些当地的当季土产当伴手礼。这成了“山喜”家的不成文规矩。秋天正是京都松茸的产季，自然得买些回来才行。

二助能带多少就带多少回来。喜兵卫留了一些，分送邻居，也送了些给住在向岛的儿子一家。

怪的是，留给自己吃的还有分送邻居的松茸都没问题，唯独送给清作的松茸里混了些毒蘑菇。但也不能说问题出在京都卖松茸的店家和二助身上。因为开封后，送往向岛的途中转过几手，所以不太可能查得出是哪个环节出了问题。

储木场“山喜”是喜兵卫的上一代，也就是来自秋田县深山的喜兵卫父亲打下的家业，所以从上一代开始，掌事的都是秋田出身的。

先说现在的大总管，他是当年跟随喜兵卫的父亲来东京打天下的大总管的儿子，名叫重二郎，算是远亲，也姓不破。今年三十七岁的重二郎是个很有经营手腕的人，喜兵卫也早就把女儿登美子许配给他，所以他和不破家的关系更深，后代自然也会为不破家效力。

不过登美子也是体弱多病，嫁给重二郎后，享受了几年幸福生活后，便留下两子撒手人寰。

登美子的两个儿子是喜兵卫的外孙。在不破家的小孩因为体弱多病相继死去的情况下，重二郎展现了他对本家的忠贞，要求两个孩子也要像自己一样，当个忠实的总管。毕竟当家主喜兵卫没有再续弦，重二郎为了显示自己的忠贞不贰，也决定不再婚，否则对不起岳父。

重二郎手下有三个领班，分别是二十七岁的一助、二十五岁的二助、二十二岁的三助，还有两个负责打杂的平吉、半助。依从上一代的规定，这五个人都是秋田人。

类似松茸的毒蘑菇有好几种，而夺去“山喜”两个孙子之命的是长得特别像松茸的品种。这种毒蘑菇只产在秋田深山的某处地方，也就是“山喜”主仆们的家乡。秋田方言称这种毒蘑菇为“辣团子”，毒性猛烈。

“山喜”和秋田因为买卖木材的关系，往来十分频繁。在乡下长大的领班们就不用说了，连在东京长大的重二郎也晓得这种毒蘑菇。负责料理三餐的织田多根老婆婆也认得这种毒蘑菇。

但是向岛那边就没人认得这种毒蘑菇了。体弱多病的清作根本没离开过东京，千代和女佣们也是土生土长的东京人，就更不用说了。搞不清楚是松茸还是辣团子也是理所当然。

这件疑点重重的命案连警方也束手无策。因为负责分送松茸的老婆婆没有什么可疑之处，负责将东西送去向岛的半助（十五岁）也没有什么引人疑窦的地方。

织田多根婆婆将松茸交给半助，半助带着这包东西直奔向岛，直到将东西交给向岛家的女佣料理为止都没有任何可疑之处。

半助在抵达向岛之前，还给另外五家送松茸。为了避免弄错，唯独送到清作家的那一包没用绳子捆上，其他家的都有，所以应该不会拿错。这五户人家都和“山喜”家有交情，所以半助在各家都被招待了茶点，稍事歇息。然后收下各家写给喜兵卫的感谢函后，便直奔向岛的清作家。

这五家其中一家是千代的娘家，当家主源兵太卫也是掌控着一个名叫“圆三”的储木场的大老板之一。

还有一家是高野为右卫门，他是名为“键田”的储木场的老板，但这户人家有点家庭问题就是了。虽说如此，但这可是喜兵卫死去妻子的娘家。喜兵卫的儿女相继离世后，喜兵卫曾埋怨是妻子身子骨不好的关系。这事传到高野为右卫门的耳里，让他深感不满，两家因此曾一度交恶。

其实喜兵卫只是随口说说，没有特别的含意，但俗话说得好：“身强好运到。”当家主身子欠佳，“键田”也是衰运连连，甚至一度濒临破产，所以看不顺眼事业蒸蒸日上的喜兵卫。喜兵卫虽然心里不高兴，但多少也同情“键田”的处境，对亡妻的娘家还是很照顾，无奈“键田”方面并不领情，而且这怨结得愈来愈深。

不过倘若清作一家四口都死了，受益最大的应该是重二郎。为什么呢？因为他的两个儿子是喜兵卫的外孙，也是最有力的继承者。

任谁都会怀疑到这一点，警方当然也对重二郎进行过一番调查，但他根本没时间去秋田，也查不到他将辣团子混入松茸的证据。

不过，警方展开严密的搜查时，倒是发现一件意外之事，那就是喜兵卫和鸢工的领导者小间五郎关系匪浅。

喜兵卫除了跟亡妻生了三个孩子，婚前还和一个女佣过从甚密，女佣还因此怀孕。

喜兵卫深爱这个女佣，曾想过若两人无法在一起，那就殉情吧。当时劝说他别这么做的人就是五郎的父亲。

那个女佣出身于特殊部落①，小间五郎一家则是统帅那个部落的首领，五郎的父亲这么劝说喜兵卫：

“少爷能看上我们部落的女孩，着实让我感动落泪，但为了您自身着想，我还是要劝您几句。您要是娶了我们部落的女孩为妾，只怕会让‘山喜’蒙羞，无法在世间立足。比起情爱，您还是应该以整个家族为重。为了那女孩着想，为了她肚子里的孩子，千万别做出什么傻事。”

喜兵卫在这番恳切的劝说下，打消了殉情的念头。而且五郎的父亲还要求喜兵卫发誓不过问怎么处置女孩肚子里的孩子。

那时代的人们一旦发誓，绝对会坚守到底，所以喜兵卫也不晓得他和情人的孩子到底怎么样了。更别说外人肯定不知道。因

---

① 特殊部落，以前日本的贱民阶级，出身该部落的人只能从事屠宰、清扫等低贱的工作。江户时代间士、农、工、商与该部落民不能通婚，时至今日该部落民在就业、结婚时也会受限。

为小间五郎和喜兵卫差不多年纪，所以有人说五郎的长子小间市，其实是喜兵卫的私生子，但没有证据能够证明。在那个重义气又守信的时代，不难想象孩子养在首领家里是最妥善的办法了。加上小间市的年纪也挺吻合，有这谣传也是理所当然。

还有一说，小间五郎有个叫土佐八的部下，他的老婆就是喜兵卫的旧情人，土佐八的长子波三郎就是喜兵卫的私生子。据传，小间五郎的父亲要求土佐八娶那女孩，所以当然得提拔他才行，所以土佐八变成了部落里第二有分量的人物。不过这些都是臆测，无凭无据。

警方是从一个叫舟久的船老大那里听来的。舟久这么告诉警察：

“我之所以说出这件事，是因为小间五郎的父亲对我有恩啊！他是个有担当的男子汉。恩人刻意隐瞒的事，我却抖了出来，好像是我不对，但也没必要再隐瞒下去了。是哪个人打着坏主意想让‘山喜’断子绝孙，好接管‘山喜’？是谁有这种恶毒的阴谋呢？喜兵卫有私生子，而且与小间五郎有关啊！我不知道是哪个歹毒的人有这种心思，但是要借五郎之手，摧毁‘山喜’可没这么容易，还是死了这条心吧！”

这是舟久之所以说出秘密的理由。舟久是个八十高龄的老人，如果小间五郎的父亲还活着的话，也差不多这年纪。

单看舟久说话时的眼神，有人会觉得这老人满口胡言乱语，但是老人家说的话，可不一定都是一时犯傻的话。即使没了欲望，对于其他事都无所谓了，对于一辈子都深埋于心之事的执念反而会越来越深。有些老人执念太深，走火入魔，倒也能干出一番事来；也有些老人年迈昏聩，对世间的一切都没有顾虑，只对那些越来越没人在乎的阴谋诡计有着巢中蝮蛇一般纠缠着的执念，且越来越执着。

不少人根本不相信舟久所言。搞不好毒死喜兵卫两个孙子的未知的犯人，其实是跟小间五郎家有仇，而且毒害的目的就是让喜兵卫的私生子被小间五郎所处理的秘密浮上台面。在小间五郎一家这个有点难以下手之处藏着的秘密，会经由搜查而暴露。

至少发现喜兵卫还有私生子一事，不啻是一大收获。但这也是个难解之谜，这个私生子究竟是谁？那个女佣后来嫁给了谁？对这些问题警方还是毫无头绪。

警方的搜查遇到瓶颈，这起毒杀事件也就不了了之。虽然花乃屋将自己调查的结果告诉新十郎，请新十郎指点迷津，但要是没有确切的事实，新十郎也不知如何回答。

明明这起凶案发生不到半年，喜兵卫却要搞什么生前丧礼，虽然也是为了消灾解厄，别再发生这种惨事。但花乃屋心里暗忖……千万别再发生什么事才好，虎之介也有同感。虎之介一听说有生前丧礼这回事，便拜托花乃屋务必带他同行，所以这两个在推理迷宫走累了的怪侦探，才会出现在市川的乡间步道。

“今天被杀的人啊，可能有六个……”

虎之介掰手指算着。他脑子里那个复杂的算盘，是一般人拨不动的。两个侦探的目标一致，但奇怪的犯罪即将在两人面前进行，他们脑中的算盘能解得开这个谜吗？

* * *

丧礼按照程序进行着。

老禅师率领十六名和尚入场，演奏各种乐器，悠然起舞。和尚们的舞姿看起来有点奇怪，有点像盂兰盆舞①，也有点像炭坑节舞②。老禅师盘腿坐着诵经，在舞蹈的衬托下更显神圣庄严。

十六名和尚围成一圈，一边奏乐，一边跳舞，老禅师正在帮坐在中央的喜兵卫剃头、穿上寿衣。诵经声越来越大，活着的“亡者”心境此刻或许有成佛之感吧。

围成一圈的和尚们开始诵别的经文，顶着光头的喜兵卫走向前，静静躺在棺木里，还真是个手脚敏捷、身体强健的“亡者”。

老禅师帮喜兵卫剃头的时候就开始烧香了。喜兵卫躺进棺木后不久，香也烧完了。

充当丧主的是儿子清作和两个外孙，一个是十三岁的常吉，

---

① 盂兰盆舞，每年7月15日左右为祭祀而举行的盂兰盆会上所跳的舞蹈。

② 炭坑节舞，日本福冈县流行的一种民谣舞蹈，现在的盂兰盆舞大多以此为蓝本。

另一个是十岁的金次，三人负责盖棺。清作的妻子因为怀有身孕，所以留在向岛的家，重二郎则是留守储木场的宅院，所以也没出席。清作与两个外孙各执一根细钉。

队伍终于要向火葬场前进，只见五六十个身穿消防服的值班的鸢工在小间五郎的率领下在一旁待命。

紧跟着老禅师率领的和尚一行人之后，鸢工抬着棺木跟在后头。和尚们停止诵经，亲朋好友跟在后头。丧礼队伍绕行庭院后，来到庭院中央的火葬台。

火葬台是宽近四米，长达六米，高约五米，外形很像神社的木造建筑物。离地高约两米，下方堆着柴薪。

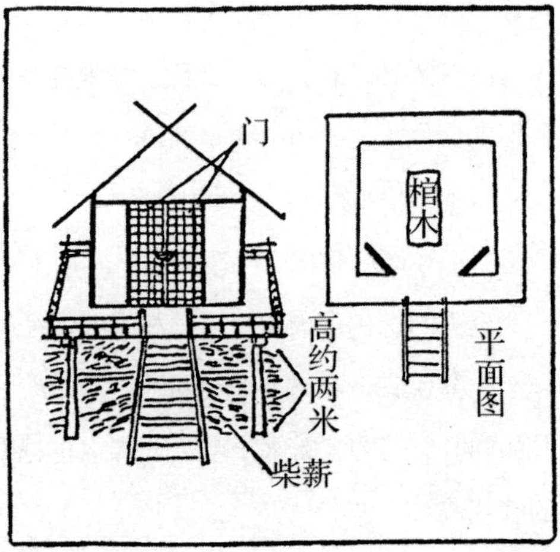


送葬队伍在火葬台前停下来，由小间五郎拿着钥匙登上楼梯，推开左右两扇门，再由鸢工将棺木放进去。放妥后，拍了两下梆子，仪式告一段落。鸢工退下，小间五郎关上火葬台的门，再用一把大锁锁上。

“不会吧？还真的上锁啊！火烧起来后，喜兵卫应该会爬起来，打开门走出来才对，现在上锁了。他还出得来吗？”

这么想的人应该不止花乃屋和虎之介吧？只见小间五郎转身步下楼梯，看着他身后那扇门上的大锁，两人不由得面面相觑。

“应该快开始了吧……”

鸢工们围住火葬台的左右两面和后方，和尚们则是站在火葬台正面，再次诵经。结束后，由老禅师进行引渡。

“喝！”

老禅师大喝一声，这喊声很像练武时的喊声。就算一发大炮，威力也不及老禅师这一声。

老禅师一声令下，鸢工们开始堆起下方的柴薪，然后用那时代还很少见的洋火柴从三个方向点火。

霎时浓烟蹿升，与会者莫不绷紧神经，有如自己被大火包围住似的愣住了，不由得合掌高喊：

“南无阿弥陀佛！南无阿弥陀佛！”

“南无妙法莲华经①！”

众人的念佛声大到淹没了和尚的诵经声。

火葬台底下两米高的空间堆满了干柴，火愈烧愈旺，火苗蹿升的同时柴薪响起噼啪声响。念佛声也越来越高亢，互不退让似的缠斗着。

---

① 南无妙法莲华经，佛教术语，日本日莲宗唱妙法莲华经之题号，即皈依法华经之意。

“再不出来就糟啦……”

虎之介开始有点着急。当然之所以这么做，也是考虑舞台效果。毕竟当火烧得猛烈时，喜兵卫缠着红头巾现身才有气势，但迟迟没见他出来，再这样烧下去，再不出来就出不来了。一阵狂风吹来，烈焰吞噬火葬台，红色火舌像在敲打着大地，在地面四处舔似的行进。

狂风过后，火焰不再往上蹿升，而是袭向火葬台四周，只见和尚们群起骚然。

老禅师脚程没那么快，幸好被其他和尚抱住带离，但和尚们突然回头一看，像是发现什么似的大叫，众人也一同回神：

“天啊！再不出来的话就糟了。”

再晚一步就必死无疑。和尚们想冲上前去帮喜兵卫开门，只见小间五郎跳起来大吼：

“安静！安静！”

他挡着老禅师，制止其他人的危险举动。

“老爷一定会出来的，他的身体壮得跟二十几岁的鸢工一样，所以不会轻易丢命的。今天是一场很特殊的葬礼，我们不能随意行事，现在，现在只能静待，要是老爷不出来，不是他不出来，而是早就下定决心不出来。我们只能念佛，期待老爷成佛升天！”

“你这混账！有什么资格这么说！这种时候就算是和尚也不会说这种话！”

个头娇小的老禅师垮着满脸皱纹的脸，嘟囔着。只见他突然冲向火葬台，想登上楼梯去开门，和逃跑时脚步踉跄的样子判若两人。

“危险！”

小间五郎追上去，好几名和尚和鸢工也一拥而上。

“危险！危险！”

一群人挤在火葬台门前，门轰隆倒下，众人霎时被浓烟包覆。

只见一群人连滚带爬地逃出来，小间五郎紧抱着老禅师。这场“动”就这么结束了。不动明王是被烈焰裹身的菩萨。这时被火舌吞没的火葬台宛如不动明王的化身。众人束手无策，只能眼睁睁看着。门倒在棺木上，转眼之间一切都被大火吞噬了。

喜兵卫就这样被活活烧死，连一声呻吟也听不到，人影也见不着。两名怪侦探见证了这一幕不动的悲剧。

* * *

首先被怀疑的对象是小间五郎，和五六十名在现场待命的鸢工，他们身穿消防衣，却眼睁睁地看着喜兵卫被活活烧死，这让在场众人十分不解。大火熄灭后，一脸茫然的小间五郎才从摆在中央的棺木里拖出喜兵卫的焦尸，饱受众人苛责愤怒的眼神。

辖区警方和闻讯赶来的深川精锐警察根据舟久老人所言，当然会将小间五郎视为头号犯罪嫌疑人。

侦讯重点当然就是当时为何不救出喜兵卫一事。只见小间五郎镇静回道：

“喜兵卫老爷和家父交情匪浅，也一直很照顾我们小间家，所以我比谁都了解他的脾气，所以没有经过他的指示，我不能随意做些什么。如此特别的祝寿方式已经表达了他的想法。少爷和他的两个外甥只是钉上小钉子，老爷只要用胳膊轻轻一顶就能打开棺盖。老爷并没喝醉，又不糊涂，他之所以不出来是有所觉悟。我不能违背老爷的心意，只能在心里哭泣向他道别，只能帮助老爷以这样的方式告别人世。要是我们冲上前去救他，岂不是毁了老爷的一世英名。我五郎是绝对不会做这种事的，所以只能默默地守在一旁。”

“你还挺会狡辩啊！小间五郎，你之前也当过工匠，难道不晓得门是用来出入的吗？”

“呵！你见过哪个木匠在墙上安装门？”

“不开个门，要如何进出？”

“不见得啊！”

“好你个小间五郎！杀害‘山喜’主人的凶手肯定是你！你锁上门，在八百多人的眼皮子底下干这种事。来人啊！将他捆起来！”

小间五郎面不改色地让警察缚住他的双手。

“锁上门一事是老爷为了让众人捏一把冷汗，其实门锁钉得不牢，一撬就开了。不过现在门都烧毁了，也查不到这装置吧。反正就是一个让大家惊喜的设计。”

“哈哈哈！你这家伙好歹也是鸢工的老大，既然知道由内可以轻易开门，也会知道从外头也能轻易推开门吧。一群人撞倒两扇门时，根据在场证词，锁还好好地在门上。”

没想到一向平静的小间五郎脸色骤变，眼神变得锐利。

“看来你们逮着要点了。哈哈哈！算你这小子厉害。我认输，给您添麻烦了。”

小间五郎咯咯笑着。负责审讯的警察当场愣住，心想这家伙是不是疯了。但是小间五郎遭关押后，警方又搜集到一些奇怪的情报。

火葬台烧掉后不久，回到火场的鸢工议论纷纷。

“喂，你有看到吗？好像真的躺着一个死人啊！”

“嘘！”

虽然这些议论很快就遭一旁的人出声制止，但鸢工还是不停窃窃私语。至少有二十几个参加丧礼的人听到他们的耳语。

警方马上集合所有鸢工，一并审讯。

“谁在说这种蠢话啊！火葬台有死人是理所当然的事啊！”

众人无不轻描淡写地否认说过这句话。警方也无从查起，这件事也就不了了之。

翌晨，出事了。重二郎失踪了。重二郎当天应该留守宅院，但宅院女佣证实他其实不在那里。调查重二郎的家后，一个叫加久的老女佣说：

“我家老爷是丧礼前一天离家的。出门前对我说，明天要参加岳父大人的丧礼，所以晚上不回来了。可能是住在宅院或市川。”

“出门时穿得跟平常一样吗？”

“是的。不过老爷用包巾带了一套丧礼服就是了。可能想说那天晚上要外宿吧。”

“如果是留在宅院看家，就不用准备丧礼服吧。”

“这我就不晓得了。留在宅院看家难道就不能穿吗？”

“你可别为了你家老爷隐瞒什么事喔。听说他在外面养了七个小妾，搞不好以看家为借口，跑去找哪个小妾吧。你还是老实告诉我们那几个小妾的名字和住处。”

“不会吧？老爷养了七个小妾？有哪家老爷会告诉在厨房的老太婆这种事啊？况且我家老爷才不是这种人。”

老女佣露出精明世故的眼神。

这番话是警方胡诌的。重二郎是个非常洁身自爱的人，从来没有传过这样的事。

又过了两天，重二郎还是杳无音信。但是没有人将他的死与喜兵卫的丧礼联想在一块儿，最早注意到这一点的是新十郎。

* * *

花乃屋和虎之介都直觉凶手就是小间五郎，事实上警方也的确逮捕了他。“看来最近警察的办案效率提升不少嘛！”甫回京的新十郎抚着下巴这么说，聆听两人的报告。新十郎听完后，说道：

“你们有听见小间五郎的属下们议论里面真的有死人一事吗？”

“没有，我们没听见。这种事也是理所当然吧。”

“听见的都是些什么人？好比女佣、艺伎，还是各家老爷？”

“有五六个老爷听到吧。”

“那些人是做什么的？”

“都是储木场的老板。”

新十郎凝视两人，问道：

“‘山喜’老板剃头、穿法衣，躺进棺木里，然后抬至火葬台，由小间五郎关上门、上锁，你们都有目睹，是吧？”

“其实我们是预感那天会出事，所以才跑去凑热闹的，而且我们站在最前面，看得一清二楚。”

“有没有可能被人挡着，所以有看不到喜兵卫的时候呢？”

“有十六名和尚围着，五六十名鸢工将棺木抬往火葬台，还边唱着歌。是有时候看不到啦！但喜兵卫躺进棺木里，然后盖棺、钉上钉子，我们确实都有目睹这过程。”

“棺木的大小呢？”

“就是一般大小啰！虽然用的是上好的木材，不过也没有比一般的棺木大到哪去。喜兵卫的身形颇结实，但并不是什么大块头，虽然可以重现罗特南姆美容院那招诡计，但我们可不会被这种把戏骗第二次！哈哈哈！”

三天后，新闻一隅刊登了重二郎失踪的消息，新十郎叫花乃屋和虎之介到家里。

“重二郎好像真的失踪了，我们一起去找找，如何？”

两人听到这提议，立刻响应：

“对啊！应该去找找。况且我们直觉那天的被害者应该不止一人。”

于是三人来到深川的宅院，要求府邸所有用人集合，进行审讯。平吉和半助说：

“丧礼前一天下午两点左右，向岛那边差人来，总管就出门了。”

这是在宅院最后见到重二郎之人的证词。

“记得是派谁来吗？”

“车夫房吉。总管搭他的车子出门。”

喜兵卫死后，由清作当家，所以新丨郎想见见他。

“冒昧想请教，令尊有没有留下遗嘱？”

“没有，我觉得他并无觉悟要自杀，所以没留下遗嘱。”

“令尊没有提过要由谁接掌家业吗？”

“没听过他讲这种事。”

“听说大总管深得令尊信赖，希望您能道出心里话。”

“称不上什么信不信赖吧。重二郎的父亲跟随我祖父打下家业，一直忠心耿耿。况且他也是我的姐夫，算是自家人。”

“意思是，令尊虽然不信任他，但因为是自家人，也只能信他的意思吗？”

“我不是这意思，只是说他是自家人。”

清作有点不太高兴地嘟哝着。

“所以‘山喜’将来由重二郎的孩子继承吗？”

“不是。内人已怀有身孕，如果生个儿子，当然是从我手上接管家业。如果是女儿，将来也会招赘，让女婿接掌家业。”

“会让重二郎的儿子当赘婿吗？”

“表兄妹不能结婚。我们应该会从同行中挑选吧。但这些都要等孩子生下来之后再说。”

“小间五郎和令尊有过节吗？”

“没有，绝对没有。从他父亲开始就对我家忠贞不贰，所以他绝对不会害死我父亲。”

“您认识小间五郎的部属土佐八的儿子波三郎吗？”

“土佐八是小间五郎最得力的部属，只有他和儿子波三郎能进去小间五郎的房里说话。我认识父子俩，但从没和他们说过话。”

新十郎和清作谈完后，正好车夫房吉来接清作回家，所以又从房吉处听闻了一些事。

“丧礼前一天，是你去接重二郎的吧？”

“是的。老爷叫我去的。”

“接重二郎去哪儿呢？”

“向岛那边。”

“之后呢？”

“之后我就不清楚了。后来我就接老爷去市川别墅了。”

“那是几点的事？”

“我把总管送至向岛后，应该不到三十分钟吧。那时天还很亮。”

“那时总管还在向岛吧。”

“是啊！他送老爷上车。”

“那时在向岛的还有谁？”

“少爷、少夫人、总管，还有两名女佣，他们都送老爷上车。我送老爷去市川的别墅后，便连夜赶回来。隔天早上又送少爷去市川，慢慢晃过去……”

“慢慢晃过去？”

“载清作少爷要开慢一点，开太快，我会挨骂。”

“总管后来怎么样了？”

“我就不清楚了。因为他自己好像也有车。”

“他没在向岛过夜吗？”

“没有。对了，总管他好像没有车，他好像是吃过晚餐，叫了辆车子去市川的样子。因为我回向岛时没看到他。”

“你晓得他坐谁的车吗？”

“这我就不清楚了。因为附近多的是车夫。”

“隔天在市川也没看到总管吧？”

“丧礼那天人很多，也没多注意就是了。”

看来重二郎也乘车去了市川。

新十郎一行人接着拜访向岛的清作家。除了千代和两名年轻女佣小铃和小宫之外，千代的哥哥三原保太郎也在。因为自那事件以来，清作大多住在不破家的宅院那里，千代的父亲担心怀着身孕的女儿，所以叫保太郎过来陪伴。千代娘家三原家的商号叫“圆三”，父亲也是储木场的大老板。三原兵太卫和喜兵卫是挚友，两人还曾考虑公司合并一事。

千代的哥哥保太郎是三原家引以为傲的长子，和清作同年，却是个身强体健、活力十足，十分适合在储木场工作的小老板。

新十郎希望能和千代见面，于是由保太郎陪同。

“我妹妹有身孕，怀的是‘山喜’的独苗，所以请您避免提及那件不幸的事。”

“很抱歉，我们要谈的就是和丧礼有关的事。总管重二郎失踪，据说丧礼前一天他来过这里，晚饭后驱车前往市川，之后的事就不清楚了。我们想见见当时载他的车夫。”

千代抬起头，用那双聪明伶俐的眼看着新十郎。

“我们家的车夫那天载我公公去市川，载重二郎去市川的车子不是我们家的。当时我在里面，不知道是找谁载他，也许可以问问女佣……”

千代看向哥哥，只见保太郎起身去带两名女佣进来。

“小铃，你说那天晚上出去帮重二郎叫车时，正好碰上一辆马车经过，便叫住那辆车。你还记得那个车夫吗？”

芳龄十八的小铃红着脸回道：“不记得了。”

“因为那时是晚上，那个车夫也没点上灯笼。我一出门，手上的灯笼就被马车撞掉了。那车夫捡起灯，还给我，无奈天色太黑，我没看清楚他的脸。”

“重二郎上车时应该有打灯笼吧？那时候也没看清楚吗？”

被保太郎这么一问，小铃又红着脸，摇头道：

“总管上车时，也没打灯笼。我说要给总管打灯笼，因为市川路途遥远，我说起码点根蜡烛带着，结果他什么也没带就这样上路了。我是有看到那个人的背影，但年纪多大之类的就不清楚了。”

“这里的人都不怕搭上黑车吗？”

在新十郎清澄双眼的注视下，小铃倒是回答得很干脆：

“总管从年轻时就是剑术、柔道高手，根本不用怕坐上什么黑车吧。他常说，我才不把那种家伙放在眼里。”

“没错！我从小就听说储木场的年轻人都在练武。我们这年纪没练过武的大概就只有清作吧。我不晓得重二郎练得如何，但有一阵子，储木场的年轻人都以自己有两下子功夫而自豪，我也是啰！”

原来如此。新十郎点点头说。

“这一带的土地风情就是不一样啊！对了，喜兵卫老爷很信任总管吧？”

“这是当然，非常信任。”

保太郎口气笃定。

“毕竟清作身体不好，管理不了储木场的事。家里可以依靠的就是重二郎了。所以喜兵卫老爷可是打从心底信赖他呢！”

“可是清作先生说并没这回事，说他是个不能信赖的男人，只是因为好歹是自家人，迫不得已。”

新十郎边这么说，边看着那两名女佣。保太郎的表情倒是没什么变化。

“是吗？我认为那是因为清作先生从来不过问家业，所以不明白老爷子的心。‘山喜’考虑和我们‘丸三’合作，成立一家新公司。代表‘山喜’和我们谈过好几次的是重太郎，不是清作，可见老爷子对重太郎十分信任。”

“所以将来继承‘山喜’的是重二郎或是他的孩子吗？”

“这是别人家的事，我也不是很清楚。照理说，应该是由清作和他的孩子继承，但其实……”

保太郎看了妹妹一眼，继续说：

“丧礼前一天，老爷子来向岛这里，将清作和千代叫到跟前，将家谱交给清作。拿那份家谱给这位先生过目。”

在保太郎的催促下，千代起身，从佛堂取来家谱给新太郎看，并说明：

“公公的意思是，‘山喜’的第三代传给清作，第四代传给我肚子里的孩子。若是男孩，取名喜十郎；若是女孩的话，就叫喜久子，然后招赘继承家业。公公还笑着说，家谱都是记录以往的事，很少有人会记录将来的事。见证人就是寺院的老禅师，他已经在家谱上写了这些事了。公公说既然要举行丧礼，那么也应按规矩把家谱传给后人，说完就一派轻松地将家谱交给了我们。”

新十郎觉得这番话大有文章，盘算着要去问问老和尚关于家谱的事。新十郎行礼后，将家谱还给千代。

“我明白了。再问一件事，喜兵卫老爷是坐向岛的车去市川别墅，回来时也是坐这里的车子回来吗？”

“不是，是坐宅院的车。送公公过来后，那辆车就被派去做别的事。大概是因为葬礼前一天，来来往往要用车的人很多吧。”

新十郎早就注意到保太郎双手都缠着绷带：

“怎么？你和重太郎一样，一直都有练武啊？还是跟哪个黑车车夫交手受伤了？”

新十郎开玩笑地说。只见双手缠着绷带的保太郎也笑着，敷衍回道：

“只是遇到一件无聊小事，让您见笑了……”

新十郎再次向保太郎和千代道谢，坐上在外头等候的马车，前往寺院途中时，说道：

“三原保太郎的脚上也缠着绷带吧。手上缠着的绷带没办法遮掩，但脚上的绷带可绝对不能让我们看见。我们去的时候，他是坐着迎接我们，我们离开时，他虽然有起身送我们，却走在我们身后。我们走到大门口回头时，他又坐了下来，可见他就是不想让我们发现他脚上也缠着绷带。”

虎之介愣愣地问：

“那你是怎么看到的？”

“他站起来叫女佣时，被我瞧见。”

新十郎笑着回道。

* * *

老禅师的回答就像问禅般，令人摸不着头绪。

“那份家谱啊！确实是喜兵卫老爷在我这里写的。我还在上头盖章了啊！但没有诵经就是了。世俗的事盖个章就行了，没必要诵经。”

“听说您在喜兵卫老爷临危时，冲过去要开门，却被小间五郎拦住，您是怎么看待此事的呢？”

“你也晓得这事啊！那混账的力气实在太大了。随手一抱就把我抱下来了。还真没见过像他那样力气大又聪明的家伙。”

不管问什么，老禅师都是这态度。

请教土佐八和他儿子波三郎时，他们的态度更夸张。

“既然你们不认为小间五郎是凶手，为何不帮忙澄清呢？”

新十郎这么问。

“我怎么知道啊！”

一副事不关己样，只有在询问火葬台结构一事时，父子俩才有反应。

“火葬台的逃生暗道设在哪里，又是什么样的装置呢？”

“哪有什么暗道啊！可是严密打造得连蚂蚁都钻不进去。”

“连蚂蚁都钻不进去？是为了不让烟飘进去吗？”

“我不清楚，只知道整个火葬台是由内外双层厚木板搭建而成的，所以紧密到连一只蚂蚁要钻进去的缝隙也没有。毕竟是在小间五郎手下干活，可不敢马虎。”

“听小间五郎说，火葬台门上的锁钉得很浅，一撬就掉。”

“那里是老大自己钉的，他这么说，那就准没错。”

土佐八显得有点不耐烦，波三郎从头到尾没说过半句话。见土佐八不想再回答似的，新十郎也就告辞了。

“自从罗特南姆美容院一案以来，凶手好像都会用西洋魔术啊！哈哈哈！”

虎之介嘲讽道。

“就是啊！而且不是让大男人可以自由出入的魔术，而是让连一只蚂蚁都无法出入的魔术，做得很严密啊！”

新十郎回道。

又过了几天，重二郎失踪一事已成定局。必须开始整理“山喜”的账簿，因为清作对储木场的运作并不熟悉，所以由岳父三原兵太卫从旁辅佐。越整理就越发现重二郎有许多不法行为，好比账本上有一笔买山的记录，但根本没这座山，还有私吞超过一万日元巨款的情形。

“重二郎竟然如此大胆地盗用公款，可是他住的地方也没有特别好，家里也没什么值钱物品，邻居们也没见他奢华过，还真是奇怪呢！莫非他在别人看不到的地方过着另一种生活？”

这自然引起许多人的怀疑。经过调查后，还真的发现重二郎在外头养了个名叫小染的女人，还为她买了一栋豪宅。小染的伯母加久是重二郎家里的女佣，所以都是由她安排两人幽会，所以一直没曝光。

警方立刻审讯加久和小染，讯问重二郎的行踪。

“最想知道老爷行踪的是我们吧！老爷那么稳重，绝对不会干什么坏事。盗取公款？老爷可是‘山喜’家的女婿，拿个五万、十万花用，也不就和平民家的小孩拿个三文钱当零用钱的意思是一样的吗？我们再也找不到像他那么好的依靠了。快把老爷还给我！”

加久这么说也不是没道理。毕竟这么多年了，她和小染不知从重二郎那里得到多少好处。住豪宅，穿好的、吃好的，她们上哪去找这么好的金主？所以警方判定她们是真的不知情，也就放行了。

新十郎一行人前往小妾家，和小染、加久会面。

“对你们来说，重二郎是无可取代的。他现在失踪了，你们肯定很担心。想想有谁会将他关起来或是杀害呢？”

从一脸世故样的加久脸上，似乎实在“嗅”不出半点线索。

“老爷到底是怎么了？他不是那种会得罪人的人啊……”

“从账目上查出很多重二郎的不法行为，你们没见过他为什么事烦心吗？”

“哪有这种事啊！‘山喜’的女婿拿个五万、十万也是理所当然啊！从没见过他烦心，他总是那么开朗、爽快。”

“重二郎还有别的女人吗？”

“我是老爷的贴身女佣，除了店里和小染这里以外，他哪儿都不去。不要说有别的女人，连个好友都没有。对老爷来说，小染是无可取代的情人，我加久也是无可取代的好友，所以他不可能不和我商量就躲起来不露脸。”

“您是秋田人吗?”

“我是地道的东京人。”

新十郎问小染：

“不是我不信加久说的，而是你和重二郎更亲，他在你面前肯定更坦然。你有看过他因为什么事而愁眉不展过吗?”

“没有，他一向都很豪爽、开朗。”

“关于喜兵卫老爷要举行丧礼一事，他是怎么跟你说的?”

“他说很符合大老爷的作风，还称赞了一番呢！反正家里多的是钱，他也很喜欢那种搞排场的事吧。”

“重二郎最后来你这里是什么时候?”

“丧礼前三四天吧。他说这阵子会很忙，可能五六天没办法来我这。”

在小妾这里就只问到了这些。

虎之介有点不满新十郎这么磨蹭的搜查方式，忍不住开口：

“在重二郎的小老婆那里根本就是浪费时间，什么都说得不清不楚的。我看啊，重二郎是在市川的别墅被杀的!”

“哦？你这么认为吗?”

“是啊！他是从向岛出发前往市川，之后就不知去向了。可见是在市川遭杀害啊!”

“那么是谁杀了他？”

“小间五郎啊！为的是断了‘山喜’的香火，这样他帮喜兵卫养大的那个私生子就能继承家业了。”

“可是小间五郎不是被关在牢里吗？”

“真是的！你这脑子对得起绅士侦探这个称号吗？我看那些吹捧你的人都要哭啦！小间五郎一派沉着，天不怕地不怕的样子，怎么连你都没看清他的企图呢？土佐八、波三郎，还有愿意为他效力，和他一伙的人可多着呢！你以为凶手关在牢里就安心啦？‘山喜’恐怕要没了后代啦！小间五郎关在牢里期间，‘山喜’再闹出人命，不就能证明他无罪吗？你看你都往返神乐坂和市川之间几回了，以前说傻人精力旺盛也并不无道理！看来被你这头笨牛带着到处瞎转悠，牵牛人也会累瘫的。”

“哎呀！慧眼啊！佩服！佩服！”

新十郎一脸诚惶诚恐。

“小间五郎一派沉着样确实可怕，但这回绝对不是这么简单的事。对了，我还要去一个地方，我打算去善光寺参拜，就请你跟着我这头笨牛走吧！”

新十郎说的善光寺，指的是名叫山甚的储木场老板的地盘。他和喜兵卫、兵太卫有着同辈情谊，也是智勇双全的大老板。新十郎被招待入内。

“火葬台烧毁后，鸢工三三两两地议论里头真的有死人，感觉他们好像对这件事很惊讶的样了。是不是本来应该不会有人被烧死，没想到却真的有人惨死的意思呢？”

山甚用力颔首，说道：

“真不愧是天下第一神探啊！您能看到这一点，真叫人欣喜。我的看法和您一样，那些鸢工是因为看到不该看到的尸体，所以才会如此议论纷纷。既然有经验老到的小间五郎在一旁待命，应该不会错失救人的时机才是。就算小间五郎判断‘山喜’是想了断生命，但穿着防火衣在一旁待命的几十个人，竟然没人要上前搭救实在很奇怪。哪怕是听到一点声音，也会立刻起身，穿好配备直奔火场，这才是江户鸢工的本色，不是吗？他们可是为了救人，不怕出生入死的勇士啊！不可能因为老大没有下令，就老实地不采取任何行动，眼看里头的人被活活烧死，所以让他们有此反应的原因只有一个，那就是里面根本没有人。所以当他们看到火场里居然有一具尸体，才觉得奇怪，不是吗？

“如果有人事先告诉他们，无论看到什么情形都不能多嘴的话，他们也就不会议论起来了。看来这场生前丧礼的真正意义只有‘山喜’的喜兵卫和小间五郎知道，他们只对那些鸢工说，绝对不会有人死，只是要让参加丧礼的人看得很紧张，到时喜兵卫再走出来。但没写在程序上的，才是他们真正的意图。那么，喜兵卫为何要开这么大的玩笑呢？要是我的话，趁大火刚烧起来时，就戴着红色头巾并穿着无袖外套出现在大家面前，再让大火的火光映在自己的脸上，这样的‘死而复生’不也很有气势吗？和预想的不一样，要让大家以为他真的死了，再从烧毁的火场现身，本来是设计成这样的吧。这就是喜兵卫和小间五郎原本的目的。但是为什么真的有人被烧死呢？总要有人想杀他，这才合乎逻辑吧。多达八百人参加的会场，但人们只能看到正面，其他三面都被鸢工围住，所以宾客是看不见什么逃生暗道的，但是有人把逃生暗道给封了。小间五郎刻意在众人面前上锁，证明那扇门不是逃生暗道，锁门的小间五郎并非凶手，封住逃生暗道的人才是真凶。”

新十郎颇有同感地颔首说道：

“如您所言，原本是要让众人看一场疯狂的死亡，主角随后才悠然现身，那些鸢工也是相信如此。那么，真正的暗道在哪里呢？又是谁避开众人耳目，封死暗道的呢？”

“有可能是前一晚就封住的吗？”

“既然那些鸢工都知道不会烧死人，肯定晓得逃生暗道在哪里吧？如果大火已经烧到相当程度，还不见喜兵卫出来的话，他们还会坐视不管吗？”

“当时浓烟已经笼罩火葬台，加上搭建时不可能预测风向，要是那天暗道出口不巧在下风处，就很难看见有人出来吧。”

“这就更启人疑窦了。暗道会设在看不到有人出来的地方吗？一般暗道会设在底部下方，但是下方都堆满柴薪，一旦火烧起来，里面的人是不可能从容逃出的。如果是有经验的鸢工，起码还有能力应变紧急状况，但关在里面的是个年事已高的大老板，总该有什么应变措施吧？一旁待命的鸢工见苗头不对，肯定会采取行动才是。”

山甚听完新十郎的看法，思索一阵后抬起头说道：

“原来如此，您说得很有道理。要是暗道设在底部下方的话，应该有应对之策才是。小间五郎并非做事草率之人，其中必有缘由。以我所见，小间五郎手下的人应该都认为里头没人才对。”

“没错。但是他们为何如此认定呢？”

“我亲眼看到喜兵卫躺进棺木，丧礼之前也看过那口棺材，就是很普通的造型。他躺进去以后，马上就被抬到火葬台，所以要是没设暗道是绝对出不来的。”

“为何没设逃生暗道就逃不出来呢？”

“您的意思是，没设暗道也有办法逃出来吗？”

“是的。没设暗道也许逃不出来，但是暗道也不见得就是一条通道，也许是另一种方式。”

“有不是通道的暗道吗？”

“有。”

“恕我冒昧，如果再搭建个一模一样的火葬台，无论是底板、侧墙、门，还是屋顶都不留通道，您也出得来吗？”

“当然出得来。”

“有意思。那就在我家庭院搭个一模一样的东西，你也按照当时的程序走一遍，如何？”

“没问题，而且本不该有人的建筑物被烧毁后，还会有人死在里头。”

“实在太有趣了。”

大老板山甚显得津津有味。

“意思是，您晓得凶手是谁吗？”

“是的。”

“总之，还是先看看您是否在夸大其词吧。这么做也许对亡者不敬，但这么做也是为了逮到真凶，让亡者早日成佛。我立刻命人去办，请您揭穿诡计，逮住真凶吧！”

“好的，我向您保证，这场演练只有在场四人知道，也希望您连家人也别透露。”

“没问题！一定守口如瓶。”

于是山甚命令小间五郎的手下搭建同样的火葬台，还找来一口棺木。鸢工们听说这样可以保老大无罪，也全力帮忙，并发誓保守秘密。

* * *

一切准备就绪，试验之日来到。

除了知道这秘密的四个人之外，还有那天在场的鸢工们。新十郎对众人说道：

“我躺进棺木后，你们就和那天一样将棺木抬往火葬台。放好后，就喊口令，然后退出。由土佐八代替小间五郎锁门，不过今天和那天不一样，底下没放柴薪，也不点火。所以各位从火葬台下来后，就和那天一样各就各位，再跟土佐八一起向山甚老爷报告一切就绪就行了。也就是说，今天就还原到那天小间五郎锁好门为止。总之，如果有哪里和那天不一样的地方，尽管提出来。”

新十郎说明完后，躺进棺木。花乃屋与虎之介代替清作他们打三根钉子。

鸢工们抬起棺木，喊着口号，将棺木抬上火葬台安置好，随即又喊了几声口号才纷纷退下，接着由土佐八锁门，向山甚老爷报告。

“一切都和那天一样。”

土佐八报告。

山甚点点头，问道：

“也就是说，那座火葬台没有暗道吧？”

“是的。”

“不开锁的话，根本无法进出吧。”

“应该没办法。”

“以你身为工匠来看，这样的情况的确无法出入，是吧？”

“是的。”

“但结城先生说他有办法出来。”

土佐八苦笑，说：

“老爷，您在说什么啊！结城先生早就出来了。我们怎么也弄不懂的是，应该已经和我们一起出来的喜兵卫老爷怎么又跑回去被烧死了呢？照理说，里头应该没人啊！”

站在土佐八身后的某个鸢工往前一步，摘掉防火头巾。

“啊！结城先生！”

新十郎微笑：“正如您所见，暗道不是一条通道，而是防火装备。穿上这身装备就不知道谁是谁了。这头巾只在眼部开洞，将脸和身体包得密不透风，除了手指头之外，任何部位都不会露出来。”

新十郎意有所指地看着山甚的双眼，说道：

“那天棺木放妥后，喜兵卫老板趁着鸢工高喊口令时，从棺木里爬出来。脱掉法衣扔进棺木，再盖上棺盖，然后换上预先准备好的防火衣混在队伍中一起退出来，所以他们都知道棺木里是空的。况且小间五郎锁上门后，就不可能有人进出，所以大家都认为是小间五郎将喜兵卫锁在里头，导致他逃不出来被活活烧死。”

新十郎又微笑说道：

“刚才土佐八锁上门后，没有人靠近火葬台。此外，底部、侧墙和屋顶是双层木板，所以密实到连蚂蚁也无法出入，人更不可能进得去。小间五郎的手下谁都晓得这件事，所以若非幽灵，是不可能进得去的。”

“我懂了！”

山甚大叫。

“当时老禅师不是冲上去了嘛。那群和尚和十几名鸢工也追上去，结果门倒了。有人进到里面。”

“是这样吗？”

新十郎微笑，说道：

“门依旧被锁着，两扇门都倒在棺木上，如果有人那时进去，应该有人会看到吧。但直到烧尽后，才赫然发现有具尸体，这又是怎么回事呢？”

“对了！肯定是某个人的尸体事先被埋在柴堆里，看起来就像是从火葬台上掉下来似的。”

“尸体究竟是埋在柴堆里，还是从火葬台上掉下来，警方应该查验得出来。况且为了怕被雨淋湿，柴薪是当天早上才搬过去的。如果那时将尸体埋在柴堆里，鸢工应该都会知道，也就不会惊讶竟然真的有人被烧死。”

新十郎指着火葬台，说道：

“那扇门依旧锁着，附近也没有半个人，底下也是空的，所以土佐八锁上门后，照理说应该不可能有人进去。但是我出来后，那具棺木里头确实有具尸体，你们信吗？土佐八老大，你认为呢？”

“我哪知道啊！”

土佐八嫌烦似的说。

“没关系，那就请老大跟我过去看看吧。看看我出来后，棺木里头有何变化。确认完后还请跟大家报告。一下子过去太多人，就怕有人说我用了障眼法，所以就我们两个过去吧。”

* * *

两人将门打开，一起检视内部，土佐八打开棺盖，怔怔地看着里头，过了一会儿才回神来，伸手进去，摸到一个等身大的人偶。

土佐八沉默半晌后，才将人偶抱起，然后两人关好门，一起走回来。

“我从棺材里出来后，里头应该是空的。最后锁门的土佐八应该也没看见这个人偶吧？”

土佐八沉默不语，笨拙地点点头后，将人偶扔在地上。

新十郎有点窃喜地看着一脸茫然的众人，说道：

“接着我还要和波三郎先生再一起进去确认一次吧。如同各位所见，我们出来后，没有人靠近那里，可是里头真的没人吗？请吧。波三郎先生。”

波二郎悄声骂了句“可恶”，随即走向火葬台的门。他先将门半开，随即愣住了。重整心绪后，将门完全打开，为了让众人看清楚，他退到一旁。

棺木上站着一身黑衣防火打扮的人，而且是个活人。只见他从棺木上下来，走到众人面前。防火头巾的小孔里露出一双眼，看不清楚是谁，只见他一动也不动，一语不发地环视众人。

新十郎犹如在猛兽笼子前，像正在向小学生解说的老师般说明道：

“就像我好端端地站在这里，我就是那天的喜兵卫，换上防火衣混在一群人当中出来后，就没办法再进去了。所以没有逃生暗道，而且门是上锁的。”

新十郎像怪人一样环视众人，继续说道：

“所以如果有人在里面被烧死，那人绝对不是喜兵卫，因为他和大家一起撤出来。锁上门后没人再靠近火葬台的情况下，真相就很明确了。那就是火葬台里本来就有一具尸体，但尸体不会自己进去棺木，所以只要有人事先和尸体一起待在火葬台里，等到大家撤出后，再将尸体放进棺木里就行了。也许大家不太相信这说法。但如同各位所见，棺木里的确有个代替尸体的人偶，还有个活人，是吧？”

新十郎笑着看向山甚，说道：

“今天我们做的试验是打开门，出现人偶和活人。那天，因为门上锁，而且是在众目睽睽下，没时间抬出尸体，所以就出现一具焦尸了。问题是，尸体只有一具，那活人是如何消失的呢？除了那扇门，没有任何通道。山甚老爷，您应该明白了吧？老禅师急忙冲上前，不是为了救喜兵卫，而是另有其人，也就是安放棺木之前就随尸体一起躲在里面的人，他是为了救那个人。老禅师故意和小间五郎一起冲上台，都是为了掩护那个人脱离险境，所以门被撞倒后，那个人就趁乱一起撤离了。”

新十郎喘口气，微笑道：

“不过那个人也不是全然无事。他不是喜兵卫，所以不能开门走出来，否则整个计划就暴露了。所以他只能躲在里面等，等着有人助他脱离险境，所以他应该有被烧伤才是。小间五郎知道这一点，所以为了不让烟跑进去，将火葬台盖得特别密实，连蚂蚁都无法出入，为的就是让那个人穿着防火衣在里头等待救援。尽管做了这些准备，四肢还是难逃烧伤，不过伤势应该好得差不多了。至于这个人是谁，恐怕也因为伤势痊愈而没有证据了吧。大家都知道喜兵卫顺利脱逃，但是观礼的来宾不知道，都以为喜兵卫困在里头没出来被烧死了。你们只有六十个人，来宾却有八百多人，世人当然相信八百多人的证词。所以就算你们知道喜兵卫还活着，也没办法改变事实，就是这么回事。最后……”

新十郎清清嗓子，又说：

“火葬台里本来就藏有一具尸体和一个活人，各位却都没看见，为什么呢？我还是请当事人表演一下吧！来吧！无名氏先生。”

刚才那个人回头，随即像返回故乡似的走向火葬台。

只见他打开门，好让内部一览无遗。棺木还在，却已经没见着那个无名氏。

“请看那边！”

新十郎指着火葬台，说道：

“不需要跳，也不用跑，就能隐身在里头，只要藏在门后就行了。里头确实没看到有人，但只要打开左右两扇门，门后就能形成两处三角形空间，各藏尸体和活人，就是这么简单，也不会被任何人发现。”

有好几个鸢工发出叹息声，山甚也长叹一口气，说道：

“原来如此啊！实在太谢谢你了。不知道这个秘密之前，我成天祈祷喜兵卫能早日成佛升天，看来没这必要了。”

接着又说：

“但没杀人的人被抓起来，也是挺恼人的事。小间五郎这家伙那时怎么不快点把人救出来呢？真是没良心的家伙！”

“如果小间五郎救出来的不是喜兵卫，不就露馅啦？身为头头，冲进去总不能无功而返吧。所以他只能在外面大吼，说什么喜兵卫想自杀，等着老禅师冲上去，再伺机行动。”

原来如此啊！惊叹声此起彼落。

“为了救小间五郎，这个火葬台必须留着，当着警方的面再试验一次。不过下次得点火，要弄得逼真些，警方才会相信。小间五郎接受审讯时，曾说门锁的钉子钉得很浅，其实并非如此，应该是门铰链弄得比较松脱，方便一撞就倒。因为他的说法不合逻辑，所以才会被视为嫌疑人。因此到时铰链的部分要记得弄松一点，这样人一撞，门才会倒。相信你们这些行家应该做得到。最后再提一件事，那个藏在火葬台里的人喜欢在夜里行动，所以大家在他离开之前，请别靠近火葬台。”

新十郎交代完后，向众人告别。

回程路上，花乃屋问道：

“为何说再怎么样也不能让锁松掉，而是让门铰链松掉呢？”

“怎么可能让锁松掉呢？”

新十郎笑了出来。

“我是觉得小间五郎因为那么一句话就被关起来，随口说说罢了。既然没有人要从里面出来，何必要把锁弄松呢？反而因为前一天夜里就藏了一具尸体和一个活人，当然要一把非常坚固的锁啰！不然要是走漏风声就功亏一篑了。”

只见虎之介不由得叹气：

“喜兵卫还真是叫人瞠目结舌啊！储木场的大老板原来是这样的人啊！要是没脑子、没胆识，可是成就不了这场戏的。六十一岁的老人家得要有大剑客冢原卜传①那样的本领与胆识。喜兵卫那过人的气势真叫人佩服，恐怕三四天也还萦绕在我脑子里挥之不去吧。无论是他站在棺木上时的英姿，走向我们的气势，还是回头走回火葬台的样子，十足威风凛凛。果然是个不凡之人。”

新十郎瞠目，问道：

“你的意思是刚才那位无名氏就是喜兵卫？”

“当然啦！”

“看来如果我是那头带着人到处瞎转悠的牛，你怎么样也不想成为牛，是吧？”

新十郎干咳几声，平复心绪似的说：

“那天喜兵卫老爷就像我试验的那样躺进棺木，被抬至火葬台，然后趁舁工喊口号时，迅速换装，跟着他们一起撤出。刚才那个无名氏扮演的是前一晚杀死重二郎，又拖着尸体躲在火葬台的人。”

新十郎继续说：

“请回想一下那个四肢都缠着绷带的人。他手上的绷带藏不了，但怎么样也不想被我们发现脚上也缠着绷带。结果为什么会被我们看到呢？因为他急着叫女佣别将偶然拦住一辆黑车的经过告诉我们，因为这件事比隐藏绷带一事更重要。为什么呢？因为

① 冢原卜传（1489—1571），日本战国时代的“剑圣”，被尊为日本剑道“新当流”的开山祖师。

黑车车夫就是他，他乔装成车夫载走重二郎，并在路上将他杀害，拖进火葬台。因为他知道是重二郎毒害他妹妹的两个孩子，所以为了保护妹妹和妹夫，他开始了这番疯狂的复仇行动。”

花乃屋安慰沮丧的虎之介。

“老虎也有输给牛的时候啊！别不开心啦！”

小间五郎的手下们又演练了一次生前丧礼，加上新十郎的从旁说明，小间五郎终于无罪获释。据说有个长得很像喜兵卫的老人长年隐居秋田的深山中，从未吃过毒蘑菇，一直活到大正（1912—1926）末期。

# 六人家族，一只半眼睛

“老爷，足利那里有像样的按摩师吗？我去那里当按摩师应该没问题吧？您可以带我去吗？住在师傅那里也行，我在东京是真的混不下去了。”

按摩师弁内一边帮栃木县足利的织品商仁助按摩肩膀，一边这么低声下气地央求。

按摩师弁内的力气特别大，一般按摩师没法处理的仁助僵硬的双肩，在这个精力充沛的盲人手下马上放松不少。只见弁内就像一匹马，喘着气，专注地按摩了一个多钟头，但或许因为天生残疾，自卑心作祟的缘故吧，让人觉得他有点阴阳怪气的。

“怎么会在东京混不下去啊？”

“就是欠了一点钱，碰上一个有点钱的寡妇啰！哈哈！”

“是喔。要在那找工作也行，但乡下地方不晓得上门的客人多不多就是了。”

“我们店里的师傅和那个有钱的寡妇一起买下这间按摩店。足利虽说是乡下，但靠按摩吃饭应该不成问题。跟我一起学做按摩的师兄就靠客人介绍到高崎的按摩店，听说混得很不错。那客人是我们这里的常客。”

弁内说个没完。

以往有句俗话：“按摩能捏钱。”现在的人们可能不懂这句话的意思，其实就是捏捏别人的肩膀就能赚到钱的意思，没有什么特别含意，也不押韵，听起来有点愚蠢。

会这么说的人是因为不懂“捏”的含义。以往按摩全身要价三百文（三钱），现在贵了点，大概要一百五十元、二百元，也没多贵就是了。没见过哪个豪宅大门挂着“按摩治疗”的招牌，是因为这行业挣的钱不多，所以真的只是“捏”钱而已。

江户时代可就不是这回事了。虽然收费按照现在的算法也很微薄，但那时有地盘之分，一方区域只能有一家按摩店，这可是不成文的规定。

所以那时的按摩师傅可是很抢手的。带着一群子弟兵，钱就大把大把地抓进口袋，不但盖豪宅，还养小老婆，是城里数一数二的有钱人。向师傅拜师学艺时，还得好声好气地奉承、送上厚礼。

现在按摩这行可没分流派。以前以盲人按摩师为主的称杉山流派，也有以明眼人为主的吉田流派。吉田流派只收埼玉出生的人为徒，杉山流派倒没这限制。

明治以后，人们不再守着占地盘这不成文的规定，任谁都能开业，按摩这行也就竞争很激烈，不再那么容易就能“捏”到钱了。纵使如此，要是培养了一帮弟子，按摩这行还是颇好赚。

弁内投靠的这家店是位于人形町，一家名叫“相模屋”的按摩店。

正如弁内所言，师傅银一和有点钱的寡妇阿金勾搭上，顶下这间按摩店。刚开张时，拥有一票弟子，气势很盛大，但后来为时势所逼，竞争对手越来越多，现在只剩三名弟子，弁内、角平和实习生稻吉。

银一和阿金结婚，还让她入股，但是除了盲人以外，谁也不会羡慕他，因为阿金长得像四谷的鬼女阿岩①。那是一张不失明的人盯着她看超过三十秒就没办法和她结婚的脸。

阿金瞎了一只眼，但并非全盲，另一只眼还看得到一点点。

---

① 鬼女阿岩，江户时代剧作家鹤屋南北四世于1825年创作的歌舞伎《东海道四谷怪谈》中的人物。阿岩被丈夫灌下毒药后毁容，含恨而死，死后化作厉鬼报复另娶新欢的丈夫伊右卫门等人。

两人没生小孩，所以收养银一的侄女志乃，当时十一岁的她现在是个十九岁的姑娘。

银一是个连一文钱也要算得很清楚的男人，阿金算得更精。

志乃虽然是银一的侄女，却是阿金说要收养她的。

志乃也是一只眼睛瞎了。但和阿金不同的是，她的另一只眼睛看得很清楚。

阿金之所以收养她的理由是因为她瞎了一只眼，也算是盲人，所以可以培养她从事按摩业。毕竟要是不能赚钱，干吗收养她？既然收为养女，要是没办法当女佣用就没意义了。所以还是要看得见才行，才能一边按摩，一边当女佣使唤。

志乃虽然不算美女，但长得也不难看，这一点也是阿金之所以看上她的理由。按摩女有点姿色的话，可以赚两份钱。

如阿金所愿，她将志乃培养成非常性感动人的女孩。因为阿金的命令，志乃要向阿金报告那些摸了她的手的客人，阿金从这些人中挑有钱的老爷，提供特别服务，目前有三个这样的客人。

银一也经常雇车载志乃出门赚钱。他没有聘雇车夫，因为这样还得付工钱，所以都是向附近名叫太七的老车夫预约车子，然后帮太七做一次按摩抵车资。

因为银一去小老婆那里也是搭太七的车子，所以车资也得想办法转嫁到客人身上。

一边喘着气，一边帮仁助按摩肩膀的弁内自顾自地说着：

“不是我爱说师傅的坏话，还真没人像他们夫妇俩这么吝啬啊！志乃小姐表面上是他们的养女，其实跟妓女没两样。他们要她给三个老爷做特别服务，甚至还要求增加到七个、十五个人呢！夫妇俩简直就是魔鬼啊！两只手就跟耙子没两样，只知道将钱攒进口袋，根本连两只脚都用上了。活脱脱就是四把耙子。”

只见仁助的眼底闪现淫秽的光，不过弁内是盲人，所以看不到，依旧滔滔不绝地说着。看来他应该有受过特别训练，鼻子和嘴巴可以同时灵活运用。

“师傅有钱在外面养小老婆，却让我们过得苦哈哈的。他在小老婆那边可吃得好呢！跟阿金那女人在一起也是。我们这些徒弟却连普通的盖饭都没吃过啊！真是吝啬到了极点！按摩可是要出力的，只好自己去外面买吃的。阿金一毛钱也舍不得借给我！”

“她自个儿要存私房钱吧？”

“岂止私房钱！师傅开店以来，收益都是他们两人均分。阿金入股时虽然有拿一些钱出来，但早就赚了好几百倍了。她还整天跟我们摆架子，说什么我们该报答她收留我们的恩情哩！”

这时，突然响起钟声，是有火灾之类的意外状况才会敲响的警钟。

“好像在附近呢！”

店里都听得到家家户户开窗，路上、二楼传来人们的喊叫声。弁内还是不慌不忙地继续按摩。

“听起来很近呢！难不成离你们的店很远吗？”

“没呀！就在附近。”

“你还真是沉得住气。”

“反正看不到，慌也没用吧！”

“这倒是。不过听到外头这么慌张，你不会心慌吗？”

“反正我身边也没啥值钱货，我也想成为一听到声音就慌张的人啊！”

这时，旅馆女佣冲进来。

“弁内先生，着火的地方好像就在你家附近呢！”

“是吗？那我得在这里慢慢喝杯茶再回去，不然可是会撞到那些看热闹的人的。”

“我替你去看看吧！”

仁助起身，向女佣确认所在地后，便跑去看个究竟。

* * *

那天晚上幸亏无风，所以只烧到三四间房子。相模屋按摩店和失火地点隔着一条街，所以没被波及。

看热闹的人和灭火的人散去，街面重归平静，弁内一个晚上都在与人闲聊。当他回到家时，阿金正在对着银一和志乃发脾气。

“家里虽然有六颗脑袋，但眼睛只有一只半啊！那一只就长在志乃脸上呢！不管是把家具往外搬，还是给大家引路，全靠她那只眼睛。难不成要等火灭了，看热闹的人都走光了，才要晃回来吗？你这混蛋！难不成是木头啊？这里可是你的家！自己的家离失火的地方这么近，你却跑去找小老婆怕火烧过去烧到她。你叫了车夫和五十几个鸢工一起过去帮她啊！真是没良心的蠢货！”

原来如此，阿金火冒三丈是有原因的。实习生稻吉窃笑：

“真是个啰唆的恶婆娘啊！师傅和志乃小姐回来之前，我们得听她骂个不停呢！”

“瞎子跑去火场只会添乱子吧！”

“拜托！我跑过去是有理由的。我和师兄他们正在喝茶休息。火灾一起，那个婆子就慌得跟什么似的，还叫我和师兄去院子挖坑。火苗都飘过来了，还挖什么坑啊！我们不挖，她就一直唠叨到现在。”

“真的都没挖吗？”

“没啊！院子中间是厕所，四周只有猫的额头那么一点大，难不成要挖那些臭得要死的土啊！是吧，角平师兄？”

角平已经盖上被子准备就寝。

“大半夜的还嘟囔什么啊？”

“咦？隔壁房间怎么传来打呼噜声啊？”

“那是恶婆娘的外甥松之助啦！说是在河的对岸看到这里发生火灾，却等火扑灭了才过来，根本就是个伪善的家伙！”

稻吉不屑地抱怨。

松之助是阿金妹妹的儿子，阿金的妹妹提过好几次要儿子娶志乃，做阿金的乘龙快婿。

但阿金迟迟没答应，总是冷笑地问：

“松之助有什么手艺吗？”

“所以啦，都怪我惯坏他。都这么大的人了，也不会什么手艺，怪可怜的。不过他要是成了你的女婿，可以帮忙管那些按摩师啊！他看得到，也能写。”

“什么都不会，可是会被银一嫌到死啊！光会指使别人有啥用？我们家志乃还有一只眼看得到，也能写会算。银一啊，最嫌弃什么都不会的人了。就算我同意，他也不会答应，难不成还要我低声下气求他让这个傻女婿进门？”

“拜托！松之助才不傻！他可聪明呢！”

“算了吧。我可没听过他有啥出色之处呢！”

“哼！等他学了一手好功夫，就招他当女婿吧！”

“这我可没办法做主，你自己跟银一说去。他要是答应，我也不反对！”

银一不可能会答应。因为他坚持按摩业一定要由盲眼人来做，也常跟别人这么说，连带的弟子也受他影响。二十六岁的角平、二十四岁的弁内，都是可以娶妻、独当一面的年纪了。怎么样都比留在这里好。但是一想到自己有可能成为银一的女婿，尽管总是挨银一夫妻俩的骂，还是拼命吞忍。十八岁的稻吉也有这想法，因为他自觉比两个师兄聪明多了，搞不好自己大有机会。

“可以不要正对着我说话吗？那张臭嘴真是熏死人了！”

角平每天都要被银一和阿金臭骂个一两次，纵使如此他还是懒得刷牙。

弁内则是个大胃王，而且吃饭速度特别快。

“我看挣再多的钱也满足不了你的肚子，钱都被你吃进肚子了！”

阿金一天到晚都在数落弁内，弁内还是依然故我。这小子十分好女色，时常去嫖妓，所以总是口袋空空。

稻吉虽然才十八岁，但脑子灵光多了。十五岁就摸索工作流程，而且实习时常常搞小聪明，明明接了五个客人，却报告说只接了三个，两个客人的按摩钱就进了他的口袋。

反正每家按摩店的实习生都会这么做，但一般的实习生因为手法拙劣，总是被识破。师傅试探徒弟的手法颇高明，毕竟过着五六十年看不见的生活，身体其他感官变得异常灵敏。况且因为天生残疾而萌生的猜忌心，更胜常人好几倍，试探手法自然高明。

银一也是个中高手。他活用老婆阿金的半只眼睛，三两下就能让徒弟自己招认。

“哦？你的袖口怎么沾着面条啊？”

因为看不见，所以不时被戳个几句，就会自动招认。即便是角平和弁内都这个岁数了，还是难敌夫妇俩的这招，不过年轻的稻吉可不吃这一套。

而且稻吉很会做生意，晓得怎么讨好客人，也很敏锐地知道哪个客人出手比较阔绰，所以他会服务得特别用心，自然得到多一点的赏钱，他再偷偷藏起来。

所以稻吉根本没把两个师兄放在眼里，总觉得自己十八岁，志乃十九岁，也挺般配的。角平和弁内根本不是我的对手啦！

但最近可就不太一样了。

“我认识一个年轻的盲人按摩师，不但手艺好、脾气好，还聪明，这么大的东京找不到第二个像他这么好的年轻人了。很适合做你的女婿喔！”

有人这么告诉银一。银一和阿金与这个年轻按摩师见面，果然是个不错的人，而且手艺也不错。

“无论是手艺、气质、长相还是人品，跟咱们店里那几个笨蛋比起来，实在强多了。”

阿金很在意未来的女婿人选，也很积极促成这门亲事。

三个徒弟眼看到嘴边的肉就要被叼走了，自然紧张万分。不过志乃和松之助更伤神，因为他们俩早就偷偷地在一块儿了。

松之助有母亲撑腰，母亲偷偷安排他们幽会，因为两人十分机智，银一和阿金也被蒙在鼓里，到最后反而是志乃用情更深。

“一想到要嫁给瞎子，我心里就发毛。小松，我们该如何是好呢？”

“总有办法吧！”

“你一定要想办法啦！”

就算三只眼睛对看，也苦思不出什么好办法。

发生火灾的那天晚上，志乃早早便结束工作，去跟松之助幽会。火被扑灭后，两人装作没事似的先后来到店里。

“我发现这里闹火灾，所以过来看看。”

松之助说得一派理直气壮，还要求住一宿。因为和志乃翻云覆雨地耗了太多气力，所以一下子便睡到打呼噜。

“大火最好烧过来，把这家给烧光！”

弁内嘟囔着，准备就寝。

“反正再待下去也没意思了。已经有人要来占位了。”

“你这小子说的话，听得懂才有鬼！我看你去北海道帮熊按摩腰吧！”

角平翻了个身，不屑地嚷嚷。

* * *

某个暖和的夜晚，漫长的冬天即将结束，即将迎接明媚的春光到来。

“今晚搞不好又会闹火灾呢！可不能窝在暖炉里睡着啊！”

银一这么自言自语，准备出门。

“你在胡说什么啊？那次还不是你把暖炉踢翻，差点闹火灾！你这个没救的笨蛋！”

阿金怒斥。反正银一也被骂惯了，赶紧驱车出门。银一只要外出工作，都会去小老婆那里待一下，所以只要他一出门一定会挨骂，久了也习惯了。

太七将银一送至客人那里后，空着车回来，载志乃外出工作。志乃要去滨町的伊势屋服务一位隐居的老爷，他也是志乃的常客之一。

阿金冲着正要出门的志乃背影数落：

“一天二十四小时，早晚都是做按摩的活儿。没必要一个晚上只做一位客人。做完了就赶紧回来，别一伺候就没完没了。听到没？”

阿金骂完后，在碗里倒了满满的清酒。这是阿金唯一比较像人的奢侈享受，但吝啬如她，下酒菜永远只是一盘腌渍菜。

这时突然传来敲门声。

“晚安！哎哟，怎么这么黑啊！已经睡了吗？”

“按摩师的家一直都是暗的啊！没有打着灯笼走路的瞎子吧？”

“我是石田屋派来的，弁内先生在吗？”

“弁内啊！在呀！”

阿金一吼，在二楼的弁内赶紧下楼。

“是石田屋的人吗？”

“是的，叫你马上过去。”

“是哪位客人啊？”

“就是总叫你按摩的那个足利商人啊！好像还有别的客人也要找你呢！麻烦你了。”

石田屋旅馆的女佣说完便走了。弁内在二楼一边更衣，一边发牢骚：

“都这么晚了还得出门干活，说什么我是这家店的招牌，算了吧！像我手艺这么好的按摩师还得自己走去，这说得过去吗？我看东京我是没法待了。”

“有人指名你就不错啦！别抱怨啦！”

“我才不稀罕呢！”

弁内用包袱巾将道具包好，提着走下昏暗的楼梯。临出门前上了一下厕所，这时又传来敲门声。

“拜托！按摩师的家里还真暗啊！”

“看得到就觉得自己了不起啊？暗又怎样？你要看阿金那婆娘的脸吗？”

“那个恶婆娘八成又在喝酒嚷嚷了。我是妙庵医师派来的仙友，要请一位按摩师过去。”

“自己不会给自己诊脉啊？分明就是个庸医！”

因为稻吉出门了，所以只剩下在二楼的角平。只见他赶紧打理好下楼，刚好遇上从厕所走出来的弁内。

于是两人便和等在外头的仙友一起走了。那时约莫十点半。走到第四个路口时，仙友和弁内分开，之后他对角平轻声说道：

“一如往常，麻烦你了。医师一开始打呼噜，我就溜出去。要是有急诊病人上门，你就说今天休诊，别让医师知道哦！”

仙友将包着钱的袋子塞进角平手里。

妙庵医师有神经痛的老毛病，靠喝酒和按摩舒缓疼痛。因为他平日睡眠不足，所以每次按摩时就会睡得特别香，打呼噜声大到屋顶都会摇晃似的。除了助手仙友之外，没请男仆和女佣。所以对于平日做牛做马的仙友来说，这可是个难得忙里偷闲的好机会，可以趁机出去小酌几杯。

角平来到诊所后，妙庵马上放下酒杯，换上睡衣躺下来。

“也许是因为天气不错吧。今晚的酒特别好喝啊！别按摩得太用力哦！轻轻按，全身才能放松，舒服到让我自然睡着。对了，千万别帮我翻身哦！我可不想被吵醒，记得下手轻一点，每一处都要按摩到。”

妙庵很啰唆，一直抱怨不是这样、不是那样，要用力一点、要轻一点……不知不觉间，就开始打呼噜了。

仙友收拾好妙庵吃的夜宵后，开心地窃笑，随即用眼神向看不到的角平道别，悄悄出门。

仙友来到一间有卖关东煮，门口挂着门帘的小酒馆。对于这家店来说，他不是什么重要的顾客。

妙庵的医术不怎么高明，助手仙友其实跟用人没两样，工资也不高。仙友之所以趁妙庵睡着后溜出来到这间小酒馆，是因为他看上了小酒馆的女服务生阿泷。

无奈阿泷根本懒得理会仙友，一直和年轻英俊的男客打情骂俏，也不晓得他是不是阿泷的相好。

连喝了四五杯闷酒的仙友每次都会大叫：

“喂！再来一杯！”

就算大声怒骂，别人也不理睬他。

“去！可恶！”

可惜他口袋里的钱不够了。

“给我听好！又不是只有你一个女人！谁稀罕！”

仙友随即离开。喝得醉醺醺的他不晓得要干吗，只好在路上踉跄闲逛。

不过回去后马上就会清醒些，因为妙庵医师发起脾气来很可怕。虽说如此，毕竟有点醉，动作难免还是比较粗鲁。

“小声点！”

角平提醒他别那么粗鲁。

“哟，是角平啊！对不起，耽误了你好长一段时间，不好意思啦！”

仙友居然变得这么客气，只见他匆匆钻进被窝。仙友每次出去喝酒，都是请按摩师代替他守着诊所，挡掉上门来看病的人。

仙友回来后，角平赶紧收拾妥当，准备离开。他没有直接回去，而是朝反方向比较热闹的地方走，来到仙友刚才喝酒的小酒馆。

“给我一杯。”

“哎哟，真难得啊！不时也来光顾一下嘛！”

“哎呀！最近生意不好，没钱喝酒啊！今天晚上才服务了两个客人，而且其中一个还占了三个钟头。仙友那家伙是来这里喝酒吧？”

“仙友？哦……你是说妙庵的助手啊？”

“是啊！他来这边偷闲喝酒，我就得一直帮医师按摩。”

“那小子早就走啦！两个小时之前就走啰！应该是十二点左右吧。他走后，阿泷和客人也很快就走了。都已经过了两个钟头了。阿泷那骚货怎么还不回来啊？”

“哦？都两点啦？”

“两点过十分啰！”

“这可不行，我都快饿扁啦！非得好好吃他个三人份才行！”

结果角平喝了三瓶酒，三盘关东煮，两碗茶泡饭才满足地离开，走的时候已经半夜三点了。

回到家的角平在玄关脱掉木屐，因为家里都是盲人，所以每个人的木屐都会放在固定的地方。角平放好木屐后，摸摸别人的，发现少了志乃的木屐。看不见的他靠这样知道每个人是否在家，因为最后回家的人必须锁门。

弁内和稻吉早就熟睡了。角平正要钻进被窝时，听见比他晚一步的志乃回来了。志乃关上门，提着灯笼的她不需要摸别人的木屐，因为只有她是需要灯光的半个明眼人。

角平突然听到惨叫声，是志乃的声音。

“不，不，不得了了！来人啊！”

志乃像刚爬了高山似的气喘吁吁地上楼。

“我妈被杀死了！”

接获报案的警察赶到，一摸已经是一具冰冷的尸体，而且是被勒死的。

* * *

阿金的床和被褥都被移至角落，卧房中央的榻榻米被掀开，木板也被一片片撬开，露出一个大坑。榻榻米上摆着个沾满泥土的大瓮，应该是从大坑里拿出来的吧。盖子被打开，里头空空如也。

屋子里的其他地方都没有被翻过的迹象。

昨晚角平和弁内是十点半出门工作的，那时阿金正喝着酒，醉得很厉害。

最早回来的是弁内，已经深夜一点多了。他在石田屋服务仁助之外，还帮另外一位客人按摩，然后在石田屋的账房吃了寿司才回来，所以他有不在场的证明。

稻吉比弁内晚一步回来。犯案时间推断是十点半到一点左右。

角平是深夜三点多才回来，志乃比角平晚一步回来。

从一点多到三点多之间，足足有两个钟头没锁门。但警方赶到时已经是深夜四点，阿金已经成了一具冰冷的尸体，搬动榻榻米之类的动作很大声，二楼的瞎子们不可能没听见。弁内和稻吉都没那么早睡，他们都说没听见怪声。

“虽说是六口之家，但眼睛合计起来只有一只半。”

古田巡警向新十郎报告。

“一只是志乃，半只是阿金，因为阿金的半只眼看得也很模糊。阿金惨死后，就只剩一只眼了。都是些看不见的瞎子，所以问不出什么头绪。”

“他们晓得榻榻米下面藏了个大瓮吗？”

“这个嘛，五个人都说不知道，连男主人银一也不知道。”

“连男主人也不知道？”

“是的。”

“这倒有趣。”

新十郎喃喃道。

新十郎准备一下后，一行人前往人形町案发现场。已经是第二天，所以调查结束，榻榻米也摆回原位，一切像是没发生过什么事似的。

这天是丧礼，家属都去火葬场了，只留下三个盲人看家。

新十郎和他们一起边吃寿司，边问：

“听说看不见的人，感觉特别敏锐，要是有人躲在隔壁房间，你们应该察觉得到吧。”

“角平可以，我们没办法。”

弁内回道，角平噘着嘴说：

“我哪知道隔壁房间有没有人啊！少乱说！”

“哈哈！师兄虽然看不见，但是你的感觉非常灵敏呢！那个恶婆娘还有志乃小姐都这么说呢！她们都说你顽固得像石头，但感觉非常灵敏，对于一个盲人来说，这挺让人毛骨悚然的，是吧？”

“少拿我寻开心！”

角平真的发火了。新十郎赶紧岔开话题。

“你们的工资有多少？”

“哪有什么工资啊！都是跟师傅四六拆账，师傅六，我们四。稻吉是实习生，赚的都归师傅。现在竞争者多，生意难做，我看东京快待不下去了。”

弁内又径自碎嘴起来。

“阿金每晚都喝酒吗？”

“应该吧！我们吃完晚饭后，她就开始独自喝酒，好像一个人喝酒才能尽兴的样子。就算师傅在家，她也是等师傅吃完后，自己一个人喝。反正师傅酒量很差。”

“她都喝多少？”

“一个晚上可以喝个五合、六合吧。她每天差遣志乃去帮她买酒，当天买来的酒，当天就会喝光，谁都别想偷喝。喝完后再吃一碗茶泡饭，然后打呼噜睡着了。”

“她每天晚上几点睡觉？”

“我们没法看钟，所以也不晓得几点啰！她每次喝醉，总是叨念个不停。那天晚上我们出门工作时，她开始吃茶泡饭。我上厕所时，听见她在扒饭的声音。”

“也就是说，你们出去后不久，她就睡着了。”

“大概吧。平常都是吃完茶泡饭，就跟大蛇似的打呼噜睡着了。我们看不见，只是听说她睡觉时睁着一只眼，怪吓人的。反正就算睡着了，看上去也不像有两只眼。”

弁内又开始碎碎念。

那时候的火葬设备没那么好，银一和志乃恐怕晚上才会回来。于是新十郎一行人决定在附近绕绕，确认谁有不在场证明。

“那场火灾是最近发生的吧？”

“记得是十天还是十三天前吧。半夜发生的，那场火灾幸好当时没风，没助长火势。”

古田回道。

相模屋按摩店离妙庵不远，约隔了三四十间房子。角平也有很明确的不在场证明。

仙友一副尽忠职守样，说道：

“我接角平过来后，就一直和他待在这里。”

“从晚上十点半到凌晨三点，一直在帮妙庵医师按摩？”

“他要求要慢、要轻柔，因为他有神经痛的毛病，需要特殊按摩。”

新十郎一行人来到石田屋，那个叫弁内过去的女侍回道：

“足利的仁助先生是我们这里的常客，也经常叫弁内来帮他按摩。他服务完仁助先生后，又有一个初次住我们这里的新客人，大阪药铺老板也找弁内帮他按摩。两个人的肩膀都很僵硬，所以弁内先生服务完后说他快累死了。正好账房那边还剩了些寿司，他吃完后才走的。”

所以弁内也有明确的不在场证明。

出门工作的稻吉也有不在场证明。约莫十点，他去一家叫作“清月”专供召妓的酒馆，十点到十一点帮客人按摩，十一点到凌晨一点又帮“清月”的老板娘按摩，临走前老板娘请他吃了一碗面。

“那个按摩师年纪轻轻，手艺倒挺不错呢！我经常叫他过来按摩，很舒服呢！顺便请他吃些寿司、面之类的，奖励一下啰！这孩子真的挺讨人喜欢呢！”

老板娘十分夸赞稻吉。

志乃也有不在场证明。她在伊势屋一直待到凌晨三点，伊势屋那个隐居在家的老爷这么证明：

“我晓得她有交往的对象呢！她啊，总是迟到。不过那晚她的确是在我这里，从晚上十点一直陪我到凌晨三点。”

银一的不在场证明更明确。他被叫至警察署长官舍，先帮长官的母亲按摩，接着帮返家的署长按摩，凌晨一点才离开官舍，然后就直接去小老婆那里了。

“这应该是临时起意犯下的案子吧。”虎之介喃喃道。

新十郎笑着低语：

“凶手勒死阿金后，将被子等挪到角落，掀开中央的榻榻米，连底下的木板也一一撬开，再取出大瓮，拿走里面的钱，其他房间没有遭窃的迹象，是吧？”

* * *

新十郎一行人晚上又去了按摩店，但是银一和志乃人不在，弁内也正好要出门工作。

“哟，这么勤快啊！”

“嘿嘿，就靠这吃饭啊！客人自动送上门来了！”

“又是去石田屋吗？”

“哦？新十郎老爷的直觉很敏锐嘛！他们那里一向都是指名我。毕竟店里闹出人命，他们也很好奇吧。昨天和今天，我们店门口都是人啊！足利来的那位老爷也是个爱看热闹的人。着火那天晚上，我们按摩店附近发生火灾，他说要代看不见的我去看看，是不是很爱凑热闹啊？”

“是来帮忙灭火吗？”

“怎么可能啊！”

只见稻吉突然大叫。

“我想起来了。那个人的确有过来。角平，你说是吧？有个人开门，说他是从石田屋那里过来的，还说这里都是盲人，问我们需不需要帮忙。这时有人大喊没事了！火快灭了。我说不用帮忙了。他就坐在门口，和我们聊了一会儿才走。”

“我可没要他过来帮忙，他真的来过？”弁内说。

“那天晚上，大家都看不到，肯定很着急吧？”新十郎问。

“才没呢！只有恶婆娘着急吧。那天只有我、角平和恶婆娘在家，她可是急得半死，记得她还掀开榻榻米呢！还叫我们去院子里挖坑。那时街上恐怕是一片火海，我们盲人也知道火是红色的，火苗都掉到身上了，疼个半死，谁还有心思听她使唤啊！反正我们身边也没啥值钱货，有什么好怕的，索性就站在门口，待苗头不对赶快逃。”

“老板娘掀开榻榻米时，那个住在石田屋的足利商人在场吗?”新十郎问。

“不清楚啊！街上嚷着火势变小了，恶婆娘好像又没那么着急了。”

“那个足利商人应该没进来吧?”新十郎问。

“没有。我们都坐在门口，他也坐在门口，所以没进来。”稻吉说。

“你们没帮着老板娘逃命吗?”

“没啊！就算想帮忙，也看不见啊!”

“有别人进来帮忙吗?”

“这么刻薄的人家，笨蛋才会来帮忙吧。火灭了后，恶婆娘的外甥松之助就来留宿了。后来志乃小姐和师傅也回来了。”

新十郎和稻吉一问一答时，弁内出门工作。待他出门，新十郎走到外头。

“我弄清楚不少事了。你现在去躲在那个足利商人住的房间隔壁，听听他和弁内的对话，肯定很有趣。”

新十郎这么喃喃道，古田巡警说：

“我去跟石田屋的老板说一声，请他安排。”

“麻烦你了。我们在仙友和角平喝酒的那间小酒馆等你的消息。”

新十郎一行人和古田道别后，前往那间小酒馆。虽然到了晚膳时间，但这一带的餐馆不会互抢客源，吃饭去一般餐馆，喝酒来这种小酒馆，这种店通常半夜比较热闹，所以现在没什么客人。

而且花乃屋最擅长在这种店打探消息，自然地谈起和案子有关的话题。只见他两三杯黄汤下肚后，红着脸开始行动。

“记得是两天前的事，我在前面的清月叫按摩师来按摩，听说他们家的老板娘被人勒死了呢！”

小酒馆的老板转头说：

“是哦？相模屋的按摩师常来我们这里喝酒呢！给您按摩的是哪个啊？”

“十七八岁的年轻小伙子，年纪轻轻的，手艺很不错。”

“那个小伙子可精明得很呢！老板娘是哪时被杀的啊？”

“听说是十一点到凌晨一点之间的样子，正好是那小子帮我按摩的时候。”

“是喔。那晚两点多左右，那个年纪最大的角平按摩师来我们这里喝酒。”

“对，对，那个叫角平的按摩师昨天也在清月帮我按摩肩膀。昨晚应该是守灵夜，可是他还高兴地帮我按摩呢！本想问问他老板娘被勒死一事，但瞎子啥都看不见，也问不出个所以然，听说那段时间他在帮妙庵医师按摩。”

“是啊！他回家之前还来我们这里吃夜宵呢！一边吃，一边抱怨花了三个钟头帮妙庵医师按摩。那天晚上，妙庵医师的助手仙友也来过。仙友这小子总是趁妙庵先生按摩时溜出来。医师他啊，一按摩就睡得特别香，所以仙友就趁机溜来我们这里喝酒，诊所那边就请按摩师帮忙照看啰。他还嘱咐按摩师，要是有人上门看病，就说医师不在。这小子喜欢我们这里的女服务生阿泷，可是那天晚上被她给甩了，气得半死的他十二点左右就走了。阿泷那天晚上和男人私奔了。”

听不太懂老板说些什么的花乃屋问道：

“仙友和这里的女服务生私奔？”

“不是，那时阿泷的男人也来我们这里。她甩了仙友后，就跟那男的私奔了。”

“到底是谁甩谁啊？听得我一头雾水。”

一旁的新十郎起身说道：

“我不想喝了。出去醒一醒酒。”

新十郎离开了一个钟头左右才回来，不久古田也来了，一行人离开小酒馆。

“古田先生，你那边的情形如何？”

“我拜托石田屋的主人，他一口就答应了。隔壁房间刚好空着，我躲在里头听他们两个聊些什么。仁助想问问那晚的事，一直问个不停，不过弁内是个瞎子，结果也没问出个所以然。”

“好比什么事……”

“比方说阿金有点灯睡觉的习惯吗？平时都会点灯吗？那天晚上有点灯吗？”

“明白了。”

新十郎颔首，惊愕地睁大双眼。

“天下之大，还真是无奇不有啊！可怕啊！要是再晚一步的话……”

只见他不晓得在感叹什么似的摇头，过了一会儿才平静下来，说道：

“我方才去妙庵医师那里确认小酒馆老板所言是否属实。仙友还真是想了一记高招呢！他只能趁医师按摩时才能溜出来。为什么呢？因为医师喝酒后才会睡着，平时都会失眠，所以他根本没办法溜出来喝酒。妙庵医师根本不晓得这些事。”

“被阿泷甩了的仙友十二点多离开小酒馆后，跑去哪儿了呢？”花乃屋问。

“他也交代得不清不楚，只说四处闲逛。”新十郎摇头，回道。

一行人又来到按摩店，志乃和银一还没回来，角平也不在，只剩稻吉一个人看店。稻吉说：

“天黑后，一下子就来了好几个客人，还不是想打听那件事。平常晚上也不过三四个而已。我可不想待在这个刚死过人的地方，也想出去干活，但总不能没人看店吧。真是伤神啊！你们可以帮忙看店吗？”

“再忍一下吧。”

新十郎进屋。

“我想看一下这房子的结构，这里有两间长条形房屋，是吧？典型的两层楼长条形房屋。”

只见新十郎上上下下巡过一遍，厨房、厕所、厕所前面的十平方米左右的大庭院，还掀开阿金陈尸房间的榻榻米，拿开木板检视一番，木板上没有钉痕。

结束这天的调查，一行人踏上归途。

“明天再去找银一和志乃吧。反正没必要急着找他们。家里有六个人，眼睛只有一只半。古田先生这么说过吧？比起看得见的一只半，看不见的那十只半更要注意，不过我还有个问题没弄明白。这个问题还得靠我自己想想才行，不然就失了意义。”

新十郎一边思考，一边喃喃自语。花乃屋和虎之介、古田巡警只能呆怔一旁。

虎之介像吐血似的，好不容易挤出一句话：

“你，你在说啥啊？”

“难不成你知道犯人是谁？”

“知道啊！”

“看来春天一到，疯癫病就流行了。”

新十郎咯咯笑。

“明天中午在我的书房集合，一起去人形町逮捕凶手吧。泉山先生离人形町比较近，你就直接过去吧。晚安。”（各位，觉得凶手是谁呢？）

* * *

虎之介恭谨地坐在海舟面前，讲述了事情的来龙去脉后，依旧绷着一张脸。因为昨晚道别时，新十郎竟然跑来冰川町告知海舟这件事。

海舟反手用刀子挤出后脑勺的脏血，挤完后，又在左小指指尖划了一道。他连看都没看滴在纸上的脏血，可见他正沉思着。

海舟突然抬起头，开玩笑：

“阿虎，怎么绷着脸啊？”

“您还看得出来啊！”

“任谁都看得出来吧。要我说说原因吗？”

“我还不至于蠢到这种程度吧。”

“可不是谁都能察觉到真凶是谁。你推敲不出来，就会绷着脸，看来你得绷一辈子了。”

海舟总算挤完脏血，虎之介怀疑海舟也推敲不出凶手是谁。不过，海舟依旧一派从容，这就是凡人和伟人的差异。虎之介并不觉得这种事有什么好值得在意的，看来海舟今天遇到棘手情况了。海舟挤完小指的脏血后，静静开口：

“凶手就是那个足利的仁助。六口之家，眼睛只有一只半，只要着眼这一点，自然就能解开谜团。如同新十郎所言，凶手并没动别的房间的东西，只掀开榻榻米，撬开底下的木板，拿出大瓮，这说明了凶手知道瓮就埋在那里。”

虎之介的脸色越发难看。

“恕我从旁插嘴，也许是阿金趁大家都不在时，将瓮拿出来，正想改藏在别的地方，结果被贼给瞧见了这一幕。”

“阿虎说得有理。不过，有个问题。若是阿金拿出来的话，没必要撬开底下所有的木板啊！瓮是她藏的，她应该知道藏在哪里。况且如果被贼撞见，也会留下搏斗的痕迹才是。所以真凶一定是趁阿金熟睡时袭杀的。视钱如命的她怎么可能默不作声地看着别人拿走瓮呢？”

三两下便反驳了虎之介的看法。不愧是海舟，和虎之介的层次就是不一样，这是经过一番整理的结论。虎之介低着头，没吭声。

“借口过去关心火灾一事的仁助，撞见阿金从榻榻米下取出一个瓮。于是那天夜里他叫弁内帮他按摩，顺便打探消息。当他得知阿金熟睡，家里只剩她一个人时，便觉得机会来了。他知道弁内还有客人，便借口溜出旅馆，潜入按摩店勒死阿金，拿走瓮里的钱。后来见到弁内，问东问西，这是凶手惯用的伎俩。让人以为他爱凑热闹，其实是想确认自己有没有留下什么不利的证据，毕竟做贼心虚嘛！”

*　*　*

虎之介直接去人形町。虽然想先在新十郎面前好好炫耀一番自己的看法，可惜没时间了。

况且海舟简洁明快的推理，越想越让人觉得爽快。虎之介快马加鞭地赶路，神情也轻松不少。

“果然是天下第一的海舟啊！虽然我的推理三两下就被他推翻了。但他还是夸奖了我，说我很有分析力呢！海舟先生深居简出，看事却很透彻，相较之下，那个犯疯癫的小子就……”

新十郎一行人已经在按摩店门口等着了。虎之介并未下马，冲着众人大喊：

“还傻傻地站在这里干吗啊？快去石田屋啊！不然就来不及啦！”

新十郎笑答：

“仁助一早就回足利了。”

“糟了！迟一步了。咱们快去足利！快啊！”

“看来主人比马还急，你打算骑马去足利吧？”

花乃屋调侃虎之介。

在古田巡警的引路下，新十郎和警官们一起走进按摩店。

在场的有老板银一、养女志乃和三个徒弟，阿金的妹妹阿乐和儿子松之助。

一群人坐在狭窄的房子里，新十郎环视众人，个个面无表情，就像好几个被摆置的鸽子木偶。

“本来我想马上就推理整件事，但至今还有一个问题不明白。看不见的人会将偷来的东西藏在哪里呢？我想应该会不离身地带着吧。但是若有一处连明眼人也没注意到的地方的话……”

新十郎微笑道：

“如果那个人没因为我们的登门造访而害怕得将东西扔掉的话，那东西就一定还在他身上。古田先生，请搜查一下角平身上。”

角平吓得面色惨白。古田和花乃屋架住他，只见他反抗得比明眼人还激烈。

在角平的内裤里搜出一个布包，布包里有一捆钞票，只见他被警察押走了。

新十郎说道：

“凶手没有动其他房间里的东西，而是直接盗走摆在榻榻米下面的瓮，这是因为他偶然得知那里藏了个瓮。阿金的被褥和灯都被扔在角落，说明凶手是个瞎子，找东西的时候不需要灯。加上底下的木板全被撬开，也说明凶手是个瞎子，因为明眼人没必要撬开所有木板。还有，取出瓮，拿走里头的钱，也是瞎子才会做的事。虽然种种暗示是瞎子所为，凶案现场却相当井然有序，没有翻倒任何一件东西，如果不是熟悉这个家的盲人，是不可能做得如此利落的，更别说他是在不知何时会有人回来的情况下犯案。”

新十郎瞅了一眼虎之介，只见他瞪大眼，羞愧地低头。新十郎又说：

“阿金婚后还是自己管理自己的财产，夫妇俩分得很清楚。一个爱钱如命的人不可能让别人知道她藏钱的地方，无奈百密还是有一疏，难免会有露馅之时，也就是那场火灾。眼看大火就要延烧过来，阿金着实慌了。她赶紧掀开榻榻米和木板，那时角平和稻吉在家。角平虽然是个顽固的石头脑袋，但他的感觉特别敏锐，听觉更是好到我们无法想象。

“那次火灾让他偶然得知阿金藏钱的地方，于是他决定偷走那些钱。促使他犯案的原因有很多，生意愈来愈难做，收入自然减少，还有原本巴望着能成为银一和阿金的女婿，却没想到有人来争抢，这让角平觉得自己是该离开这里了。反正无论何时离开，师傅也没理由拦阻他，但是他不甘心就这么空手离去，所以他开始寻找下手的机会。那天晚上，机会终于到来。银一去了小老婆家，志乃也去给熟客按摩，肯定很晚才会回来。稻吉回来也是一点多了。跟他一块出门工作的弁内还要服务两个客人，没有两个钟头是回不来的。

“叫他过去的妙庵医师一旦睡着就很难醒来，而助手仙友老是要来按摩的人帮忙看顾，自己溜去喝酒。角平和弁内一起出门时，听见阿金正在吃茶泡饭，也就是说，她肯定比妙庵医师睡得早。于是仙友离开后，他立刻想法子离开，回店里勒死阿金，盗出那笔钱藏在身上，再回诊所。反正就算这时妙庵突然醒来也没关系，因为他不会清醒很久，所以就算醒来发现角平不在，也不在意。因为角平可以编个去上厕所的理由圆谎。妙庵喝得很醉，势必记不得角平到底离开多久。毕竟只有少数人比较敏感，清醒时还知道自己哪些地方按摩过，睡着的话，就很难说了。角平犯案后回到诊所，又给妙庵医师轻揉了两个钟头，妙庵医师就更不清楚他到底是何时回来的了。角平巧妙利用自己是盲人这一点大胆犯案。但太过完美的同时，也会留下许多破绽，这样究竟是好还是坏？”

新十郎说明完，露出微笑。

* * *

海舟听完虎之介的报告，专心挤脏血，半晌才开口：

“原来如此啊。盲人按摩师溜回家犯案，石头脑袋不懂明眼人的想法。不过他光靠手，就能知道这个人是不是睡得很熟，也很厉害呢！大家可别小看石头脑袋的盲人，否则注定吃亏！看来隔行如隔山，我也从中学习到不少东西呢！”

虎之介见海舟如此坦然，竟觉得老人家颇可怜。

“后来新十郎悄悄对我说，足利商人之所以追问阿金的房间是否点灯的问题，是因为他认定凶手是个瞎子。新十郎还说这件事也说明，仁助也觊觎上了阿金藏的那些钱。”

“说这些挺多余啊！”海舟无趣地嘟哝着。

# 狼大明神

庭院一隅的神龛里供奉的稻荷神①是母亲的信仰寄托。母亲在世时，无论风雨一定早晚虔诚祭拜。就算外出晚归，母亲也会匆忙地和家人打声招呼后，赶紧参拜稻荷神，要是没每天按时参拜，心就不安。不过家里除了母亲以外，没人在乎这种事。

打从母亲卧病在床到临终之际，约莫一个月都是由利子奉母之命代为参拜。

---

① 稻荷神，日本神话中的谷物铰神，主管丰收，偶尔会加上尊称称“稻荷大明神”。日本各地都有供奉稻荷神的稻荷神社，其中以京都的伏见稻荷大社最为著名。

母亲临终给由利子的遗言除了期望她健康平安外，最后还补上一句：

“一直到你嫁人为止，每日早晚务必参拜稻荷神，这是我这辈子最后的请求。”

母亲的衰弱身躯充满恐怖又深沉的祈愿，像是在说：要是忘了参拜的话，她就会变成幽灵来责备由利子。

某天由利子走近病房时，听见母亲歇斯底里的吼声。

“难道你不怕报应吗？我死后你也一定要拜，至少一天拜一次。”

由利子走进病房一看，原来她是在对父亲说话。只见父亲面无表情地坐在母亲枕边。可是母亲死后，父亲还是没有遵从母亲的叮嘱。由利子也逐渐忘了母亲的叮咛，日渐忘记每天要参拜一事。

这尊稻荷神称为“狼稻荷”，是听店掌柜川根八十次说的，不过川根也因此被母亲训斥了一顿。蛭川家很忌讳听到“狼稻荷”这个真名。

“说到狼稻荷，老家是在哪儿？埼玉县吗？”

由利子问哥哥。

“应该是吧！”

哥哥敷衍地回答。他对什么狼稻荷根本毫无兴趣，和父亲一样，根本不信什么报应说，也不会恐惧。骨子里是个地道现实主义者的他，从小就觉得那些拥有权势威望的达官贵人根本算不上什么。他认为有钱能使鬼推磨，只有钱才是万能的，连上学也是多余的。

于是他在十七岁那年辍学，前往京都、大阪跟着别人学习经营和服店。花了两年时间学得经营之道，开始在父亲店里帮忙。

父亲的店一直都是经营埼玉西部的秩父和群马、栃木的两毛等地织品的买卖，哥哥则以京都为主要经营据点，后来但凡采购买卖等全由哥哥一手包办，先进大量货物后再分批卖出。

哥哥还雇了一些小伙计，亲自教导、差遣，业绩可说蒸蒸日上。由他一手培养的小伙计，个个都像装了弹簧似的人偶般，手脚十分勤快。

这么一来，跟随父亲一路奋斗，负责采买秩父和两毛等地和服备品的川根，更显得毫无用武之地，他那保守的经营方式对小老板而言，无疑是绊脚石。后来他竟慢慢变成蛭川家的管家，在店内的地位更显微不足道。

虽然父亲很有生意头脑，但毕竟出身乡下，无论性格还是作风都趋于保守，缺乏冒险心。受到儿子大胆作风的影响，他开了眼界，经营作风突然变得粗犷霸气起来，儿子却对此颇有微词。

“不清楚对方底细就一股脑儿地买卖是不行的，锱铢必较可是经营的不二法则，以后请不要没和我商量就擅自做决定。”

久雄有时会用很不客气的口气责备父亲。那时久雄才二十三岁，常常可见父亲气得七窍生烟、浑身发颤地向他怒吼：

“你这小子对一手创办这家蛭川商店的老父亲吼什么?！明明还是个乳臭未干的毛头小子，凭什么让老子听命于你！”

愤怒充斥了自尊心受创的父亲的内心，于是他故意和儿子唱反调，向老友旧识进了大量秩父与两毛的织品。没想到运气不好，织品价格暴跌，让儿子久雄更有立场反驳他，父亲的脾气也愈来愈大。

“什么？你说我存心毁了这间店？这可是我一手打造的心血，你这小子没资格批评我！好啊！干脆烧了那些我进的货好了，你给我看清楚！”

父亲就像个任性小孩，只见他抱起火盆，一连三次扔向堆积如山的货箱。

久雄倒是一点也不慌乱，还对着那些忙着扑灭四散火花的店员说：

“别慌，一箱箱慢慢收拾好。那种零星小火没什么大不了，闹不了什么火灾啦！反正那种像垃圾的货物就算烧了也不足惜。”

父亲闻言脸色骤变，竟负气离家，成天流连酒肆酗酒，常常好几天都不回家。就算没和久雄发生什么冲突，父亲也是整日泡在酒肆喝闷酒，长久下来当然所费不赀。

对于父亲有时冲动决定的大宗交易，川根也恕难抗命，只能遵从。毕竟这本来就不是他能劝住的，久雄也没法子责备他。不过每次川根到酒馆向喝得烂醉的父亲汇报家中事宜时，父亲就会毫不客气地踹他发泄。所以川根曾从楼梯摔落，还因此摔断手腕，花了好长一段时间才治愈。或是被父亲用火钳烫伤前额，留下一条如蚯蚓般的伤痕。

父亲离开故乡埼玉准备到东京开店时，相中了在当地小织品店帮忙的川根，于是带着他一起来到东京。那时父亲曾说过以后要把店分给川根一半，让川根也开一家店。但他现在终日泡在酒馆里，店里也全由久雄和那群小伙计掌管，川根毫无立足之地，更别提继承店铺一事。已届不惑之龄的川根，和妻小一家五口挤在附近租来的小房子里，一想到前途就忧心忡忡的他，为了不让妻子担心，回家绝口不提这件事。

那是个春来樱花盛开的清朗早晨，由利子到院子里去参拜稻荷神。

平常总是紧闭的神龛的小门却敞开着。

“难道除了我之外，还有谁来过吗？家里也没有会恶作剧的小孩啊！”

由利子边想边关上门，突然瞥见一个白色物品。

“咦？这是什么？”

以前她检查过神龛里面，里头连神像都没有，怎么会有这种东西呢？

拿起那东西一看，上头有一行字。

蛭川真弓　享年四十八岁

这不是牌位吗？蛭川真弓是父亲的名字，上头写着的“享年四十八岁”正是父亲现在的岁数。她惊愕地愣住了。

这究竟是谁的恶作剧？还是父亲为自己除厄而设的呢？她无意中翻面一瞧，整个人像浸在血池中，惊骇不已。

大加美稻荷大明神

“大加美”，和“狼”的读音一样。仔细一看，字的每一笔一画都是一条蛇的形状。错不了，这是用厚纸板做成的狼稻荷神的神符。

由利子瑟缩地将神符放回原处。父亲在外头喝酒还没回来，哥哥也一早就外出谈生意。由利子只好跑去找川根，悄悄拉他到神龛附近，拿那东西给他看。

川根仔细看着神符的正反面，听了由利子的叙述后，说道：

“这的确是大加美稻荷神的神符。也许小姐认为这里供奉的是狼稻荷神，其实正确的写法应该是和读音一样的‘大加美稻荷神’。我和老爷的故乡，在埼玉县贺美郡贺美村，‘贺美’就是那个和‘神’读音一样的‘贺美’。不过‘贺美’的读音也和

‘上’一样，加上附近有个那珂郡，我们就被称为‘上郡’，那珂郡被称为‘中郡’。日语中‘那珂’读音与‘中’相同，而‘贺美’的读音，既和‘上’相同，也和‘神’相同。‘大加美’则和‘狼’‘大神’同音。但我们还是习惯称自己为‘神郡’，什么神山啦，石神啦，跟神挂钩的地名也很多。特别是这个供奉大加美的稻荷神的神官，还自称是‘大神’的子孙……哎呀，又要发生可怕的事了。”

说到这里川根面色凝重，不发一语，惹得由利子更好奇，她追问道：

“又要？为什么你说‘又’？以前也曾发生过这种事吗？”

“不晓得该不该跟小姐说，我看还是算了。之前告诉小姐‘狼稻荷神’这名字，结果被重重地训斥了一顿，绝对不能再犯同样的错误了。总之，狼稻荷神是个会让人遭报应的恐怖之神。”

“报应？”

川根并未回答。只见他小心翼翼地将东西还给由利子，一副眼前将有人要遭恶报的恐惧模样。

不知所措的由利子只好将那东西放回原位。

“明白了。不过刚才我来时，这扇门敞开着，虽然有三四天没来参拜，不过我记得门应该是关着的。况且昨天下午还下了场倾盆大雨，要是那时门打开的话，这东西应该会被雨淋湿啊！可是并没有，所以我想一定是谁昨晚偷偷放进来的。”

川根并没回答，一副因果报应乃神佛所定，凡人岂能推测的样子。

久雄用晚餐时，从一旁帮忙添饭的由利子口中得知此事。

“真是愚蠢至极，你看！”

他看了一眼由利子拿来的神符，拨弄一下火盆中的火，将那东西丢入火中。纸质很厚得花点时间才能烧尽，房间烟雾弥漫到连眼睛都无法张开，过了一会儿才化成灰烬。

“什么狼稻荷神的报应，不过是熏得我掉了几滴眼泪。”

久雄根本不以为意，而这一夜倒也相安无事。

翌日午后，父亲喝得烂醉回来，立刻上床睡觉。大家用完晚餐时他醒来，又嚷着要喝酒。

由利子亲自下厨备酒菜，父亲只有在女儿面前才会展现慈父的一面。

明知神符一事最好别告诉父亲，但心里实在很在意狼稻荷神一事的由利子还是忍不住开口问：

“狼稻荷神是指贺美村的稻荷神吗？”

因为对象是由利子，喝得醉醺醺的父亲显得很坦率，只见他毫不迟疑地回答：

“狼稻荷神是一种邪教，只有我见过所谓的神谱和古文献，那些文献全是捏造出来的。搞不好只有六七十年历史，却被夸大成两千年之久，记得在儿玉郡和秩父郡交界的深山里有一座很小的狼稻荷神社……”

“跟我们家有关吗?”

“曾经有过吧！现在没有。庭院那座小神龛是你母亲背着我盖的，让人看了真想放一把火烧掉!”

“那可不行啊！妈妈临终前交代过我每天早晚都要参拜，她似乎很怕什么报应之类的东西，究竟是什么报应啊?”

“什么报应都没有!”

真弓爽朗地咯咯大笑。

“狼稻荷神不是神，是疯子。在深山老林里还可以像狼一样奔跑，在东京行吗?长着那么一张天狗①脸，敢在东京的大马路上丢人现眼吗?”

“天狗脸?”

“哈哈哈！供奉狼稻荷神的神官有一张稀世的天狗脸，而且代代都长那模样。”

虽然父亲的话有些莫名其妙，不过听起来似乎没什么好担心的。由利子总算暂时松了口气。父亲十一点左右用完晚餐，接着泡澡。由利子将遮雨板关上、铺好床。十一点半左右，由利子前往父亲寝室，帮他倒了杯热茶，熄掉油灯，点上纸罩灯。因为父亲半夜小解比较勤，必须留盏小灯。

① 天狗，日本传说中的妖怪，名字来源于《山海经》。人形有双翼、长鼻，大红脸，其形象来源于日本上古传说中鼻子有七个手掌那么长的旅途之神猿田彦命。

帮父亲打点完后，由利子回到自己房间，躺到床上后不久便听到壁钟敲了十二下。因此直到那时，蛭川真弓应该还活着。

翌晨，真弓被发现倒卧在血海中，早已断了气。

不但被箭矢射穿心脏，脸上还被覆了个像天狗般有着高鼻大眼的面具，应该是一张扮猿田彦命用的猿田面具。

由利子第一个发现父亲遇害，久雄和川根随后赶来，只见川根似乎忘了站在一旁的蛭川兄妹，双脚不住颤抖地往后退，大吼着：

“是狼稻荷干的！和那时一模一样！被神箭一箭射穿而死！而且还被覆上猿田面具！都已经过了十五年，难道那诅咒还没破解吗？”

* * *

案发两天后，新十郎一行人前往蛭川商店。现场已收拾干净。

真弓的房间位于离店最远的别馆，穿过走廊有一扇门，门的另一头就是真弓的房间，先是看到洗手间，再过来是约十二张榻榻米大小的木地板房，里头摆放着桌椅，北边则是仓库入口。

最里面分别是十张榻榻米大的起居室和六张榻榻米大的小房间，尽头则是十二张榻榻米大的卧房，南边还有个小庭院，庭院一隅有个供奉稻荷神的神龛。北边也有个小庭院，西边是一面围墙，有一扇因为没有门把，所以无法从外头开启的后门。

凶手似乎是从六张榻榻米大的小房间的北边窗户跳出去，然后经由后门逃逸。因为窗户敞开，因此逃脱路径相当明显。北边则是因为有一座仓库挡着主屋，应该不可能选择从这里逃走。然而谁也不知道凶手是从哪儿溜进来的。

由利子趁父亲入浴时，关上每间房间的遮雨板，六张榻榻米大的小房间的遮雨板也关上了，而且她还不忘将上下门闩锁上，也没发现从外头硬是撬开遮雨板的痕迹。

虽然走廊的门可以从父亲房间那头锁上，不过父亲一直没有上锁的习惯，案发当天早上也没锁。

走廊另一头面对大院子的是由利子的房间，登上楼梯还有久雄的房间，四名女佣则睡在紧邻由利子房间的小房间，对面有厨房和浴室，另外楼上楼下都还有空房，还有一间厨房用的收纳间。

店面与主屋隔着一个大院子，店里也有两间仓库。六名小伙计和打杂工一起睡在仓库入口旁的房间里。

连接店与主屋的走廊以一扇门隔断，由利子就寝前一定会检查这扇门有没有锁好。母亲去世后，管理店内男仆与主屋女佣们的生活操守一事，便落在由利子肩上。那天晚上睡前她也检查过，那扇门的确上了锁。

翌晨六点第一个起床的女佣阿立，七点左右打开走廊那扇门，那时那扇门也是锁住的。

若是由店内溜进来，势必得穿过那扇门，加上主屋各处的门扇也没发现任何异状，因此凶手究竟如何溜进来作案依旧是个谜团。

新十郎还勘查了别馆各房间、壁橱以及洗手间等，仓库门一直都是上着锁的，洗手间里的化粪池口也没什么不寻常。

依由利子陈述，她收拾好父亲用过的晚膳时（女佣们已经先入睡），父亲正在洗澡，在她关上遮雨板前，别馆应该有几分钟呈现无人状态。

那间六张榻榻米大的房间自从母亲死后便空着，房内壁橱呈半开启状，里头根本没什么好偷的值钱货，不过有一口长箱子倒是能够躲进一个人。大家一致认为，凶手应该是趁别馆无人时，迅速潜入藏身于此。

“那口长箱子后面掉了一个像是小护身符的东西，打开包着的纸一看，里头是个镀金的护身符，上头写着‘大倭大根大神’字样，好像是狼稻荷神祭神的名字。”

古田巡警在一旁说明。

“没听过大倭大根大神这神名啊？”新十郎喃喃自语。

古田回道：

“是的。听说这是狼稻荷神神官家先祖的神明，他们也不晓得为何会有个这样的护身符掉在这里。”

新十郎颔首。

看来这案子似乎围绕着狼稻荷神这名字打转。刺穿蛭川真弓心脏的箭的箭头是六寸长的尖锐物，箭身涂着朱漆，箭羽则是用雉鸡毛制成，这是狼稻荷独有的神箭。

“依店掌柜川根所言，距今约十五年前，蛭川家还在位于武藏国（今埼玉县）贺美郡的故乡时，听说之前的店掌柜今居定助也是被神箭射杀的。”

于是新十郎请店掌柜川根过来。四十岁的川根看起来的确有几分店掌柜的架势，不过个头矮小结实的他，却难掩朴实的乡土味儿。

“我是在老爷到东京后才在蛭川家当差的，所以不太清楚那时的事，不过曾听说被杀的上一代店掌柜曾和狼稻荷神发生过纠纷。明治维新后政府调查各神社的家谱和古文献，当时身为儿玉郡郡长的老爷曾命人收集各神社的古文献。碰巧有一次老爷亲自出门借阅关于狼稻荷神的家谱和古文献后，当晚宅邸竟然发生火灾，除了五间仓库幸免于难，房子全数烧毁。最糟糕的是，那些关于狼稻荷神的古文献都被带回家里，还来不及拿去郡公所保管，可能是老爷想多了解狼稻荷神的缘由，打算先放在家里好好研究一下，没想到那天深夜却发生大火，不但烧光房子，连那些古文献也被烧为灰烬。自称大神子孙的狼稻荷神哪能轻易善罢甘休，当然十分恼怒，不愿接受老爷的道歉。后来因为这件事老爷和神官交涉了好长一段时间，结果最后某夜上一代店掌柜今居定助被发现陈尸于狼稻荷神先祖的古坟，而且是被神箭射杀，凶器同样也是涂着朱漆的箭，尸体脸上也是被覆上了猿田面具。对了，因为案发当天有狼稻荷的祭祀仪式，神官必须于神前主持祭祀到深夜，还有许多人前去参拜，因此神官有明确的不在场证明。在这之后，人们更加相信得罪了狼稻荷神会遭报应。老爷离乡来到东京，多少也有些顾忌，在故乡待不下去了吧。老爷到东京后很忌讳听到“狼稻荷神”这字眼，死去的夫人之所以在庭院一隅盖了个小神，早晚虔诚参拜也是唯恐遭到狼稻荷神的报应。”

“来到东京后还继续和狼稻荷神的神官交涉吗？”

“我跟随老爷来到东京后并未听闻。只是准备上京前，曾听闻老爷将一些家传之宝供奉给稻荷神社作为赔偿。”

“狼稻荷神的神官不曾来过东京吗？”

“东京人比较不熟悉稻荷神，也不怎么信仰这个守护土中金矿的神明，但对于那些上山探掘金矿的人还有山里居民而言，却是相当重要的信仰。神官长年在山上闭关修行，听说他行走山路时，如狼般迅捷。”

“那涂着朱漆的神箭是何时使用的？”

“因为我老家村人并不信仰狼稻荷神，从以前就视其为邪教，所以不是很清楚那是做什么用的。只是听说每年祭祀的时候神官都要在黑暗中向四方群山发射约三十支神箭，因此神官得花上十天时间亲手制作每把神箭。”

“猿田面具和稻荷神有关吗？”

“我们是把天狗脸面具称为猿田面具，不过按照狼稻荷神的说法，他的祖先大倭大根大神正是这种类似于天狗的长相。听说后代子孙和当今神官也长得像猿田面具，高鼻大眼，有一张宛如柿漆纸[1]般的脸，其实就连住在那附近的村民也很少有人看过神官的模样。稻荷神社位于儿玉郡与秩父郡交界的一处偏远深山中，和村民很少往来。虽然所在地属于儿玉郡，不过江户幕府时还是个人迹罕至，不知领主是谁的神秘地方。据说那儿的土地至今都未收归官用，还有一条山贼来往的秘密通道。”

“最近你们店这附近有什么可疑人士徘徊吗？”

“没有见到过。”

真弓用膳的起居室在别馆，最里面则是寝室。在他陈尸处的北边窗外树荫下，有一坨不晓得是谁留下来的粪便，会在那里留下秽物的应该只有凶手，可是没发现擦拭过的纸，倒是在一旁树干上发现了手指擦过的痕迹。

更奇怪的是，室内没有遗留任何脚印，也没有泥土散落，更没有任何物品遗窃，也没有被翻找过的迹象。

---

① 柿漆纸，用柿漆涂染而成的双层纸，多用作包装纸。青柿制成的柿漆最早应用于中国唐代，明清时期的黑纸扇便是以柿漆涂刷扇面的。柿漆防水、防虫。呈紫黑色。

“店内员工还有哪些人是埼玉县出身？”

“除了我以外，都不是。”

“每个人的来历都很清楚吗？”

“至少老家的具体位置都十分清楚。”

“蛭川家的财务状况如何？”

“老爷搞砸了很多生意，所以损失挺惨重的，这事让他很心烦，不过基本上还不至于影响基本开销。”

“这间店是何时开业的？”

“老爷来到东京后正赶上这里被盘出，便买下这里开店，记得是明治六年（1873年）。店里只有我是从开店当初一直待到现在的老员工，其他都是最近四五年才聘雇的。”

“会有家乡的人来访吗？”

“和老家的人基本断了来往，有来往的人只有生意上的伙伴，像是邻近秩父郡，还有邻县群马、栃木一带的人。”

“你们应该也会往返洽商吧？”

“这条路线除了我之外，还有两个伙计一起负责，常常往返洽商。”

“当天你是留在店里过夜吗？”

“不是。九点左右结束营业便回家，早早就寝。”

新十郎伫立于庭院的稻荷神的神龛前，那是尊常见的小神龛，打开门扉一看，里头空荡荡的，新十郎目光倏地一闪。

“咦？这是什么啊？以前就有这块木板吗？这里应该没必要特地弄个板子吧！”

正面嵌着一张长宽都是五寸左右的正方形木板。要是不仔细瞧的话，根本不会注意到这块板子。不过仔细想想，这块板子摆放在这里的作用的确令人费解。

幸好找到当初帮忙盖这个小神龛的工匠，新十郎向他询问了这块木板的来由。

“没错，一开始就做了这块板子。而且还是夫人拿着这块板子，请我将它钉在正面中央位置。”

新十郎试着将板子拆卸下来，发现板子背面写着如下两行字：

大加美稻荷大明神

今居定助明神

今居定助就是和蛭川真弓一样，被神箭射杀的上一代店掌柜。

“先不管为什么被杀的上一代店掌柜和神明一起被供奉在这里，但为何要将板子反过来钉呢？总之得跑一趟狼稻荷神社，不然根本摸不着头绪。”

翌日，新十郎一行便踏上旅程。

* * *

现在的埼玉县儿玉郡包含以前的贺美郡、那珂郡，若搭乘火车，要搭上信越线于本庄站下车，也就是昔日武藏国的北边。北与东紧邻着群马县，西与南则与秩父相邻，塙保己一①就是出生于此郡中央一带的村落。

这里古时为武藏国七党割据之处，与此郡有渊源的有儿玉党、丹党和猪俣党等三党。这三党都是历史悠远的家族，从分布在各个村落的古坟群的规模就可以想象出他们祖先豪华的住所与生活。这些古坟大多都属于圆坟，出土陪葬品也与关东其他地区古坟的出土物大同小异，当地居民多为日限、今水、今居等这些外来人的姓氏，丹党就是他们的后代。

像是贺美郡贺美村、宇贺美或神山等，地名多以神字命名。迄今还流传着贺美村的石神是日本道祖神②各流派的本宗的传说。流过此境的河川称为神流川，从信浓国（今长野县）翻越蓼科和八之岳来此，为古时交通要道。

---

① 塙保己一（1746—1821），日本江户后期的盲人国学者、文献学者，著有《群书类从》《武家名目抄》等。

② 道祖神，源自中国“行路神”，是日本村庄的守护神，立在村边道旁，可防止恶魔瘟神进村。

邻近神流川流域的二之宫一地，有间叫作金钻神社的官币中社①，在武藏国境内是继冰川神社之后规模第二大的神社。

不过在武藏国和秩父交界一带的荒僻处，自称武藏国第二大的神社，并不是金钻神社。也就是说，这里的居民并不信仰金钻神社，但他们又拿不出证明自己信仰的神社才是第二大神社的证据。

而自称为真正的武藏国第二大神社的就是狼稻荷神社。

郡内各村也有金钻神社，亦传说古时有五处北向明神神社，当然也有许多古老神社，像是广木村的瓺蕤神社就被视为当地居民的祖神。广木村旧名为弘纪，瓺蕤神社的读音也同美加神社或美加玉神社。

依狼稻荷神社之说，金钻神社也好，瓺蕤神社也好，北向明神神社也好，都是狼稻荷神社的下属，本宗就是狼稻荷神社的前身大加美神社。大加美神社位于现在瓺蕤神社所在的广木村，现在一处名为曝井的古迹就是大加美神社的遗址。村人谣传《万叶集》古和歌里出现的曝井就是指此处，但只有狼稻荷神社自称这里是大加美神社遗址。

狼稻荷神社宣称他们保有能够证明此事的古文献、古代地图

① 官币中社，日本明治时代日本制定的神社等级之一。官币级别的神社由当时的日本政府直接管理，其中又分大、中、小三级。

以及绘有神殿的构造和神社境内一带的平面图。他们的先祖是被称为大倭大根大神的神，当时为统治日本全国的君王，但随着战役落败，一族便逃难至此。历经几世后，原本的臣下的子孙自称儿玉党、丹党和猪俣党，不但烧毁大加美神社，还追杀神人子孙。神人子孙们仅带了几个装有古文献的包袱，带着少数侍从逃进深山，他们在那儿建立了狼稻荷神社。

漫漫历史长河中，当年随神君逃难的侍从们逐渐离开深山迁徙至乡里定居，只剩神人子孙还留在深山，守护着稻荷神祠堂，保存太古流传下来的祭祀风俗。

不过依当地老一代人的说法，七八十年前村人才得知那座深山里住着长得像天狗，自称为狼稻荷神的家族。

金钻神社是金与铜的神社。狼稻荷神社说，包括金钻神社在内，瓺䃜神社，甚至连北向明神神社都是自己的下属神社。一般认为北向明神神社是坂上田村麻吕①所建，但狼稻荷神社的说法不一样。他们认为，当年儿玉党、丹党和猪俣党子孙将神人子孙放逐时，神人子孙命侍从背着许多黄金，逃进赤城山中，将黄金埋于地下。之后侍从秘密地回到村落，盖的五间神社才是北向明神神社的起源。而且每处神社都面朝北方赤城山，据说五处神社正面交集的一点便是黄金隐埋处。不过目前北向明神神社只剩两

① 坂上田村麻吕（758—811），日本平安时代的武官，受京都朝廷委托讨伐日本东北奥羽地区有功而被封为征夷大将军。死后被民间奉为武神。

处，其他已不可考。但狼稻荷神社称其流传下来的一本古书里明确以图标示着这五处神社所在地。

因为有此传言，不知何时起开始聚集起了探寻黄金的探矿人和信奉天神的信众。这些信众基本都是从外地来的，反倒是当地人完全不信这套，因为狼稻荷神社自称的先祖神话在各村落的文献中并没有任何记载，和其他神社的说法也大相径庭。

虽然各村的文献中都没有关于狼稻荷神社的记载，不过不可否认的是，当地乃至秩父一带的神谱与日本的神话传说有所出入。由目前留存下的这些带“神”字的地名推测，曾经有神的一族在当地定居，并受到村民的信仰。因此狼稻荷神社的说法虽不可信，但还是有部分人认为有一定的依据。狼稻荷神社自称祖神是大倭大根大神，而当地有一座很有来历的长幡部神社，供奉的就是日子坐王子的儿子神大根王。据《古事记》记载，人皇九代开化天皇①的儿子是日子坐王子，日子坐王子的儿子神大根王，正是三野国造和长幡部连的祖先。长幡部神社供奉的神大根王，和史料记载吻合，不过却没有证据证明他就是狼稻荷神社所说的大倭大根大神。

当地村民并不相信狼稻荷神社的说法，所以并没有把狼稻荷

① 人皇九代开化天皇（前213—前98），《日本书纪》和《古事记》记载中，自神武天皇算起的第九代天皇，日子坐王子为其第三皇子。现代历史学者考证认为其为传说中的天皇，生平无法考证。

神社所藏的古文献当回事看。但对于狼稻荷神社而言，古文献全化为灰烬是何其严重之事，神官自是对此怒不可遏。

新十郎一行人找到一位熟知村里情况的老人，向他打听当年蛭川家发生的事。

“这郡里住着加治景村和蛭川真弓两位大财主，他们两家都遭到过神箭的诅咒。若真是神的报应，那可真是恐怖！”

“这么说，被神箭射杀的不止蛭川家的人？”

“虽然只有蛭川家的两个人惨遭杀害，但是村人认为加治大财主之所以没落，也是受到神的报应。记得刚好是明治维新不久后，加治家的仓库遭人破坏入侵，盗走二十二箱黄金。那时加治家正门中央还被射上一支狼稻荷神社那涂上朱漆的箭。后来加治被手下的掌柜欺骗，又和亲戚打官司被骗。当家主因而心情颓丧、自暴自弃，加上诸事不顺，不到六七年便眼睁睁看着偌大家业逐渐没落，搞到后来连房子都拱手让人，土地也被夺走。加治与蛭川两富豪曾经风光一时的宅邸，只剩几间仓库风吹日晒地伫立于荒烟蔓草之间。虽然加治景村和蛭川真弓年纪相仿，但不知加治景村是否因为畏惧神的报应，竟然成了狼稻荷神社的信众，还在狼稻荷神社的深山中盖了座茅舍，甘愿啃树皮草根过活。”

“有逮捕到盗侵仓库的犯人吗？”

“没有。蛭川家的掌柜定助惨遭神箭杀死一案，也还没水落石出。”

“还有其他因为神箭而引起的事端吗？”

“我们所知的只有加治和蛭川这两位富豪的事。因为这两件事连续发生，只要查查村里记录就能晓得正确日期，记得应该是发生于这郡被划归为熊谷县①。不久后，约明治五年（1872年）的事。那时各村寺庙和神社等纷纷提交古文献，在一次村长召开的集会上，大家都没想到狼稻荷神社，还是蛭川先生提出来说要借此机会看看那个长得像天狗的神官的族谱。他还说他要亲自去狼稻荷神社借，为了让天狗脸神官安心借给他，还得带上盖了公章的借用合同去。于是他带着掌柜定助，还有两名村干事同行。虽是件麻烦事，但天狗脸神官一听说是全国性的官方调查，因此十分高兴地出借许多古文献、典籍资料等。其实就连神官也不晓得这些都是上上一代先祖于七八十年前制作的赝品，还以为全是真货。因为这本来就是蛭川先生的提议，所以想先睹为快的他便将那些古书全带回家。蛭川先生的宅邸位于贺美村，也就是现在儿玉郡东边稍微偏远之处。狼稻荷神社则在西边与秩父交界的一处荒僻山区，可说是郡内两处相隔最远的地方。总之，蛭川先生完全不在乎路途遥远，可见他是多么想看狼稻荷神社的文献。他一大清早出发，直到傍晚顺利达成目的返回。碰巧那天村子里有三四个对于历史方面特别感兴趣的人全都聚集在蛭川家，大伙就

① 熊谷县，1873年到1876年存在的日本县级行政单位，包括现在埼玉县和群马县的一部分。

着昏暗灯火仔细瞧着那些珍贵文献和地图，兴奋得额头都快贴上去了。众人吵嚷喧嚣直到深夜，说来这就是遭报应的原因吧，因为客人在的关系，因此就算夜深仍不能熄灯，所以那场火根本是因为一时疏忽引起的。火灾发生于天将亮时，偌大宅邸就这样被付之一炬。慌乱中完全无法顾及那些狼稻荷出借的文献资料，大家都在忙着拼命搬出家中其他贵重品，那些被称为古文献的资料就这样化为灰烬，从世上消失了，这就是纠纷的起因。”

“你的意思是说……那些古文献资料都不是真迹？”

“基本上那些人都是乡巴佬，称不上什么学者，不过那晚一同勘验古文献资料的人除了蛭川先生外，都是村内所谓的好事者，长年喜欢探究这类事物的人。那些人一看便察觉是赝品，因为像是村名等都是用现今文字书写，而且也不是《和名抄》① 里记载的旧村名，因此这些资料被识破为赝品。所以那些人对于天狗神官要求蛭川先生赔偿一事，都觉得很不合理。虽说是蛭川先生有错在先，但我想蛭川先生一定也没料到事情会落到这般田地吧！看来真不能轻易开神的玩笑。”

“不久后掌柜定助便惨遭杀害了吗？”

“只要查一下记录就应该知道。”

---

①《和名抄》，全称为《倭名类聚抄》，日本最初的百科全书，成书于平安时代，其分类方式受到《尔雅》的影响，对天文、地理、鸟兽等三十二部二百四十九门的用词进行了注解。

村人拿来一沓年代湮远的资料。

定助是于火灾发生一个月后惨遭杀害的。命案现场是狼稻荷神社古文献中记载的一处被称为神祖之陵的古坟，涂着朱漆的神箭由背后射穿他的胸部，当场毙命。虽然案发地点颇耐人寻味，但更叫人匪夷所思的是，他是在手握锄头，正将古坟挖开一个土坑时，遭人由后方射杀的。为何要在这地方挖洞呢？没人知晓原因。之后众人在定助挖开的小土坑四周也试着挖掘，并无所获。

“这只是村里谣传罢了。大家猜测定助认为在加治家仓库上射了神箭的人，可能将盗走的黄金埋在狼稻荷神社的祖坟之中，所以他才会趁四下无人的深夜去偷挖。不过没人能确定这臆测是否属实。”

“那座古坟位于定助家附近吗？”

“不，有一段相当长的距离。如先前所述，蛭川先生和定助所居住的贺美村和狼稻荷神社所在之地是反方向，可说是郡内两处相隔最远的地方，而那座古坟恰巧位于两者之间，不论是从定助家还是狼稻荷神社那里算起，大概都要走个三里①路吧！”

“那被盗走黄金的加治家又位于何处呢？”

“就位于古坟附近，隔了十二三町吧！从那古坟往贺美村走十二三町就是加治家。所以村人推测可能是定助以为狼稻荷神社

① 里，日本长度单位，1 里 = 36 町，约等于 3.9273 千米。

的人就是那伙盗贼。他断定神社的人因为没办法一次将从加治家盗走的二十二箱黄金运回山里，所以先埋在祖先圣地。”

“黄金失窃是何时发生的事？”

“这里有记录，是在蛭川家失火前约一个月。蛭川家发生火灾的前后两个月时间，神箭前后一共出现两次，第一次是盗走黄金，第二次是杀人。过去神箭只出现过这么两次，没想到隔了约十五年后，这次竟然出现在东京。”

“蛭川家是什么时候迁居东京的？”

“定助死后约三个月吧！人称大财主的蛭川家家业益发式微，不复以往显赫。那五座仓库里堆满的珍宝也大多转手他人，只剩下些不值钱的玩意儿。对了，蛭川家还拿了家传宝刀以及其他几样珍贵物品进献给狼稻荷神社，作为古文献遭毁的赔偿。好歹蛭川家从前就是大富豪，搬家时行李可是多得吓人呢！连最后留下来的不值钱的东西都有五仓库那么多。”

“惨遭杀害的掌柜定助的家属如何呢？”

“几年前遗孀病死，只留下独子伊之吉，母亲死后他就失踪了。”

关于狼稻荷神社的情况，这个村人还是所知有限。

新十郎一行离开贺美村，前往加治家遗址和定助陈尸的古坟勘验，傍晚时分抵达太驮之里，这里是群山环抱的最后一处村落，由此就要进入狼稻荷神社所在的深山。无奈向当地居民请教关于狼稻荷神的事，也问不出个所以然。

“这村子只有一个人是狼稻荷神的信徒，还迁居深山，每年来自各地的信众人数并不多，从这个村子进山参拜的人一年也就大概四五十人，不过听说从山的另一面的阿久原进山的人比这里多。”

只探听到这些而已，如今之计唯有直捣黄龙才能一探究竟。

“也许对方施了什么法术在等我们也说不定，泉山先生，到时就麻烦你了。”

新十郎笑道。虎之介脸色却益发沉重，点点头，一副没什么自信的样子。

* * *

翌晨一行人由当地居民带路，进入山中。沿着蜿蜒山路步行约三小时后，终于来到狼稻荷神社。眼前不像山顶，地势稍微平坦，以自诩大神子孙的神官居所为中心，四周散落着十几间简陋小屋，应该是信徒的居所。稻荷神社的神殿在距此约五六町路的山上。

只有神官的居所勉强看起来像是一户人家，但也只是以木头和树皮搭建而成的简陋房子，连一面像样的墙壁也没有。

终于与神官见面，新十郎一行人不禁吓了一跳，那模样简直就是天狗的化身。虽然鼻子没像天狗的那么长，却也要比剑客诗人西哈诺①的鼻子大多了。脸上挂着一对铜铃大眼，看起来就像两个并排的圆形火山口，镶在眼窝深处的瞳孔闪着慑人的光芒，脸色确实像柿漆纸般紫黑。

天狗神官亲自出来迎接，自称是大倭大根大神的子孙，名叫大加美太比古，有娶妻，但无子嗣。他说自己已经年过五十，恐怕大倭大根大神在他这一代就要绝种了，家谱和古文献被烧毁，正是绝种的预兆。他语带悲痛，又像是有一股阴沉的悲伤在他体内沸腾流窜。

“东京发生被稻荷神箭射杀的命案，不晓得您是否有线索？”

被新十郎这么问，只见天狗神官用那凹陷的双眼环视众人，显得相当警戒。

“以前也有个男子被神箭射杀，而且是死在大神陵墓。每年十一月十五日，我照例会从山上神殿那里向四面八方射出三十支神箭。神箭要飞往何处、射杀什么人，都是遵照神的旨意，我也不清楚神箭的踪影。”

照理说，长年隐居于此的天狗神官只和少数信众来往，应该不解世事才是，但他不仅深谙世故，而且有着阴谋家般的狡计。

“除了十一月十五日，还有其他放神箭的日子吗？”

“不可能，因为制作三十支神箭得耗时一年，不能多做也不

① 西哈诺，法国同名喜剧的主人公，长着一个奇丑无比的大鼻子。

能少做，除了祭祀用的三十支神箭之外，不可能留下任何多余的箭。”

“那有可能被人拾获祭祀用的神箭吗？”

“自古以来，从山上神殿射出的神箭会自然消失，况且是在半夜射的，连我也不晓得神箭到底飞往何处。”

“今年到今天为止已经造好几支神箭？”

“十一支，再六天就可以完成第十二支。”

一行人获准查看造好的神箭。令新十郎吃惊的是，制作神箭的地方竟是一个朴实的泥巴地房间。那一个看起来很像工场的房间的角落里，就摆着存放神箭的木箱。

果然和射杀蛭川真弓的箭矢一模一样。箭头是六寸长的尖锐刀刃，房间里还摆着制造箭头用的古老的制铁器具，看来这就是制作神箭的工具了。

“箭羽也是一次只做一个。虽然一次做比较方便，不过这是自古定下的规矩，每做好一个箭头，才能做一个箭羽。”

新十郎一边计算箭的数目，一边询问：

“您说造了十一支神箭是吧？”

“是的。”

“您算算看，这里只有十支。您会不会记错了？”

“没这回事。”

天狗神官自己也算了一算，的确只有十支，只见他面色凝重。

“会不会是被住在这里的人藏起来了？”

“再仔细找找吧。”

他小心翼翼地打开箱子让众人确认，还是找不到第十一支箭。

新十郎不客气地质问：

“以前也发生过类似情形吗？”

“从来没有。”

“您是边数边造的吗？”

“一年只能制造三十支神箭，无法多做也无法少做。”

“可是现在不就少一支吗？”

天狗神官没回答，只是一脸阴沉地环视众人。

一行人向天狗神官辞行，前往山上神殿。不同于一般神殿挂着大小的绘马①，神殿中挂满猿田面具。不但里头有，连外头也挂着许多面具，而且每个面具的模样不太一样，看来不是出自同一人之手，原来这里有奉祀自己做的面具的习俗。

以新十郎为首，一行人沿着岩壁走向山谷。

“你们看！那里也有，这里也有，都是那些不知射往何方的

---

① 绘马，绘有马的图案的许愿木牌，有大小两种，大绘马类似匾额，小绘马比较常见。绘马起源于古代日本向神社寺庙供奉马匹的习俗，部分学者认为和古代中国以纸马奉祀鬼神的习俗有关。

神箭呢。”

“原来如此!”

花乃屋大喊。

新十郎拾起一支箭，说道:

“虽然掉落的箭有可能被谁捡走，不过射死蛭川真弓的箭并非历经风吹雨淋的旧物，而是从工场箭箱里偷走的箭。可是与其偷走制箭场的箭，下到谷底捡一支箭不是更轻松吗?也不怕被人发现。”

一行人由谷底往上攀，再次回到信徒的草屋附近。

“听说加治景村就住在这里，我们去见他一面吧。”

一问便知道他住哪。原本想说他应该是一副狂人模样，没想到看起来十分沉稳，还留有昔日的翩翩气质。应该还不到五十岁，看起来却比实际年龄苍老。

“内人带着小孩回娘家，为求心灵平静，我选择抛弃尘世一切定居于此，每天都过得安稳充实，现在的我已经不是从前的我了。”

“那您靠什么维生呢?”

“做些神符和护身符，和远道而来的信众交换些食物。旁边那间小屋放着许多镀金的护身符、面具、福神和金山神像等。”

一旁小屋里有手工木版印刷道具和一些神符、护身符等成品。

“要是没来这里是拿不到这些东西的吧？”

“是啊！只有来这里进行参拜、布施才能拿到。”

“听太驮之里那边的人说，每年来此参拜的不过四五十人，能维持基本生计吗？”

“其实翻山越岭，特意走那些人迹罕至的路来的人，比那些居民实际看到的信众人数还多呢！所以勉强还能靠信众的布施过活，不过他们多半是天色昏暗时抵达，天亮前离开。”

“那位长得像天狗的神官一直都住在这里吗？应该偶尔也会出趟远门吧？”

“神官白天大多待在工场制造神箭，只要是制造神箭的期间，他一定都待在工场。”

“现在是制造神箭的期间吗？”

“是的。从岁末到翌年十月是制作神箭的期间，这期间神官一定会待在工场。”

“那晚上呢？”

“晚上不工作，都是待在家里。”

“住在这里的人都是些什么样的人？每个人都有间小屋吗？”

“只要愿意，谁都可以在这里搭间小屋住下来。不过，愿意在此定居的人找遍全日本，也就这么多，大多还是从邻近乡里迁居来此的人。以前，狼稻荷神的信徒都是住在山里的人，对他们来说，早就习惯了在山里生活。小屋居民大部分都是儿玉郡来的人。其中和神箭有关的人除了我之外，还有一个是被神箭杀死的今居定助的独子伊之吉，几年前他也搬来此居住。”

还真是出人意料，难道遭神箭报应的人都会自然而然聚集于神膝下吗？

“您每天都会和伊之吉碰面吗？”

被新十郎这么问，只见加治景村微笑道：

“因为住在这里的人都是追求心灵平静之人，所以小屋的居民们不像世俗那般来往，伙伴间谨守仁义与礼节规范，没有什么交际活动，喜欢茶余饭后闲聊的人恐怕待不下去吧！平常准备三餐或如厕时，偶尔遇到同伴也只是默默点头示意，彼此很少交谈，顶多是那些晚上到此参拜的信众向我们问路时，才开口说几句。”

“神官先生是一个值得尊敬的人吗？”

“当然，没人能像他那样全心奉献，专心一志。”

告别顿悟一切的昔日富豪后，新十郎一行人前往伊之吉的小屋。今年二十七岁的伊之吉，是个看起来朴实却有一双聪慧双眼的年轻人。他态度从容地接待新十郎一行人。

“你是从什么时候开始定居于此的？”

“二十一岁那年，足足有七个年头吧！”

“什么原因让你想来此定居？是受到别人的传教吗？”

“因为不想再待在村子里了。日子一天天过去，还是免不了受那些人指指点点，说我父亲是被神箭射死的。但在这里没人会对我这样，还真是不可思议。”

“为何觉得来这里就不用受别人异样眼光对待？是听了加治先生的例子吗？”

新十郎有些疑惑，只见伊之吉也露出不甚明了的表情。

“经你这么一问，我也觉得不可思议。不过要是有人的处境和我一样，也不会想待在那村子的。”

“没想过要去别的地方工作吗？”

“当然有。不过在找工作之前想说来这里看看，就自然而然地决定定居于此了。”

“原来如此。来这里看看之前，应该怀疑过是这里的神官杀了令尊吧？”

“我没想过这种事，只是对于小时候杀死父亲的神明感到好奇，心想一定要来看看。”

“你突然想来这里一定有什么理由吧？”

“真的没有啊！母亲死后，我孤身一人，可以自己做主。”

“原来如此。我可以理解你的心情。父亲是在你几岁时过世的？”

“十二岁那年，已经不算小了，所以清楚地记得那时的事，最后一次看到父亲是在案发那天傍晚。他从蛭川家宅邸回来后，便换上干活时穿的便服出门，还说不清楚晚上什么时候回来。虽然他有时会留在蛭川宅邸过夜，但那还是他头一遭换上干活时穿的便服出门，母亲也觉得奇怪。记得他空手出门，没带家里锄头出去。要说我们家有什么东西不见的话，就是大背篓吧！可是那天父亲也没有带背篓出去，况且那个背篓很早就不见了。”

新十郎和伊之吉凝视彼此。

“令尊是趁天还没黑时出门的吧！”

“是啊！天空才刚染上一层薄薄的晚霞。不知为何，我怔怔看着父亲离去的背影，有一种他不会再回来的预感，那时正好就像现在这时节。虽然父亲空手出门，可是死时身边却发现锄头、龛灯①和灯笼。那盏灯笼没有署名，在乡下很少有那种没有署名的灯笼。锄头也是，连个姓氏烙印都没有，总之每项工具都没有署名。我一直到长大后，才突然想到这问题。”

伊之吉露出一抹哀伤的苦笑。

“无论是龛灯还是灯笼，都是里头蜡烛尚未烧尽就熄掉了，也没有任何翻倒的迹象，也就是说，应该是有人灭了那些东西吧。虽然村人都谣传父亲是去挖黄金，但既然准备了龛灯和灯笼，却连个用来搬运东西的工具都没有，不是很奇怪吗？难不成他打算将装着黄金的箱子夹在腋下，提着龛灯和灯笼走回来？”

“那你认为令尊应该是去做什么呢？”

---

① 龛灯，日本江户时代发明的一种照明器具，类似现代的手电筒，只照正面，照不到拿龛灯的人，因此多为强盗、盗贼所用。

“这我就不清楚了。”

他苦笑地吐出这句话。之后也不再认真地回答新十郎的其他问题，说的话也愈来愈少。

辞行前新十郎问了伊之吉一件事。

“你家的田地应该离你们家很远吧！”

“没有，就在旁边而已，所以才觉得奇怪。”

一行人离开伊之吉的小屋，准备打道回府。

“伊之吉的那番话可真是意味深长啊！回去贺美村仔细查查定助惨死时的样子，也许能知道什么。”

花乃屋听到新十郎这么说，回道：

“我也是这么想，当我听到两具尸体都覆着天狗面具时，就觉得有点奇怪。天狗神官平常穿的是一件肥大的棉袍和一件宽松的无袖外套。要是穿上他这身衣服，再戴个猿田面具梳个头，就算是他老婆扮的也看不出来。况且那间工场一到晚上不但四周昏暗，而且离小屋有一段距离。”

“原来如此，听来颇有道理。”

被新十郎这么一夸赞，花乃屋笑了笑，说道：

“所以那家伙出了趟远门。即使走夜路，还是怕被别人瞧见，戴着面具总是比较保险。虽然他那张脸根本和面具一个样，不过戴上面具就好像能遮掩本性，不是吗？”

“什么？你是说他像狼一样奔驰在山路上，只花一夜往返东京杀人？”

虎之介说。只见花乃屋咯咯笑道：

“只要速度够快的话，往返五十里的夜路应该不难吧！”

新十郎也附和花乃屋的看法：

“你的观点已经超出乡下百事通的常识了。也许仔细调查的话，搞不好真的有人看过戴着天狗面具的家伙走在大街上！”

回到贺美村调查所有命案记录，证实定助尸体旁确实留有伊之吉说的每样东西，除此之外没其他的。毕竟是陈年旧事了，那些东西也不知流落何方。

那天晚上，新十郎莫名失踪，直到深夜都还没回来。待大家醒来时，新十郎才刚刚进门。

众人凑上前一看，只见新十郎悄悄地拿出藏在身后的东西，右手是个猿田面具，左手握着一支神箭。

“没有狼那般迅捷脚力的普通人，想要趁天未亮时往返狼稻荷神社那里还真是件苦差事呢！虽然我尽全力冲刺，还是在天亮后两个小时才赶回来。”

新十郎边笑边补充道：

“趁我还没累瘫时，要不要再去一次狼稻荷神社那里？也许会有什么变化。依我们平常的脚程，得在太驮之里停留一晚才能到吧！待明天中午左右到达狼稻荷神社时，或许会发生什么出人意料之事。”

（到此休息一下，请读者诸君猜猜凶手是谁吧！）

* * *

一行人在太驮之里住了一晚，依预定于翌日中午抵达狼稻荷神社。

新十郎先前往探访伊之吉的小屋，敲了半天门却无人回应。

开门一看，屋内空无一人。

对于伊之吉失踪一事，新十郎似乎早已料到似的环视屋内各处。只见他拿起一张纸，读后露出一副了然于心状。

“也许我就是在期待会发生这种事吧！如何？将伊之吉的信念给大家听听。结城新十郎先生，你已识破一切，杀害蛭川真弓的凶手就是我。我来这里时还不晓得当年杀害父亲的人就是蛭川真弓。约莫两年前，加治景村先生的小屋被风吹倒，所以来我这儿过夜。当晚从他口中得知当年侵入加治家仓库的嫌犯所遗留的东西时，我便明白杀父仇人是谁。新十郎先生，你向加治先生问问当年的情况就会知道的。于是我开始构思计划，往返东京三次确定有充分把握后，亲手制裁了杀父仇人。我不认为自己这么做有什么不对，反正我会离开这里，辗转各个山头度过余生，所以你们大概也逮不到我。为什么呢？因为对某种人而言，山就是最好的隐蔽之所。伊之吉书。”

新十郎看了一眼众人，说道：

“你们觉得他为何留下这封信不告而别呢？”

“因为你偷了神箭和面具。”

虎之介有点不耐烦地说。新十郎摇摇头，回道：

“没这回事。若只是偷走神箭和面具，不见得有人察觉，不是吗？那个自信满满的天狗神官不会确认箭数，况且神社里的面具也多到数不清，他之所以留下这封信逃走的理由……就是这个！”

新十郎走出小屋，关上门，指着门上一处地方，好像留有什么痕迹。

“我偷走两支神箭，使尽全力将其中一支刺向这扇门板后才回去的。接下来我们就依伊之吉所言，去问问加治先生吧！”

一行人前往加治的小屋。新十郎向其叙述在东京发生的神箭杀人事件，还给他看了伊之吉留下的信，老人看完后一脸诧异。

“原来是这样啊！那晚我的小屋被风吹倒，在他那里借宿时的确聊过，不过早忘记这回事了。应该没说什么关于他的杀父仇人的线索的话才是，不过依这封信所言，若是由侵入仓库的嫌犯所留下的物品而推敲出杀父仇人，应该就是指那只陈旧的背篓吧！毕竟那是谁家都会有的东西，就算遗留好几个月也不会有人注意到。况且丢弃在距离被盗走的金箱还有一段距离的角落，所以也发现得晚了，问村民也没人晓得是谁的。”

新十郎满足似的颔首，说道：

“这下子就一清二楚了。让他察觉谁是杀父仇人的线索，正是他记得家中背篓不见一事。”

“侵入仓库的窃贼不就是伊之吉的父亲吗？我觉得蛭川真弓应该跟那只背篓无关。”

“是的，蛭川真弓的确与那背篓无关。窃贼大概想用那背篓将盗走的金箱分批暂时藏在某处，却没想到最后一次回到仓库的时候金块已经偷完了，回到仓库才发现空空如也，就把背篓丢在那里走了。要是知道已经偷完了，就不会再回去，不是吗？就现场有个遭丢弃的背篓来看，说明当时已经不需要背篓了。毕竟与其在腋下夹着一箱金块，还不如背着背篓逃跑来得轻松，足见除了那个被丢弃在仓库里的背篓，应该还有另一个背篓，但一个人不可能同时背着两个背篓，所以一定还有另一个人也背着背篓，一个已经知道是伊之吉的父亲，那另一个是谁呢？我想通过其他事情应该能解开这个谜。”

众人盯着新十郎，倾听他所言。

“案发当天傍晚，定助特地换上干活时穿的便服出门，穿过自家田地，走向更远的地方。反正那时间穿着干活时穿的便服走在路上也没什么好奇怪的。因此恐怕他没有直接去古坟，而是在去那里之前，先绕到别处拿了锄头、龛灯和灯笼，不过一个人拿两盏灯确实有点怪。而且定助偷金箱时是背着背篓，案发当日却是空手离家，陈尸现场也没有发现任何用来搬运物品的工具，可见他并不是要从那里运出什么。当时他所挖掘的洞还很小，后来大家在他挖的洞四周挖掘也没有发现任何东西，足见那里本来就没有什么，所盗出的金箱的临时藏匿点也并非那里。

“其实那些临时被藏在某处的金箱早已运到了蛭川家仓库。他们之所以在古坟挖穴，并不是要挖出什么东西，而是为了埋什么东西。但现场并没有留下任何要埋的东西，这是因为凶手的真正目的不是要埋东西，而是要定助挖个洞。也就是说，凶手骗他要在那里埋东西而驱使他前往古坟，目的就是要在那里解决掉定助。既然要他在古坟挖洞，势必得有个让他信服的理由。凶手对定助说，我们已经将加治家的黄金失窃案伪装成加治得罪狼稻荷神而遭的报应了。而这儿是他们祖神的神陵圣地，我们埋一箱黄金在这里，就算到时候被挖出来，村民也会认为是狼稻荷神拿了所有的黄金，我们一辈子相安无事。凶手大概说了这样的话，诱使定助中计。定助盗取金箱的时候并未穿着引人注目的干活便服，但案发那天他却换上干活时穿的衣服。那时候的他万万没想到穿着那身便服出门，竟然会对日后一切产生莫大影响，于是他穿着那一身便服优哉游哉出门。虽然是晚上，不过因为是一段往返六里的田间小路，他觉得大概也没人会特别留意吧！倘若当时定助盗窃黄金的时候有同伙，那么肯定就是那个人杀死了定助。为何这么说呢？因为定助明明是在挖洞时惨遭杀害，现场却没有留下任何要埋的东西。若非一起盗金箱的同伙下的毒手，那么凶手就有可能根据要埋藏的东西，晓得同伙是谁，就算找不到那个人，也会袭击他的家人，总之一切都是为了那些黄金。

“但是更早告诉我们杀死定助的凶手是谁的线索，就是杀死定助和潜入仓库盗取黄金用的是同一种手段，也就是使用神箭。能够提前准备好神箭和天狗面具，并且晓得定助那天会去古坟挖洞的家伙，一定就是和他一起盗取金箱的同伙。他先说服定助，让他去狼稻荷祖神的陵墓里埋藏黄金，然后用神箭射杀正在挖掘陵墓的定助。如此一来凶手不但能永远封住定助的口，还可以将行窃一事的罪名赖给定助，又让人找不到杀死定助的真凶。蛭川真弓主动表明要去向狼稻荷神社借阅古文献，是因为他想到了这个杀人灭口的方法。烧毁自家家宅让古文献全都付之一炬也是预定计划之一吧！反正二十二只金箱已经到手，只要烧了宅邸，假装受到狼稻荷神的报应，便能有个不让人起疑的借口，顺利离开故乡迁居东京，真是个天衣无缝的计划！为何我敢这么断定呢？那是因为说穿了，他根本是个对古文献完全没兴趣的功利主义者，要不是因为其他目的，根本不可能会对记载狼稻荷神一族的古文献如此热衷。明明是从贺美村出发前往狼稻荷居所，带着随从的他却能一日往返，足见他的脚力相当好。对我而言，花一整夜往返盗取神箭和猿田面具可不是件容易事，何况拼命赶路还是拖到天亮后两个小时才赶回来，但对熟悉这一带地理环境的他而言，绝非难事。

“蛭川真弓真是个狡猾至极的恶棍，晚年受儿子欺压也是年老体弱，力不从心了。当我看到蛭川家那块背面写着狼稻荷大明神与今居定助大明神的板子时，便想到杀死定助的人可能是蛭川。若是因为怕受到狼稻荷神的报应，犯不着在旁边多写个名字吧！可见这才是他们真正害怕的事，否则没理由私下将定助尊称为大明神，和狼稻荷神一并供奉起来。蛭川太太晓得用神箭杀死定助的人不是狼稻荷神，而是自己的丈夫，比起狼稻荷神的报应，她更害怕定助的冤灵来报复，也许她口中的稻荷神指的是他们自封的‘定助稻荷大明神’。”

语毕，新十郎对花乃屋说：

“你的推理也相当精彩。相反地，除了那位长得像天狗的神官之外，若有人戴着猿田面具在路上走，就会让人联想到一切的不祥之事都是神的报应，也是一种让侦探不会对他起疑的手段。不管怎么说，你的推理算是挺上道的。”

花乃屋闻言得意极了，什么也没多说，只是开心地笑着，一旁的虎之介却生起闷气，噤声不语。

# 时钟上的跳舞人偶

时信妙子瞧不起自己的原生家庭，因为她很讨厌父亲全作，但毕竟是家人，还是得往来，但她一看到父亲的脸就心生厌恶。

她想过要是母亲还在世的话，这个家也许比较和睦，但似乎不是因为母亲已经去世的关系。因为父亲的冷酷与任性，母亲神经衰弱，一天比一天消瘦，加上患了结膜炎与脚气病，最终撒手人寰。

妙子也瞧不起继母。不过，如果生母还在世的话，说不定比她活得更可怜，更不堪。

继母早苗出身没落武士家，为了还债，只好嫁给大了她二十多岁的全作。全作已经年过半百，早苗才三十岁，长得又美，虽然她忘了什么是笑容，整个人却看起来非常水灵动人，常被人误会和二十四岁的妙子是姐妹。

世人认为全作是因为看上早苗的美貌，才设计让她娘家欠债，实际上并非如此。全作只是知道早苗娘家根本还不起那笔钱，除了以女儿抵债之外，别无他途，所以才娶了早苗。那时前妻虽然去世，但全作也没急着续弦，不过要是对方只有嫁女作为抵押一途，也就趁势之便啰。全作就这样无心插柳柳成荫，意外娶得娇妻。

但是全作对美丽的早苗丝毫不感兴趣。吝啬如他，满脑子只有钱。

守财奴全作以前倒是挺勤于做学问，后来出国留学，而且学的是考古学，看来似乎跟钱财无关。但是从地底下挖出来的东西可都是价值连城的古代艺术品，也唤醒了全作贪财的本性。

古代艺术品俗称古董，可是能变成钱财的好东西。全作利用西方人做生意的方法，赚了不少钱。但真正好的艺术品，他绝对不会抛售，一旦看中，也会不惜砸钱，不过他从不让人欣赏他的珍藏。

自从全作生病，行动不太方便后，他索性叫人将床移至古董陈列室，就这样在里头睡了三年，没离开过半步，因为他本来就不良于行。虽然拄着拐杖可以走上几步，但他连上厕所都是在房间里用便盆解决，一步也不出去。陈列室有两扇门总是锁着，需要叫人进来时，就转八音盒。

有两个人负责照顾全作，白天是全作的弟弟时信大伍，晚上则是名叫木口成子的看护妇，还有名叫奈美子的女佣帮忙。至于家里其他人除了一定时间之外，不能随便进陈列室。

在西方生活过的全作会请看护，一点也不奇怪。当时请看护还是很稀奇的事，一直到明治十九年（1886 年）才成立所谓的看护士训练所，也就是两年制专门培养护理人才的学校。但当时并没有护士这职业，所以毕业后只能受雇于私人诊所，而且主要是金发碧眼的外国教授，木口成子就是第一批毕业的专业护理人员。

成子的待遇很高，她专门值夜班。之所以这么说是因为全作除了结核性关节炎这毛病，还有神经痛、哮喘、痔疮，所以一到晚上就会觉得不安，精神亢奋，根本夜不成眠，还剧痛频频，不得不和对死亡的恐惧作斗争。

成子当班的时间是晚上十点到早上七点。天亮后，全作的情绪也比较稳定，所以成子伺候他用完早膳后，待七点左右全作睡着后就能离开了。

大伍是从早上十点开始照料，然后七点到十点则是奈美子负责照看，不过这段时间，全作几乎都在睡觉就是了。所以奈美子也没什么事可忙。

那么，为什么白天是由大伍接替成子照看全作呢？怎么想都很不可思议。

原来早苗夫人和全作长年不和，所以早苗连怎么笑都忘了。全作也没奢望她来照顾，所以就委托有血缘关系的弟弟。不过，想想一个胡须老长的中年男子要帮病人把屎把尿的，也很奇怪就是了。年轻时的大伍放浪不羁，中年依旧一事无成，四十岁那年实在活不下去了，遂抱着混口饭吃的心态，加入自由党，成了在自由党成立仪式上高呼板垣总理①万岁的党员，这样总比过着吃不饱、穿不暖的日子强多了。没想到才过了两三年，他内心的自由思想便彻底消失，只好投靠哥哥，也就帮忙看护卧病在床的全作了。

“还不是父亲生病了。不然叔父哪能觍着脸皮吃我们、住我们的，还有工资可拿啊！父亲要是死了，他的工作就不保了，能不尽心照顾吗？”

妙子的嘴角浮现一抹冷笑。

全作和前妻之间只有妙子这个女儿，早苗则和他育有一个八岁的儿子，叫雄一。早苗巴不得全作这个讨厌鬼早点去另一个世界，吝啬的他对家人没有丝毫感情，简直就是个冷血动物。所以这个家对她来说，不过是座监狱，只要男主人一死，家产就会落

① 板垣总理，指板垣退助（1837—1919），明治维新功臣之一，日本第一个政党“自由党”的创立者，日本自由民权运动的主导者，直至今日日本国会前仍立有其铜像。

到自己和雄一手中，春天马上来临。

妙子的心思和早苗一样，这个死老头早点离世对己对他人都是莫大的功德。问题是，全作要是死了，也不见得就是好事。

因为全作活着，妙子至少还是时信家的人。但要是父亲走了，这个家就和自己彻底没关系了，自己就得成为早苗的养女了。这样就得寄人篱下，恐怕到时候自己连胡子一大把的大伍都不如，大伍好歹还有工资。

“叫借住在家里的叔父负责照料他，父亲也还算有慈心啊！要是我的话，像他这种没出息的人，早就像赶狗一样把他赶去厕所啦！”

妙子才不同情病人。同情心要用在人身上，而不是因为生病而同情。

不过大伍对看护一事绝对称不上最用心，要说谁最关心全作的病情，那就是两人的大姐小坂乙女。

乙女的丈夫叫小坂主税。主税是个酒鬼，不但把赚来的钱和父母的遗产全败光了，喝醉后还会对老婆拳脚相向。乙女的一再容忍，让主税嚣张到有一次竟闹到邻居家去了。

“喂！拿酒来！啥？没酒了？没了就去买啊！酒馆关门了？那就给老子钱，老子自己上酒馆喝！”

主税不但抓住邻居太太的头发拖着她到处转，还出手打人。结果人家丈夫跑出来劝解，他还一脚踢中对方的肚子，勒对方的脖子。乙女拿不出钱时会被他揍得鼻血直流，邻居夫妇却不敢不给钱。主税拿着钱跑去酒馆继续喝，后来被警察抓起来。

那时，乙女对警察说：

“说什么因为喝醉了，搞不清楚是谁的家？怎么可能啊！我们家三十年来一直没钱没米的，他分明是存心要向别人讨钱！”

乙女没有非议之处的证词将主税送进监狱，所以他现在还在牢里蹲着。乙女当然会生气，但是这三十年真不晓得是怎么忍过来的，儿子君太郎都已经三十岁了。因为有个在坐牢的父亲，所以君太郎迟迟讨不到老婆，也不会因为父亲入狱，就比较疼惜母亲。

“从今天开始，我们不再是母子，各过各的吧。”

君太郎说完就离家了。乙女也无法自食其力，便求助弟弟全作，没想到却吃了闭门羹。

“我可是时信家的长女！你的姐姐啊！给我记住！我要诅咒你早死！”

乙女连踹了好几脚大门，悻悻然地走了。因为她无法一个人生活，便借住在能往来灵界与人世的某个道士那里，乙女十年前就成了他的信徒，大彻大悟的她最近常来探视全作。

“我向神明祈祷保佑你早日康复，开门让我见你一面吧。见不到面是无法帮你祈愿的。只要祈愿，你的病就会好。”

全作还是不让她进家门。乙女每次来都会柔声地说几句，而且声音愈来愈温柔，温柔到令人毛骨悚然。

相较于跑得如此勤快的乙女，端着尿盆奔来走去的弟弟大伍就显得很不成材。

“就让她进来祈愿一下嘛！反正病人整天窝在房间里也很无趣啊！”

妙子觉得这个家真令她厌烦，看什么都不顺眼，但她倒是没想过在这个宅子里会闹出人命。问题不在于他（全作）被杀了，而是谁敢杀了他。

* * *

那天是星期一。

现在回想，全作惨死的这天，从一早就不太寻常。

明明以往都是十点才现身，这天大伍七点不到就来到陈列室，那时木口成子护士正在喂全作吃早餐。

“正想派人去叫你起来，宫本已经出发去成田了吗？”

“早上五点出发了。”

“叫奈美子过来。我告诉她怎么去接伊助。伊助来之前，你就待在隔壁房间吧。”

宫本是借住在时信家的一个读书人，也是个少有的无能之人。已经三十好几了，鼻子下方都冒出胡须了，还过着寄人篱下的生活，而且一住就是十年，根本把这当成自己家了。

大伍把奈美子带过来，全作告诉她：

“八点有个叫伊助的布商会过来，你在门外等着，是个大概四十几岁，长相有点猥琐，个头娇小的男人。要是看到这样的人走过来，你就问他是不是伊助先生。如果他说是的话，你就带着他绕着围墙走到庭院后面的木门那边，然后带着他从后门楼梯进来，尽量别被人瞧见。不过要是被人瞧见也没关系，但必须要在他到大门口说要求见老爷前叫住他。”

站在一旁的成子默默牢记这番话。全作这番吩咐听起来不像是什么秘密。每天都被病痛折磨，从没露出笑容的全作，刚才说这番话的时候，声音听起来倒是挺有精神。看来他的病况并没有想象中那么糟，还是有望痊愈。成子之所以牢牢记住这番话，是因为她第一次听到全作发出如此开朗的声音。

“我跟他约定八点，应该快到了。你现在就去大门口等着。”

全作催促。听到这些话的人只有成子，大伍带奈美子过来后，便离开了。成子也回自己的房间睡觉，所以不知后来如何。

八点一到，奈美子果然带伊助进来。她按照全作的吩咐，从后院的楼梯上来。登上楼梯后，离北侧的门比较近，但因为这扇门锁着没办法开，所以绕了一圈走廊到会客室，大伍在这里待着。二楼只有陈列室与会客室两个房间，陈列室很宽敞，南北长约二十四米，宽约十米。陈列室的北面和西面是走廊，会客室就位于西面走廊的尽头，走到底拐个弯就是通往玄关的楼梯。

“您就是伊助先生吧?”大伍起身问道，彼此初次见面的样子。

“是的。”

伊助回道。大伍默默颔首，打开陈列室的门让伊助进去。

“不管是谁来，都不准让他进去。”

大伍转头这么吩咐奈美子。从里头传来锁门的声音。

奈美子一度很担心自己是否认得出伊助，但她一眼就认出这个织品商人。只见他背着比自己上身大上一倍的方形布包，错不了，他就是伊助。肩背重物，还要绕着围墙走一圈，奈美子觉得他怪可怜的，问他：

“背这么重，很辛苦吧。”

“习惯了。没事。”

伊助回道。原来小个子男人的力气还挺大的嘛。两人就交谈了这么两句。

伊助和大伍走进陈列室，独剩奈美子一个人才十分钟左右，乙女便匆匆来到。这个不速之客可是比谁都危险的人物。

“不行！不行！这时间不能进去。现在是老爷休息的时间，别说客人了，连夫人、小姐和少爷也只能晚上七点到十点这段时间才能探望老爷。您应该知道这规矩吧？况且老爷也不会见您，也不希望您来这里。”

奈美子拼命阻挡。也许是她的口气颇粗鲁，惹得乙女发怒。

“我是时信家的长女，是全作的姐姐！你只是一个小小的女佣，未免也太放肆了吧？”

“对不起，但这是我的职责，不能让您进去，也不能让您在这里大喊大叫。这时间大家都不会像您这样。”

“可是，今天我不进去不行啊。神告诉我说，如果我不立刻见到他，他就会被人杀死的。神就是这样对我说的，说得非常清楚，绝对错不了的。”乙女小声说。但是，可以看得出来，她在竭力克制自己的情绪，说话的态度也很认真。她的眼睛里闪着恐怖的光，说话的声音小了，反而更叫人觉得可怕。但是，人们都说这个老太太有疯癫病，不能因为她说话态度认真就相信她。正是因为有这种奇怪的人，才需要我在这里把门——奈美子心里这样想。

“我现在开始数数，从一数到十。数到十的时候您必须马上离开！这是我的工作。你在这里瞎嚷嚷，是会加重老爷的病情的。虽然我只不过是个用人，您也不能侮辱我。为了我的工作，我就是拼上性命也不会让您进去的！”

奈美子还是一个岁数不大的小姑娘，对付乙女这种人只能采用虚张声势的战术。看到奈美子毫不退让的样子，乙女知道今天是进不去了。

“那我就在这儿为他祈祷吧。祈祷他击退死神，恢复健康。真拿你没办法。”乙女合掌闭眼，“南无阿弥陀佛……”念着念着，合在一起的两手开始慢慢在空中画圆圈，画了一阵，两手突然向两侧伸展开来。乙女念的声音越来越大了。奈美子正要制止，乙女突然不念了。瞑目，合掌，敬礼——祈祷结束。然后连一句“再见”都没说，转身就走了。

八点半左右，大伍和伊助从古董陈列室里出来了。大伍把门锁上，对伊助说道：“请在此稍候，我去去就来，最多一个小时。”

大伍又转身吩咐奈美子：“伊助先生在这里等着的时候，奈美子就不用在这儿待着了，给伊助先生送一次茶就可以了。”说完就匆匆地下楼了。

奈美子按照大伍的吩咐，给伊助送了一次茶就再也没上楼。

会客室里，伊助一个人坐在椅子上打盹。

*　*　*

大伍回来了，奈美子跟在大伍身后上楼。大伍拿出钥匙，打开陈列室的门，再次领着伊助进去。十五分钟后，两人一起从里边出来了。大伍说，这件事就算办成了。大伍转过身去刚要锁门，里边传出八音盒的声音，这是全作在叫人。大伍赶紧进去，不到一分钟又出来了，对奈美子说：“没事了。奈美子，你送伊助先生出去吧。别走正门，跟来的时候一样，还走庭院那边的栅栏门。这叫来也无人知，去也无人晓。伊助先生，您多保重！”

伊助默默地向大伍鞠躬，扛着沉重的大包下楼去了。跟来的时候一样，还是那张表情沉重的脸，还是默默无语，还是那么一步一步扎扎实实地走路。

“我家老爷买您的布了吗？”奈美子问。

“买了。你家老爷是什么病啊？脓疮的味道呛鼻子。”伊助回答完奈美子的问题以后，也问了奈美子一个问题。

“肚脐周围，腰上，大腿上，有很多铜钱大的洞，不断地往外流脓水。我们经常喷香水，用香水味压住脓水的味道，今天还没顾上喷香水。”

这就是两人的对话的全部内容。奈美子把伊助送到栅栏门外，伊助默默地向奈美子鞠躬，转身走了。

奈美子回到二楼的时候，大伍正要离开会客室。

“老爷累了，总算是睡着了，谁也不要靠近他。怎么也得睡三四个小时吧，我也去睡上一会儿，今天起得太早了，没睡够。八音盒不响，你们谁也别进去惊动老爷。”大伍说完就下楼回他自己的房间里睡觉去了。

奈美子也认为老爷一定是很累了。老爷睡觉的时间一般是从七点到十点或十一点，今天睡这么晚，一时半会儿肯定醒不了。抬头看看挂钟，十点多了。大伍一般十点开始值班，今天不用值了。

奈美子坐在会客室的椅子上看书，看着看着打起盹来。打一会儿盹醒过来，继续看书。说是打盹，其实也就是两三分钟的时间。奈美子是一个非常尽职尽责的用人，什么时候也不会忘了自己是干什么的。全作正是看中了她这一点，才让她当了看护自己的用人。奈美子也深知自己所担负的责任，即使打盹，也只是那种短时间的浅层睡眠。

突然，八音盒的声音响了起来，这是老爷在叫人。时间刚好是十一点，这才睡了不到一个小时啊，老爷怎么这么快就醒了呢？奈美子小跑着来到门口。

门旁边靠墙的地方有个小桌子，成子的钥匙从来都放在小桌子上。奈美子没有钥匙，为了方便奈美子进去照顾老爷，成子就把自己的钥匙放在门口的小桌子上。钥匙一共有两把，还有一把大伍随身带着。

奈美子跑到门边，发现一直放在小桌子上的钥匙不见了。她在桌子底下找了找，又在桌子周围找了找，找遍整个房间还是没有。同一首曲子被八音盒演奏了六七遍，钥匙依然无影无踪。

奈美子心跳加快了。钥匙没了是大事，千万别出乱子啊！

钥匙一定是被人偷走了。大伍开门时用的是他自己的钥匙，锁门的时候用的也是他自己的钥匙，那是他的习惯。

大伍出去那一个小时，伊助一直在这里等着，奈美子不在。伊助完全有机会偷走那把钥匙，可是，他偷走钥匙干什么用呢？要不就是伊助在这个房间里的时候，有人悄悄进来把钥匙偷走了。伊助是外人，有人进来他是不会过问的。

奈美子直觉认为是乙女把钥匙偷走了。乙女今天那么早就来了，而且还在这儿装模作样地为老爷祈祷，还说什么祈祷老爷击退死神、恢复健康，还像章鱼似的手舞足蹈，合掌念经。她那两只手，看上去就像八只章鱼爪，忸怩作态，掩人耳目，谁也不知道她要干什么。也许就是她那双奇怪的手把钥匙偷走了。不到三天就来一次，还想闯进去看看老爷，她要是趁机偷到了钥匙，不就可以随便出入了吗？

奈美子忽然又想起来一件事，惊得跳了起来。她一溜烟地顺着走廊跑到北边那个门那里，抓住门把手转了一下。门是锁着的，奈美子长出了一口气。

这个陈列室有两个门，都是从内侧可以锁从外侧也可以锁的。大家平时都走西门进出，北边的门是锁着的，那个门没有老爷的命令是不准打开的。要是偷到了钥匙，也可以打开北边的门，所以钥匙一定是不遵守老爷的命令的人偷走的。

奈美子赶紧跑着去大伍的房间里去借钥匙。大伍的房间里铺着被褥，好像是刚起来。大伍也只睡了不到一个小时就起来了，叫人觉得不可思议。

大伍一直过着四处流浪的生活，虽然跟三五个女人同居过，但一直没有正式结过婚，眼下还是单身。

奈美子问了问在家的其他人，他们说大伍十分钟以前出去了，手上还摇晃着为自由党摇旗呐喊的时候用的文明棍。

在这种情况下，奈美子也顾不上那么多了，跑进成子的房间把她摇醒。

“成子！对不起，八音盒响了，可是钥匙不见了，你每天都把钥匙放在门口的小桌子上，是吧？”

“是啊，怎么了？”成子迷迷糊糊地回答说。

成子是一个跟机器一样有规律的人，就算她出门时正好碰到奈美子来接班，都不会把钥匙交到奈美子手上，而是默默地放在小桌子上。她是不可能忘了往小桌上放而自己把钥匙带回房间里来的。

“钥匙没了？”成子的脸色变了，她也觉得问题严重。

“被人偷走了！我怀疑是乙女偷走的，早晨八点左右，乙女又来了，说什么神告诉她今天老爷要被杀死。我不让她进去，她在门口莫名其妙地祈祷了一阵，说是祈祷老爷战胜死神。我看见她祈祷的时候双手晃来晃去的，没注意她是不是晃着晃着把小桌子上的钥匙顺走了。我今天早晨就没有注意过那把钥匙，因为平常老爷要是不叫我的话，我也不会用钥匙开门进去。”

“谁也不会注意从来不用的东西。”成子点了点头说，“就算是乙女偷的，她也就是想在病人面前祈祷一下，祈祷完了她就会把钥匙还回来，不会带走的。我问你……”成子笑了笑，话题一转，“那个卖布的行脚商人干什么来了？”

“不知道。我在别的房间里待着呢。”

“我觉得很奇怪。我来了三年了，从没有像今天这样奇怪过。”

“怎么奇怪了？”

“今天，病人有些喜不自禁，甚至可以说有些飘飘然。这个我看得很清楚。”

奈美子倒是没看出来。老爷有那么高兴吗？老爷跟平时相比有什么变化，奈美子实在没有感觉到。但是，她觉得今天那个沉默的行脚商人有些奇怪。行脚商人，一般都是很能说的，可是今天来的那个行脚商人伊助呢，像个石头雕刻的地藏菩萨。那样的行脚商人，能把他身上背的布匹卖掉吗？

* * *

奈美子回到会客室的时候，大伍回来了。奈美子急切地向大伍报告了钥匙被窃的事。

大伍一点儿都不着急：“怎么会有人偷钥匙呢？就算有人偷了也没什么大不了。怎么？我哥哥十一点醒过一次？现在快十一点半了，大概又睡着了吧。你干吗那么慌慌张张的？不管怎么说，他今天跟平时起居习惯不一样，肯定是累了。他要是醒了想叫人的时候，自然会鸣响八音盒的，那又不是什么费劲的事情。一定是还在睡觉。”

大伍说的也是。鸣响八音盒，只需要把盖子掀开。掀开以后就可以演奏四五分钟呢。就算需要上弦，老爷身体再怎么弱也是上得动的。老爷没有连续鸣响八音盒，也许是真的没有什么要紧的事。奈美子听大伍这么一说，觉得有道理，就放心了。

大伍在椅子上坐了一会儿，突然像想起来什么似的站起来，掏出钥匙打开陈列室的门，踮着脚尖走了进去，进去之后在里边随手把门锁上了。

五分钟以后，大伍又踮着脚尖出来了，小声对奈美子说："睡得香着呢。不过，这是什么？是不是有人从北边那个门进来过？房间里倒是没有什么异样，不过，哪儿来的这个东西，是不是伊助丢在这儿的？"

大伍手上拿着一副假胡子。奈美子记得伊助来的时候没戴假胡子什么的。

"这是伊助先生丢在这里的吗？我怎么没记得他戴假胡子？"

"算了算了，不要往心里去。"大伍笑了笑，转身走了。

这天确实跟平时不一样。到了下午，奇怪的来访者也是一个接一个。十二点刚过，一个叫川田秀人的银行家就坐着马车来了。

川田可以说是全作唯一的朋友。他是一个银行的副行长，也是一个非常热心的古董收藏家，对古董感兴趣的程度不输给任何人。

川田来看望全作，一般是星期六晚上的七点到十点。这段时间是全作的会客时间。川田星期六以外的时间也来过，但中午时分一次也没来过。看着大家惊诧的脸，川田笑道：

“我不是来看望病人的，是来找大伍的。大伍说的话对我很有用，可是他不愿意跟我说。这件事我无论如何也放不下，所以再过来找他谈谈。他要是还不跟我说呢，我晚上还来。我想问问他今天上午从银行取回来的钱干什么用了。那是一个叫人心里非常惦记的金额，我觉得跟我想到的一件事情有关。”

川田的话说得比较含糊，说到这里他就不再往下说了。看来，大伍让伊助在会客室等着，自己跑到川田的银行里取钱去了。叫川田心里非常惦记的金额，是很大一笔钱吗？关于这个问题，大伍笑而不答。

两天前，也就是星期六晚上，川田也来看望全作了。那天晚上，全作的病床周围集合了很多人。有川田、大伍、妙子，还有早苗夫人和她的儿子雄一。雄一来之前就困了，只看了父亲一眼便回去睡觉了。连怎么笑都忘了的早苗，安慰病人的话一句都没说。她来看望丈夫，无非是做做样子。有她在场，大家都觉得别扭。

星期六那天晚上，妙子听见全作对川田说，星期一早晨要取五万日元出来。当时的五万日元可是一笔巨款，光吃利息就能过一辈子中等以上的生活。如果不提前跟银行说，当天去取的话，银行一下子都拿不出那么多钱来。

全作虽然有钱，但他的钱也不是取之不尽用之不竭的。他存在银行里的钱也不会多到无限。就算家里人不知道，银行也是知道的。除了投资牟利以外，一下子取出五万日元来，是一个大胆得过分的举动，甚至叫人感到这家伙要自暴自弃，破罐子破摔了。

川田心想：太不可思议了。全作平时连一文钱都舍不得给家里人，怎么一下子取这么一大笔款子呢？这个守财奴，哪怕就是一双鞋，不穿透了鞋底他也不会叫你扔掉。这样一个人，能有一次取五万日元的壮举，实在叫人无法相信，甚至不应该说他是吝啬鬼了。在他的眼里，家里人的人格和价值，都只不过是一双穿透了鞋底的鞋。当然了，这也是吝啬的表现。

家里人都讨厌全作，川田对此非常理解。他也不喜欢全作这个朋友。但是，全作收藏的古董对他的吸引力太大了。川田心里常想，这小子死了以后，这些古董怎么处理呢？这是川田最关心的问题。全作的古董数量虽然不是很多，但每一件都是珍品。

星期一他来的时候，一群人正在吃午饭，川田不便在旁边坐着，就信步来到了陈列室外边的会客室里。看见奈美子在里边，川田问道："你家老爷身体还好吗？"

"还在睡觉。"奈美子说。

"你家老爷今天早上买的东西你看见了吗？"

“没有。”奈美子说。

也是，老爷买的东西怎么会给一个女佣看呢？陈列室的门锁着，川田进不去，就溜达到外面去了。站在庭院里，抬头往上看，只见陈列室所有的窗户都关得严严的。已经是初夏了，全作也不嫌热。除了盛夏三伏天，他从来不开窗户。他说外面的空气对他的哮喘不好。他认为，风一吹，植物、矿物，乃至动物们排出的微尘都会混到空气里，呼吸了这种空气肺部会受到侵蚀。

一个妇人推开庭院的栅栏门悄悄走进来。川田抬头一看，却是乙女。乙女也认出对方是川田，马上唠叨起来：“早晨一起来我这心里就慌乱得很，我为我弟弟担心哪！我不能坐视不管哪！今天，那个房间里一定会死人的。我得为他祈祷，帮助他击退死神！”她说着，指了指古董陈列室，然后就小跑着上楼了。

川田掏出怀表看了看时间，快一点了。

“出来的时间太长了，我得回去了！”川田自言自语地说。

川田连个招呼都没打，坐上马车回银行去了。

* * *

星期一这天，一切都乱了套了。

病人的午饭一直是三片烤面包片和一杯红茶，大伍负责伺候病人吃饭。可是，面包和红茶一直放在陈列室旁边的会客室里，没人往里送。

“今大就让他睡个够吧，别惊动他了。”大伍说。

既然大伍都这样说了，奈美子就不好再说什么了。她只不过是一个助手，不是正式的护理员，也没有必要一直在会客室等着里边的八音盒响起来。白天是大伍值班，奈美子没有理由越俎代庖。奈美子吃完午饭就回自己的房间里去了。经过大伍的房间的时候，奈美子听见大伍睡着了，呼噜打得震天响。

奈美子对老爷放心不下，下午曾两次上楼。会客室里没有大伍的影子，也没有别人的影子。午饭那三片面包和一杯红茶一直在桌上放着。

晚上七点，晚饭做好了，大伍也总算睡醒了。奈美子对揉着眼睛打哈欠的大伍说：“我去给老爷送饭，把钥匙借我用一下。”

奈美子从大伍手上接过钥匙，端着晚饭上了二楼。一整天也没人给老爷倒尿盆，屋里一定是又臊又臭。奈美子心里一边这样想着，一边打开了陈列室的门。她把老爷的晚饭放在会客室的桌子上，举着烛台进去，打算先看看老爷醒来没有。

夏天到了，屋里的臭气更厉害了。脓疮的臭气和屎尿的臭气混合在一起，充满了宽敞的古董陈列室。

病人睡觉的姿势很奇怪。脸朝下，弓着腰，盖着被子。是不是还在睡啊？看来累得够呛。奈美子没敢靠近，因为按照规矩，进这个房间应该等着老爷鸣响八音盒。在没有接到大伍的指示之前，自己随便把老爷叫醒，妨碍了老爷的睡眠，那可是不能原谅的。想到这里，奈美子又悄悄退了出来，举着烛台等着大伍上来。

大伍起床以后，先洗澡，再吃晚饭，奈美子左等右等也没见大伍上来。

这时候，川田上来了。

“病人还在休息吗？”川田问。

“可不是嘛。饭都凉了，午饭没吃，晚饭也没吃呢。”奈美子说。悄悄跟在川田后边上来的乙女叫了起来：“不得了啦！神早就说啦，今天要出人命的。肯定出事了，这可怎么办哪，太叫人担心啦！我这心里好乱啊，不得了啦！南无阿弥陀佛！”

奈美子不禁攥着钥匙站了起来。今天太不正常了！本来，奈美子作为助手，老爷不用八音盒叫人，是不能随便进去的，所以她没有见过病人睡觉的姿势。综合今天一天发生的事情，确实让人感到奇怪。虽无大的变故，但很多方面都跟平时不同。

奈美子拿起烛台往里走，川田和乙女跟在她身后。奈美子把烛台高高举起，照着躺在床上的病人。病人盖着被子趴在床上，好像佝偻着身子。可是，佝偻着身子背部也不能这么尖啊。奈美子觉得奇怪。看见同样场景的川田抓住被子，一把掀开，脸色突然变了。

“血！血！杀人啦！”

一把短剑插在全作后背上，身体早已冰凉。发现尸体的时间是晚上七点三十五分。

* * *

第二天，警察们一整天都在时信全作家二楼的古董陈列室里反复搜查。全家人被集中在一楼的一个小房间里。大家都被警察粗暴的行动惊呆了。在这个家里，还从来没有见过这样野蛮的动作。警察们就像在铁工厂或施工现场劳动的工人，时信家的人不敢想象，自己家里会遭到如此野蛮的搜查。

这也是没办法的事，发生了杀人事件嘛。

实在忍受不了警察的野蛮动作而提出抗议的，不是这个家里的人，而是前来看望病人的川田。当然，他是被害者尸体的发现者，有责任，也有资格说话。

“请你们动作轻一点儿！陈列室里都是日本一流的古董，跟古董店里摆着的那些擦得锃亮的不值钱的假货不一样！这里都是一件就值几万、几十万的珍品哪！看到这些珍品，肯定会想杀了它们的主人，把它们窃为己有！你们看看这些古董，哪件不值几条人命啊。不管怎么说，它们跟它们原来的主人一起，在古坟底下的石室石棺里躺了一千年乃至两千年哪！盖在上边的大石板，六七平方米一块，五块、十块地排列着，这些古董，在大石板下面沉睡了两千多年呢！对你们这种粗暴的调查方法，我很生气！请你们动作轻点儿！杀死病人的短剑，说不定也是从古坟中挖掘出来的!”川田大喊大叫。

警察听了川田的话，只觉得这个杀人现场比一般的杀人现场多了一股妖气。对于警察来说，去杀人现场就好比上厕所，根本就不在乎。只不过这个死人身上的脓疮比死人本身还要叫人觉得讨厌。同样是厕所，健康人的排泄物总比病人的排泄物给人的感觉好一点。厕所就是厕所，总会有排泄物，就好像杀人现场总会留下凶手作案的痕迹。但是眼下这个厕所好像没有排泄物，只有一股妖气，而放出这股妖气的伟人好像就是这个举止威严的川田。

奈美子也意识到了这一点。奈美子是一个平凡的女佣，只会平凡地观察每一件事。发现尸体以后，她所观察到的一切，一直清晰地留在她的脑海里。当时在场的人有三个：奈美子，川田，乙女。本来就不怎么正常的乙女当时的表现更不正常，这倒没有什么奇怪的。奇怪的是川田，川田的表现太奇怪了。奈美子对大家说：

“川田先生发现老爷被人杀死以后，在老爷的尸体旁边待了不到一分钟，就举着烛台，转着圈看周围的古董去了。他关心的根本就不是老爷，而是周围的古董。他一个挨着一个地看，看得可认真了。相比之下，被突然出现在面前的死人吓得目瞪口呆的乙女，母鹅叫唤似的在那里发疯般祈祷，显得倒是很一般。川田先生慢吞吞地转了一圈回来以后，表情很平静，跟平时没有什么两样。他那平静的表情叫我感到恐怖。”

妙子听了奈美子的话，吃了一惊。川田那张表情平静的脸仿佛就在眼前晃动。川田是一个银行家，被杀死的人，从古坟里挖掘出来的古董，在他的眼里都是钞票。看到死人，他的表情也会像数钞票时那么平静。

被杀死的全作和他的弟弟大伍，数钞票的时候表情不能像银行家那样平静，他们的人生还是充满了喜恐哀乐的。父亲全作活着时是一个人人诅咒的冷血动物。但是，父亲被杀以后，妙子忽然觉得，父亲的冷酷并没有那么可怕，也不是什么了不得的事情。

大伍伺候的人死了，以端尿盆为中心的工作没有了。他怅然若失，胡子也顾不上刮，整天躺着睡大觉，一点儿精神都没有。他已经不能像川田那样，带着一股妖气和威严走来走去。一直到昨天他都在自由地进出的房间，已经被警察和川田占领。川田在里边大摇大摆地东转转，西看看，就像在他自己家里。

大伍躺在床上嘟哝着：“主人死了，女佣不会被解雇，因为女佣已经是家里的一员了。而我呢，整个就是一条狗。主人死了，就得寻找新的主人。是谁把我的主人杀了呢？不管是谁，跟我都没有关系，问题是主人死了以后我怎么办。人死了就可以去极乐世界了，可是，我却不清楚我能去哪儿。只有一件事是清清楚楚的，那就是，这里不会再有我的立锥之地。”

成子的想法跟大伍不一样。她是一个专职护士，这家的病人死了，自然有下一家来请她，工作有的是。听了大伍的话，成子心想：这个就要步入老年的流浪汉看上去是个乐天派，不过，这个人看起来表里好像不一致。奈美子说，川田身上有一股妖气。川田身上那股妖气倒算不了什么，他的表情确实平静得有些不正常，但那不是杀人以后的平静。他的这种平静，跟乙女的发疯在本质上是一样的。在看到死人的那一瞬间，这种反常的平静也是不奇怪的。外科医生可以平静地用锯子锯断一个人的腿，却不能平静地杀死一个人。大伍对哥哥全作的护理一直非常尽心，可是昨天却从下午两点一直睡到晚上七点，这是很奇怪的。他真的在睡觉吗？这家伙肯定有问题！

不过，那时候成子也在睡觉，她不知道大伍是否真的在睡觉。问了问别人，马上得到了回答。大伍当时确实在睡觉，而且呼噜打得震天响。倒是成子那个时候是否真的在睡觉，没有人能够证明。昨天十一点半的时候，成子被奈美子叫醒过，但是，后来她是不是又睡了，谁都不知道。

中午刚过，新十郎一行就到了。

* * *

新十郎把有关人员叫过来挨个问了一遍，又到杀人现场看了一遍，先把整个事件的过程大体把握，再到现场展开细致调查。

死者时信全作的古董陈列室里，的确陈列着大量稀世珍品。有日本的，也有欧洲的。全作把自己跟外面的世界隔绝，跟自己的古董同居，这心情不难理解。需要人帮忙的时候，就鸣响八音盒，也是一个不错的主意。那时候还没有电，病人一般使用那种一按就响的按铃。和按铃相比，八音盒无疑省事得多。只需轻轻掀开盒盖，就可以连响四五分钟。按铃虽也不费什么力气，但单击才响一下，急着叫人的时候就要不停地按，还是八音盒省事。全作用来叫人的八音盒，演奏的是著名的苏格兰民歌《友谊地久天长》。八音盒不算古董，在欧美国家，多是用来装香烟或点心的日用品。

“嗯？”新十郎摆弄八音盒时似乎发现了什么，发出了微小的叫声，“死者用的这个八音盒，既不是香烟盒，也不是点心盒，是当作了砚台盘吗？不然这里边怎么会有墨汁的痕迹呢。但是砚台和毛笔都没有啊。啊，桌子上不是有这么漂亮的砚台盘吗？里边还有死者日常使用的砚台。砚台里的墨还没干，搞不好昨天和前天还用过呢。”

桌子上摆放着死者时信全作的日常用品，有时钟，有烛台，还有俄式茶壶。这些日常用品也都是非常漂亮的现代艺术品。比起周围那些被称作古董的古代艺术品，这些现代艺术品没有妖气。妖气这东西与年代有关。同样是楠木，树龄两千年的楠木就带着一股妖气，刚种上没几年的楠木就不带妖气。小孩子身上绝对不带妖气。

这个时候，川田找新十郎搭话。

“死者大概是在昨天早上八点半的时候为了给我写信而用的砚台。信的内容是让我取出五万日元交给送信人大吾。当然，我照着信上说的去做了。他应该是九点半左右在房间里领到的五万日元。”

“是吗？就是说，八点半前后他还活着，曾经用这砚台研墨来着。”新十郎对墨的问题好像非常重视。他抬起头，看了看川田那一本正经的脸，发现川田有话要说，遂问道：“死者取那五万日元，想必是有着非常特别的用途？嗯，当然是有非常特别的用途，否则怎会一下子取出五万日元？您知道那是什么事吗？”

川田说：“我是开银行的，客户要取存在我的银行里的钱，我把钱取给他就是了。至于他用那笔钱干什么，就跟我没关系了。了解具体情况的人应该是故人的弟弟大伍。不过，昨天取钱，如果是三万日元，或者是十万日元，我都不会觉得有什么奇怪，可偏偏是五万日元，就不能不引起我的注意了。”

“原因呢？”

“结城新十郎先生，您出国留学回来时间还不长，有一件事情您也许不知道。那件事情发生在五年前，时称‘一色又六’事件，您听说过吗？”

“抱歉，我那时正在国外留学，没听说过。”

“一色又六是一个人的名字。这个人是群马县一个小村子的村公所里的办事员，以前曾去中国行商，在那边过着放荡不羁的生活，完全是一个流氓无赖。他在村公所里当办事员的时候，村里有人挖到一座古坟。群马县的古坟之多，在日本东部是数一数二的。村民上山垦荒的时候挖出来的这座古坟不是很大，但它的石室没有横向入口。石室是被五块五平方米大小的石板封起来的，必须把其中一块掀开才能进入石室。一般的古坟的石室都有横向入口，但是这座古坟没有，非得把封着石室的巨大石板掀开才能进去。石板封得非常好，这就是说，这座古坟没有被盗墓的挖开过。村里人齐心合力，费了很大的劲才把其中一块石板掀开。也许是因为没有被盗墓的挖开过，也许是因为这座古坟的主人非常富有，进去一看哪，都是出类拔萃的珍品，非常整齐地摆放在里边。镶嵌着金银宝石的长刀短剑闪着寒光，威风凛凛的铠甲不减当年气概，钩形玉坠之类多达两千余件，如果算上村民们在挖掘过程中悄悄拿走的，得有三千多件。这些还是在其他的古坟里见过的东西，最叫人感到惊奇的是，这座古坟里还有许多堪称艺术珍品的佛教用具。一般认为，古坟都是佛教传来之前修建的，那是因为还没有从哪座古坟里出土过佛教用具。特别是没有横向入口的古坟被认为是更为古老的古坟，出土佛教用具的可能性就更小了。没想到在这座竖穴式古坟里挖出了佛教用具，而且有一尊在奈良的古寺庙里都没见过的非常出色的佛像，也许是古坟的主人朝夕膜拜的佛像吧。这尊佛像高一尺五寸，既像释迦牟尼，又像观世音菩萨，总之是一尊与众不同的佛像。佛像由黄金铸就，放在膝盖上的双手捧着一颗圆圆的珠子。据钻到古坟里去的村民说，他们进去的时候，那颗珠子正在黑暗中闪闪发光，晃得眼睛生疼呢。这颗珠子不是黄金的，无色透明。经专家鉴定，佛像材质是黄金，而且可以说是纯金。那颗无色透明的珠子，是钻石，绝对在一百克拉以上。国外一个喜欢收藏古董的富豪，特意跑到村公所来，出价五万日元买这尊佛像。由于出土的文物价值太高，引起了考古学界的注目，村公所已经不敢擅自出售。五万日元巨款，村里谁见过那么多钱啊，眼睁睁地不能卖，委屈的泪水只能往肚子里咽啊。其实，如果那颗钻石的质量好，光是那颗钻石就值二十万或三十万！如果有一百克拉的话，根据品质，能卖到五十万，甚至更多！农村人嘛，不知道钻石有多贵重，五万日元就已经吓得浑身发抖了，根本不可能知道那尊佛像到底值多少钱。

“但是，村里有一个人知道那尊佛像的价值，这个人就是村公所的办事员一色又六。有一天，人们突然发现，保管在村公所里的佛像不知何时被人偷走了。人们马上怀疑是一色又六干的，因为这小子两天以前去向不明了。过了一段时间，一色又六在横滨被抓了起来，但是他没有把佛像带在身上，说是卖给了一个外国人，但身上却没有钱。警察进一步审问，他说上了那个外国人的当，佛像被抢走，钱一分没拿到。警察当然不相信他这骗人的鬼话，但也没有别的办法，就判了他三年有期徒刑。社会上关心这件事的人都认为，一色又六肯定是把佛像埋在了什么地方，出狱以后，肯定挖出来再找买主。

“警察在横滨逮捕一色又六的时候，从他身上搜出来一张字条，上面写着时信全作的名字和地址。警察问他这是怎么回事，他说，他听别人说，这个叫时信全作的人是一个不惜高价购买古董的人，所以就记了下来。警察找到时信全作，问他见没见过一色又六，全作说根本没见过。那时候全作身体还很好。我是个喜欢古董的人，佛像的事从未忘过。我认为，一色又六出狱后，社会上的议论沉静下来了，肯定还要来找全作。我这样想是很自然的事情吧？所以，当我听说全作要从我的银行里取五万日元的时候，马上就想起了‘一色又六’事件。一色又六果然要把佛像卖给全作了！我非常想看到那尊佛像，于是，中午来了一趟，傍晚又来了一趟。

“遗憾的是，我没有看到佛像，却看到了全作的尸体。我无法确认那五万日元在哪里，但我一一确认了这个房间里陈列的古董。这个陈列室里的古董，还没有一件我不知道的，跟以前相比，没有任何变化，但是我没有发现那尊黄金铸就的手捧钻石的佛像。不过我认为，既然全作被人杀死了，就无法证明这个房间里从来没有摆放过那尊佛像。昨天，不对，昨天的某一段时间里，那尊佛像很可能就在这个房间里。至少我个人认为肯定是这样的。我了解全作的兴趣与爱好。全作从来不在别的事业上投资，起居不灵便，几乎处于隐居状态。他一下子取出五万日元巨款来，除了买那尊佛像还会干什么呢？强盗偷东西杀人，不可能为了偷古董杀人，因为古董没有公认的价格，收藏古董是一个兴趣问题。强盗是不会为了偷古董冒险杀人的，那样做划不来。但是，为了偷那尊佛像，冒险杀人是划得来的，因为那尊佛像上有一颗一百克拉以上的大钻石！”

原来如此！听了川田的话，新十郎明白他昨天为什么两次跑到时信家来了，他是来看那尊佛像的。

若真有人为那佛像来过这里，那一定是那个村公所的办事员，曾经在中国行商的一色又六，也就是卖布的行脚商伊助。

“您认为除了偷佛像的人，还有谁可能是凶手？”新十郎问道。

“如果不是昨天，凶手当然还有可能是别人。首先这个家里就没有一个喜欢他的。他死了，有人会过得更幸福。但是，昨天是一个特殊的日子，全作派大伍取走的那五万日元告诉我们，昨天是一个特殊的日子，所以杀死全作的，只能是偷走了那尊佛像的人。”川田平静地微笑着对新十郎说。

“您昨天中午来以后，在院子里散步来着？”

“是的。从十二点一刻到一点左右，我在院子里散步来着。

除了这个房间，能去的地方我都观察了一下。我最想看的当然是这个房间，但没有钥匙，女佣又在旁边的会客室里守着，我进不来。”

新十郎又发现了一条新的线索。全作昨天从银行里把五万日元巨款取出来，到底有什么目的呢？这个问题很有必要调查清楚。

“这样吧，过一会儿我们把时信大伍请来问几句话。很多事情都纠结在一起了，很难说再出现什么新情况。趁着还有太阳，再把现场仔细搜查一遍就告一段落吧。”新十郎说。

三点了，桌子上的时钟开始报时。那是一个堪称艺术品的时钟，报时的声音也非常好听。但是，更奇妙的还不是它的声音。当人们听到报时的钟声回头看那个时钟的时候，不禁惊呆了。原来，表盘上边是一个装饰性圆柱，圆柱的两侧是两个正在跳舞的美女跳舞人偶，时钟一开始报时，两个跳舞人偶就开始跳舞，一边跳舞一边向中央移动，报时结束的时候，两个跳舞人偶就交换了位置。原来左边那个跳舞人偶到了右边，原来右边那个跳舞人偶到了左边。下一次报时的时候再交换回去。这是个设计非常精巧的时钟。

“真是个稀奇的时钟！”虎之介不禁感叹道。

“这是很一般的，还有比这更精巧的时钟。”川田一句话让虎之介下不来台。

虎之介的脸马上就沉下来了。就这么一句话，虎之介认定了凶手就是川田。

* * *

大伍来了。新十郎先是客气了几句，然后开门见山，问起了那五万日元的事。大伍没有一点要隐瞒什么的意思，爽快地把昨天早晨以来发生的事情全都对新十郎等人说了。说到把卖布的行脚商人伊助一个人留在会客室就走了的时候，人们紧张得大气都不出了。说到大伍从银行回来以后，两人一起进陈列室见全作的时候，大家才松了口气。

“那个卖布的行脚商人伊助，就是一色又六吧？”新十郎问。

“对。”大伍答道。

“你们什么时候就知道他昨天早晨八点要来这里的？”

“一个星期之前，也就是上礼拜一。我哥哥收到了一封没有写寄信人地址的信，信上说，他就是那个村公所的办事员。还办事员呢，字写得真不怎么样。我哥哥把我叫来，让我给他念那封信。一色又六的信里是这样写的：出狱一年多了，一直在做卖布的行脚商人，已经没有人再注意他了，现在可以把佛像挖出来给老爷送去了。去的时候不用真实姓名，只说自己是卖布的行脚商人，名叫伊助。从字面上来看，应该是本人亲笔写的。”

“这么说，你哥哥以前跟一色又六联系过？”

“据我哥哥说，当年一色又六从村公所把佛像偷出来以后，到处找那个想用五万日元买佛像的外国人，找了好多天没找到，就打听到我哥哥这里来了。当时，他没带着那个佛像。那是个狡猾的家伙，是来先探探口风的。那时候我哥哥对他说，你先找个地方把佛像埋起来，然后去自首，就说自己被外国人骗了，这样即便被判刑，也判不了几年。等刑满释放以后，风声过去了，你再拿着东西来找我，我出五万日元买你的佛像。两人就这样约好了。”

人们叹了口气，期待着新十郎问下去。

“一色又六把佛像带来了吗？”新十郎问。

“带来了。一尺五寸左右的黄金佛像，双手捧着一个闪闪发光的大钻石。哥哥一直在担心钻石跟佛像分离，破坏了原来的形状。但是，等一色又六把佛像拿出来一看，原来的形状一点儿都没被破坏。制作佛像的时候，工匠利用佛的手指牢牢地把住了钻石，丝毫不会松动。我哥哥对工匠出类拔萃的技术大加赞赏，当场就把佛像作为一件艺术珍品买了下来。从他的表情可以看出，他对佛像的满意程度大大超过了他的预期。他一定认为，这么好的东西，五万日元简直是太便宜了。哥哥马上命我研墨，提笔给川田先生写了一封信。以下的经过我已经跟您说过。”

“当时把佛像放在哪儿了？”

“就放在桌子上了，时钟旁边。哥哥躺在床上，一直在欣赏。”

“你最后一次离开这个房间是什么时候？”

“奈美子听到八音盒响了，想进去却找不到钥匙，就来找我。大概是十二点以前吧，我进来过一次，那时候哥哥睡得正香，我没有惊动他。当时我在房间里捡到一副假胡子，加上奈美子说钥匙不见了，我怀疑过是否有人进入这个房间。但是，佛像还在桌子上放着，房间里也没有什么异样。我考虑过把佛像暂时藏起来，但一想到哥哥醒来看不到佛像会大吃一惊的，就没有动它。”

“之后呢？”

“吃完午饭我就睡了，直到发现哥哥被杀，在这期间我没进过这房间。”

“听说哥哥被人杀了，你是怎么想的？”

“没有想太多。首先想到的是佛像被盗。结果发现佛像真的不见了。还有就是凶手很可能是一个人。别的没多想。”

“为什么认为凶手是一个人呢？”

“如果是仇杀，顺手偷一件东西，不一定非偷那尊佛像吧？而且那尊佛像是昨天刚买的，只有极少数人知道。特别是知道那尊佛像是一件有来头的古董的人，更是少之又少。”

“不过，佛像就放在病床旁边的桌子上，又是黄金铸就，而且也不是很大，偶然潜入的强盗，杀人以后顺手牵羊把佛像拿走的可能性没有吗？”

“那倒也是，这可能性未必没有。”大伍无精打采地答道。

下一个被叫进来的是奈美子，奈美子昨天在陈列室旁边的会客室里待的时间比较长。新十郎没说伊助就是当年偷佛像的一色又六，问奈美子对伊助的印象怎么样。

“伊助嘛，也就是个地地道道的乡下人吧。”奈美子说。

“你最后一次进这个房间是什么时候？”

“我昨天早上七点之前被老爷叫进来，老爷嘱咐我去门口迎接伊助。那以后一次也没有进来过。没有老爷用八音盒叫人，我是不能随便出入这个房间的。十一点整，八音盒响了，可是平时总是放在小桌子上的钥匙不见了，想进也进不去。后来大伍进去过，说老爷还在睡觉。那以后八音盒再也没有响过。我在会客室里待到十二点半，以为老爷睡得很香，就下楼吃午饭去了，吃完午饭没有上来过。”

“你没觉得昨天家里有什么异常吗？”

“该说的我都说了。我认为是偷了钥匙的人从北边那个门进来把老爷给杀了。就算我在那边的会客室里待着，有人悄悄地从北边那个门进来我也听不见。”

“这么说，你认为是你在会客室待着时，你家老爷被人杀了？”

“不，我的意思是说，不管我在不在会客室里待着，老爷被人杀死的可能性都是存在的。比如说伊助，他可以从庭院那边的栅栏门返回来，从后面的楼梯上来把老爷杀死。不过，我不认为伊助是凶手。”

“为什么？”

“那个人，没有那么大的胆量。”

随后新十郎又把家里所有的人一个一个地叫上来问了一遍。特别值得注意的人物是木口成子，她是最值得怀疑的。因为除了大伍以外，能够接近全作的就是她了。

成子非常冷静地回答说：“一直到前天为止，没有任何可疑的事情。可是昨天，突然发生了很多变化。不只是由于伊助先生来访，日常作息时间改变了，其他变化也很多。比如说老爷等着伊助先生来的时候，变得生气勃勃，特别有精神。在我看来，那根本就不是凶事的先兆，而是喜事的先兆。所以，当奈美子慌慌张张地跑到我的房间里把我摇醒，告诉我说钥匙丢了的时候，我没有特别着急，我认为不会有事的。不管怎么说，杀人事件没有发生在夜间，我觉得很幸运，我可没有表面看上去那么坚强。”

最后一个被叫上来的是乙女。新十郎问她：“您怎么知道全作会被人杀死呢？”

她的回答很简单：“神告诉我的。我是为了向他传达神谕才到这里来的。如果当时他把我叫进去，让我给他祈祷，还会发生这种事吗？神会保护他的。他不让我把神的亲切教导传达给他，所以才发生了这种事，这叫咎由自取！”

“您不是在门前和院子里为他祈祷了吗？好像不顶事嘛。”

“那能顶事吗？本人也要用心才成啊。心诚则灵嘛。心不诚，我再怎么祈祷也没用。那得看本人心诚不诚！”

“您是最早发现全作先生被害的三个人之中的一个，您当时的第一感觉是什么呢？”

“感受啊，感受太多了。首先，那个可怜的，咎由自取的……我只能这么说他！您说是不是啊？人嘛，应该每时每刻把家里人放在心上。灾祸不可能越过围墙飞进来。当时我闻到了一股味道，我指的不是脓疮的味道，而是一种甜酸甜酸的头油的味道。我马上意识到这是神谕。神告诉我，那是女人用的头油的味道。最后离开这个房间的，一定是个女人。所以，我敢肯定地说，凶手绝对不是男人。”乙女非常自信地断言。

“您没看见什么可疑的人吗？”

“凶手是绝对不会让凡人的肉眼看到的。”乙女又一个断言。紧接着，乙女浑身颤抖起来，大概是被神仙附体了吧。

* * *

第二天，在横滨港，由横滨开往中国的汽船起航之前，已经上了船的一色又六被警察逮捕了。新十郎听到这个消息以后，不是去审问一色又六，而是在自己的书斋里埋头鼓捣起什么来。昨天，新十郎对花乃屋和虎之介说，今天有必要再到现场去一趟，再次展开调查，让他们中午来书斋集合。

中午，花乃屋和虎之介来了。新十郎从书房走出，心情似乎格外地好。

三人在书斋外边的会客室寒暄时，书斋里的八音盒响了。

“你们听见了吗？八音盒响了。我摆弄了一个晚上，终于找到了人不在也能叫八音盒鸣响的方法。只不过我的八音盒放的是美国民歌《我的肯塔基故乡》，而且我的盒子是用来装香烟的，而不是用来装砚台的。”新十郎笑着说道。

新十郎看了看花乃屋和虎之介，又说：“本来说今天要再次展开调查的，现在看来没有那个必要了，因为我明白了八音盒的盒子里为什么装砚台，为什么沾上了墨汁。明白了这一点，我就知道凶手是谁了。走！咱们抓凶手去！对不起了，泉山虎之介先生，由于今天突然改变了计划，您来不及去冰川拜见胜海舟先生了，我也因为不能听到海舟先生的见解感到遗憾。”

虎之介听了新十郎的话，满脑子糨糊。什么意思嘛？八音盒的盒子里装砚台？海舟先生家里好像没有什么八音盒。不过，海舟先生对西洋的玩意儿很有研究，肯定知道八音盒里装砚台是怎么回事！新十郎这个黄口孺子，用西洋八音盒这样的小孩子玩儿的玩具唬人，太不知深浅了吧！还说什么因为不能听到海舟先生的见解感到遗憾，这个黄口孺子！

新十郎等一行三人直奔时信家。

（亲爱的读者，您猜，凶手是谁？）

*　*　*

一行三人来到时信家。

杀人事件的发生现场还没有收拾，葬礼什么时候举行也还没有定下来。最重要的核心男人，唯一的一个成年男人大伍，知道葬礼一结束自己就会立刻被炒鱿鱼，出去找新窝去了。留在家里的都是女人。女人也不全在，伴随着时信全作的死亡，成子在这里的护理工作结束了，她一大早也出去找新的雇主去了。

新十郎让众人在古董陈列室旁边的会客室里等着，自己一个人走进陈列室，从里边把门锁上。

半小时后，新十郎笑着走出陈列室，转身又把门锁上了。

“让大家久等了。其实五分钟就布置好了，不过，不到一定的时间不能见分晓，我就在里边磨蹭了一阵，消磨时间。大家一定等得不耐烦了吧？现在言归正传。事件发生后，这陈列室只有一把钥匙了，现在，钥匙就在我的口袋里。门已经锁上了，没有钥匙谁也进不去，陈列室现在就是一个密封起来的密室。那么，在这个没有一个人的陈列室里，将会发生什么事呢？请各位再忍耐两三分钟。”

新十郎说完掏出一支雪茄点上了。他好像受不了杀人现场那股腋疮的臭味，来之前特意在口袋里装上了雪茄烟，也许是他从家里摆弄的那个装香烟的八音盒里边拿出来的。

“嘘……”新十郎示意大家安静。

大家吃了一惊，立刻安静了下来。这时候，无人陈列室里传出八音盒美妙的声音，同样的曲子演奏了一遍又一遍。

新十郎说：“请大家回忆一下。事件发生的那天，上午十一点整，从陈列室里传出了八音盒的声音，对不对？那时候奈美子就在这个会客室里，她以为老爷在叫人，想进去，却找不到钥匙了。钥匙被人偷走了。偷走钥匙的人就是凶手。当然，凶手偷走钥匙并不是为了潜入陈列室，而是为了防止奈美子听到八音盒响了以后进去看老爷。那时候老爷已经被杀死了。大家可能要问，老爷已经被杀死了，八音盒是谁鸣响的呢？这个问题很简单，只要稍微做点手脚，就能让八音盒自己响起来。那时候，凶手在别的房间里待着，而且故意被大家看到。凶手知道，只要八音盒一响，奈美子就会四处找钥匙，于是凶手就在八音盒鸣响之前，大摇大摆地出去散步，让大家都知道八音盒响的时候他不在。八音盒鸣响，证明老爷还活着，凶手只要有八音盒鸣响以后的不在场证明，就不会被怀疑。而八音盒鸣响以后，凶手的不在场证明是不可动摇的。凶手为什么这么有自信呢？因为他相信，八音盒到时间一定会鸣响。那么，凶手为什么敢如此大胆地相信八音盒到时间一定会鸣响呢？证据非常简单！”

新十郎说完转身打开陈列室的门，请大家进去，一同来到病床旁边的桌子前。

桌子上的东西摆放的位置发生了变化。总是放在病床旁边的茶几上的八音盒被拿到桌子上的时钟前边来了。

八音盒盖子的锁眼上绑着一条线，而线的另一端则绑着时钟上那个一到整点就随着钟声跳舞的跳舞人偶。仅此而已。

“大家请看，整点报时的时候，跳舞人偶一动，就可以通过这根线把八音盒的盖子拉开，八音盒就响了。时钟上方的圆柱直径八寸，可以移动的跳舞人偶有充分的余地把八音盒的盖子拉开……”

新十郎微笑着把八音盒拿在手里，指着里边的砚台继续对大家说道：

“这个八音盒没有多大重量，如果里边没有这个砚台，很有可能造成不但八音盒的盖子拉不开，反而把整个八音盒拉倒，发出啪嗒一声响的情况，所以凶手就在八音盒里放了一个砚台。虽然这个房间里有各种各样的古董，但是具有一定重量、可以压住八音盒的东西，只有这个砚台最合适，因为只有这个砚台正好可以放进八音盒里。在八音盒里蹭上了墨汁，是凶手最大的失误。如果有可能的话，应该把时钟藏起来或者叫它停摆。不过这个时钟上一次弦走一个礼拜，不毁坏了它还不能使它停摆。怎么样？大家知道凶手是谁了吧？”

听新十郎这么一问，虎之介惊得目瞪口呆。没有海舟先生给他做后盾，他的威力一点儿都发挥不出来。没办法，只能乖乖地听新十郎继续往下说。

“十一点八音盒鸣响以后，进入这个房间的人就一定是凶手。为什么这么说呢？因为凶手说了，房间里没有任何变化。他既没有说这个陈列室的主人已经被人杀死，也没有说桌子上的时钟跟八音盒的盖子连接在一起，只说主人睡得很香，这不是不打自招吗？十一点以后，进入这个陈列室的人，只有拿着唯一的一把钥匙的时信大伍。为了不让别人进来，他把另外一把钥匙偷走藏了起来，因为他知道，不管是谁进来，他都会暴露。奈美子出去送伊助的时候，时信大伍杀死亲哥哥时信全作，把八音盒的盖子跟时钟上的跳舞人偶用线连接起来，然后走出房间，锁上房门，顺手偷走门口小桌子上的钥匙。后来，时信大伍又进来过一次，为了防止奈美子跟进去，他进屋以后从里边把门锁上，解开那根线，把八音盒和砚台放回原处，然后假装捡了一副假胡子，走出房间对奈美子说老爷还在睡觉。那天下午，大伍找机会溜进陈列室，把佛像偷走，一旦日后能伺机卖掉，那就终生都不愁吃穿了。”

黄昏时分，大伍刚进家门，便被警察抓了个正着。

# 乞丐男爵

这件事必须从一块大石头为何会动开始说起。

战后社会风气大开，举凡脱衣舞秀、女相扑等，一些卫道人士不可能涉足的声色场所等开始活跃，是个开放却混乱的时代。明治维新后的十年间恰好和现在一样，因为诸事解禁而造就出价值观偏差的时代，明治五年（1872 年）尤为甚之，连杂耍场都将房事搬上舞台表演。女性流行刺青，男女混浴等两性平等思想，探究肉体奥妙等也蔚为风潮，是个社会蓬勃开化更胜于今的时代。

事件发生时尚未引进南蛮来的脱衣舞娘，西洋音乐和乐团风气也不普及，虽然没有裸身表演的西洋舞娘，倒是挺流行女相扑。女相扑其实就相当于现在的脱衣舞秀。明治元年（1868年），女相扑表演如雨后春笋般兴起，掀起一股风潮，明治二十三年（1890年）被下令禁止。

其中规模最大、最有名的当数山形县斋藤女相扑团。团长斋藤氏原为信浓（今长野县）一带的武士，有一次在山形观赏女相扑表演，便觉得这玩意儿肯定有赚头，于是他叫自己的老婆阿金与小姨子阿际、阿元三人拜师学习相扑，终于自创一团，还聘请一位名叫勇驹的野相扑大关①担任教头，教授女弟子们四十八招技法，全国各地遂刮起一阵旋风，女相扑开始大受欢迎。团里最受欢迎的女力士——远江滩阿武是个身长五尺二寸四分，体重二十一贯②五百钱的女横纲。尤其她那一口惊人钢牙，每每让观众惊愕不已。阿武口衔二十七贯土袋子，左右手各挂着一个四斗土袋子（60千克），在土俵③上奔走是其拿手绝活。

斋藤女相扑团拥有多名女力士，个个都是实力派高手，演出亦十分精彩，很快便成为最受欢迎的女相扑团。不过说到女相扑界的天下横纲，非女相扑拔弁天大团的花岚莫属，无论是体格还

① 大关，日本相扑等级之一，其上有横纲，其下有关胁、小结、前头、十两、幕下、三段、序二段、序之口。

② 贯，日本古代重量计量单位，一贯等于3.75千克，也等于一千钱。

③ 土俵，日本相扑力士对决的擂台。

是力气，她绝对是第一把交椅。

当时女相扑力士的体重一般为十五六贯到二十一二贯，多是身形壮硕、手臂强而有力，但若认为什么都能以力取胜，可就大错特错了。斋藤女相扑团是以四十八招为训练基准，像是远江滩阿武，才二十一岁又六个月，身高就已有五尺二寸四分，体重二十一贯五百钱，还拥有超强齿力及臂力，堪称西之横纲。有东之横纲之称的富士山阿良二十六岁又八个月，身长为五尺二寸五分，虽然体重只有十六贯两百钱，但体格匀称，是一名靠技巧取胜的女相扑力士，因此远江滩阿武的重量与蛮力未必能赢得了她的技巧。

至于拔弁天相扑团的花岚阿染又不一样。从十六岁到三十一岁，十六年来一直稳坐团中的横纲头衔，直到颁布禁止女相扑令，才告别业界，身长为五尺七寸二分，体重三十二贯五百钱。阿染亦属于体格壮硕强健的类型，胸部像一只磨得光亮的红铜大釜锅底，乳房则像两只弧形优美的茶碗，咬着土袋子奋战的模样实在精彩万分，任凭同门师姐妹再怎么推也推不动她。相反地，只要稍微被阿染推一下肩头，整个人就像被风刮走似的摔出去。甚至连各地标榜野相扑的男子关胁也不是她的对手。

听说远江滩阿武能口衔二十七贯土袋子，但对花岚而言，只能算是雕虫小技，不过就连花岚也还没练就一次口衔两三个土袋子的绝技。

花岚倒是想到变通办法，那就是将七个四斗土袋子兜在一起背着。以四个土袋子为支撑点，上头再用绳子系上三个土袋子背着。若一个土袋子十五贯的话，总共是一百零五贯。战后卖农产品的小店里，常见个头娇小、瘦削的老婆婆或中年妇女扛着近二十贯的重物，步履沉稳地走着，也许女人的背脊和腰骨构造比较特别，死后烧成的白骨也肯定和男人不同，女人的骨头仿佛一经意念加持，就会起化学作用成了特殊钢质。

这么看来，花岚阿染的体内搞不好就是起了这种作用，居然能一次挂上七个四斗土袋子。用绳子紧紧缠绕在胸前，双手各挂一个土袋子，然后绕着土俵试着转个五圈、十圈，光这动作便足以让对手丧胆，再来更是无人能及的绝技。

只见花岚阿染站在土俵中央，用力踏着土，调整呼吸，目光炯炯，全神贯注蓄势待发，一瞬间她大吼：

“呜喔喔喔——”

随着吼声刮起一阵暴风回旋于土俵上方。只见她腰际一扭，七个四斗土袋子旋即脱落四散。胸前只剩松垮绳子的阿染，神色从容地站在台上中央瞪着对手。她弓着背，低垂着头，保持先前背着七个四斗土袋子时的姿势，怒目瞪视对手。

就这样过了好几秒，一动不动的她更显气势非凡，这可是主角展现自我实力的绝佳时机，双手各留一个土袋子的阿染一脸嫌恶，像丢垃圾般，将手上的土袋子甩掉，行礼后好戏就要上场了。

以花岚阿染为首的拔弁天相扑团，于虎之门琴平神社庙会前五天开始表演。

虽然现在已经不时兴，不过那时的琴平神社与人形町水天宫的庙会称得上是东京数一数二的盛大活动，就连浅草观音和大鹫神社的庙会规模也远远不及。琴平神社庙会定于每月十日。

从庙会前五天开始，一直演出到庙会结束后七天，为期近两周。庙会当天因为女相扑被当作是像脱衣舞秀一样的表演，所以观众比较少，毕竟光靠花岚的怪力还是无法吸引更多的人。

某天晚上，有个年轻女子来团里找花岚。虽然天色昏暗看不清对方长相，不过感觉是个挺有气质、面容姣好的女子。

“因为家里要宴客，想请花岚过去表演。”

她给了花岚一晚十日元的优渥报酬。反正白天没什么客人，晚上没表演，场子也冷清，于是团长很高兴地答应了对方的要求。

四周昏暗，加上人生地不熟，走了约莫二三十分钟，来到一户静谧的宅邸，宛如空城般死寂。那女子不但端来寿司招待花岚，还告诉她先小睡片刻无妨，于是这个神经大条的女相扑手竟真的呼呼大睡起来，也不晓得过了多久，才被带她来的那个女人唤醒。

于是她们走出屋外，女人牵着花岚往前走，一会儿拐这，一会儿拐那，突然停了下来。只见女人用手遮着灯笼，悄声说：

“抬起这块石头。嘘！不准发出声音哦！连呻吟声也不行，赶快抬起来吧！”

好大一块石头，是一块五个大男人都不见得搬得动的巨石。花岚天生练就一身蛮力，自然激起挑战斗志，一鼓作气抬起陷在地上的大石。

“保持这动作，等一下。”

女人灭了灯笼的火，然后蹲下来不知在做什么，过了一会儿才又点亮灯笼。

“将它放回原处，别发出声音，安静点。”

虽然这要求对一身怪力的花岚还是难了点，不过她还是顺利完成。

女人再次牵着她的手，左拐右弯地绕了一会儿路。

“背起这块石头。这次要背着走一段路哦！”

这也是一块相当大的石头，不过比方才那块轻松多了。花岚照那女人所言背起石头。

走了二三十分钟后，花岚将石头静静地放在那女人指定的地方。然后女人再次牵着她走了一会儿，来到大路上。

“往前直走就是虎之门了。”

女子指点她方向后便走了。

翌日，芝山内的山门前路中央有块大石头，大家谣传大概是哪个酒醉家伙的恶作剧，毕竟要将离这儿二三十分钟，坐落于大路另一头的庚申冢石①搬来这里，就算是四五个大男人使尽吃奶的力气也很困难。

“难不成是天狗的恶作剧？”

寺院里的打杂僧群聚一堂议论纷纷。要是不将这块大石头搬开，人车根本就过不了。四周聚集愈来愈多好奇的民众围观。

“咦，这大石头是怎么回事啊？八成是天狗的恶作剧吧！”

这事传进女相扑团，花岚怀疑搞不好是那怪女人叫她搬的那块大石。这件事就这样一传十，十传百。

“花岚受狐仙唆使，将好几百贯的大石抬往芝山内呢！”

不但传成这般谣言，也成了件奇闻逸事。那时女相扑团一行人已经离开当地，花岚当然也逐渐淡忘了此事。

* * *

日本桥有间叫作“绉纱”的和服布料店。前老板往生，才刚做完七七四十九天法会不久，小沼男爵便带了一个名叫坂卷多门

① 庚申冢石，来自中国道教的庚申信仰。所谓庚申信仰，是说在庚申这天藏在人体内的三尸虫将升天向司命神报告此人所犯过错。日本人用大石头做的庚申冢供奉青面金刚，以对付三尸虫。

的生丝商人前来。

小沼男爵是绉纱当家老板久五郎（二十八岁）的妻子政子(二十一岁）的父亲。当时商人娶男爵千金十分少见，不过上一代就已开此风气，加上男爵千金也不觉得当老板娘有什么委屈，于是商人便娶了贫穷的男爵千金，成就这桩美事。当时商界刮起一阵洋风，学洋人开公司，福泽谕吉①亦成了众人崇敬的对象。

小沼男爵出身末代大名的分家，是个身家只有一两万石，先祖历代都很贫穷的小大名。维新后失去领地，从此成了不名一文的没落贵族，也不像那些还有忠臣和老仆跟随的显赫大名，随着主家没落，老臣和门下武士顿失依靠，大家能拿就拿，能拐就拐，早就把君臣道义抛至脑后了。

不名一文的小沼男爵来到东京，最关照他的就是“绉纱”和服店，落魄的小沼男爵向“绉纱”借了不少钱，心里盘算再这么借下去也不是办法，便将女儿嫁给店主之子。

一向喜欢炫耀的前老板特地让个性粗枝大叶的儿子久五郎就读洋学校，因此久五郎的思想、作风较为新潮。当初被美丽的男爵千金吸引，说了声“all right”就娶了她，但思想极端的两人，婚后生活并不和睦。不知是否因为社会风气大开较能接受这种事，即使心中有很多不满，久五郎还是被男爵千金吃得死死的。

---

① 福泽谕吉（1835—1901），日本明治时代著名启蒙思想家、教育家，被喻为“日本近代教育之父”“明治时期教育的伟大功臣”，著有《劝学篇》等。

父亲过世后，久五郎成了当家老板。对于继承家业的商人子弟而言，不啻是人生的一大转机。对于一向有心理准备面对这种事的他来说，就算人生一百八十度大转变也不足为奇，轻浮的前半辈子正好为此变局预做准备，就像一道防卫机制。

小沼男爵带着名叫坂卷多门的生丝商人前来，如此介绍对方：

“他是我家管家坂卷典六的哥哥，不是来历不明之人，诚信绝无问题。”

管家坂卷典六在久五郎父亲眼中是个老奸巨猾之人，久五郎父亲对他十分提防。明知主子是个贫穷贵族，还甘愿侍奉，该说是蠢，还是心机深？不过他那样子绝不是个蠢蛋，简直像一只老狐狸，但这纯粹是前老板的直觉，并不能证明什么。

听到是典六的哥哥，久五郎当然不忘在心里暗暗提防。多门说道：

“自去年年底以来，生丝行情每况愈下。到了今年年底，显然只赔不赚，真是亏大了。不过横滨有个叫作贝鲁梅尔的外国商人，愿意以每百斤四百五十美元的高价向我订购三十五万斤生丝。无奈手上存量没那么多，年末只有二十万斤，又没有资金购买不足的十五万斤。所以明知这契约肯定有赚头，却也只能干瞪眼。当初进货是每百斤二百七十日元，现在低到只要一百八十日元，若以每百斤四百五十美元计算，不就赚翻啦？无奈我这个穷人只能眼睁睁地看着煮熟的鸭子飞了。”

对方恳求借钱采购不足的十五万斤，久五郎当然二话不说地拒绝。

不过多门并未死心，又提出愿意放弃自己与贝鲁梅尔的合约，转而和久五郎签约，条件是久五郎得以当时的进货价每百斤二百七十日元，购买他手上现有的二十万斤存货，表明是以当时进货价格卖出，自己确实没赚头。但若能以这笔钱购进便宜的现货，待价格飙涨后再脱手，还是能赚一笔。

“当然会先带您去横滨和那个洋人碰面，反正是先交货后付款，再怎么算还是我这个穷人比较吃亏，您这有钱大爷还能以每百斤一百八十日元的便宜价格买进不足的十五万斤，怎么想都稳赚不赔。”

这笔交易的确诱人，但身为商人之子的久五郎可不会轻易听信别人的谗言，总之先和他们去一趟横滨再说。

他们和贝鲁梅尔碰面后，事情的确如多门所言。

订购量为三十五万斤，每百斤四百五十美元。每百斤装一箱，三千五百箱全部交货后再支付现金。

“不过啊！日本生丝商人很狡猾，都会在箱子里塞发绳充数。更恶劣的，甚至还会塞石炭、铁块等，每百斤还会滥竽充数个十五二十斤。丑话先说前头，若发生这种情形，我可是一毛都不付。”

贝鲁梅尔十分小心谨慎，眼神锐利地观察久五郎。久五郎并未立即答应，便返回东京。经过一番调查，生丝价格的确连连暴跌，以往也有以非日本市价的金额与外国商人交易的例子，搞不好就是因为这样，生丝贸易才具有莫大的利益。

久五郎内心大喜，再来只要确定多门所言不假，于是和他约了时间碰面。

“你的买价二百七十日元太贵了，现在时价是一百八十日元，我看这样吧！算个整数二百日元好了。你还是赚了近四万日元，不是吗？”

“和贝鲁梅尔契约相比，十万二十万零头的确不是什么大数目。对你而言，从我这儿多赚的十万二十万也不过是九牛一毛。”

话是没错，不过不精打细算就枉为商人。久五郎当然也清楚背后的利益，最后以二百五十日元成交。只见久五郎微笑地看着多门，说道：

“我这边当然也是先交货后付款。明天把货送来我这儿，确认质量无误后就当场付现。丑话先说前头，我可是会一一确认哦！要是装了什么发绳、石炭和铁之类充数的话，我可是和贝鲁梅尔一样，一毛都不付哦！”

多门当然心里有数，于是便将不足的十五万斤以时价一百八十日元买进。

久五郎一一确认多门运来的二十万斤，每百斤装一箱共两千箱的货品后，当场付给多门五十万日元。然后久五郎将这批货全数交给横滨的贝鲁梅尔，对方表示相当满意。虽然契约明订八月底交付所有货品，不过贝鲁梅尔希望能尽快凑齐。

久五郎一直催促多门剩下的十五万斤货，多门却一直未响应，心焦不已的久五郎忍不住直接登门催货。多门却说：

“你好歹也体谅一下我吧！行情都暴跌成这样，我也是顾及人情咬牙苦撑。大家都是待价而沽，等着最大利益时采购，待好价抛售，况且你也不可能用时价买回我那二十万斤。”

“可是我们已经约定好了……”

“不行啦！你要是自己去找卖主就知道难处啦！行情暴跌成那样，找不到卖方也无能为力啊！要买的话价格就会拉高，对方也不是省油的灯，稍有差池的话，可是会被彻底吃得死死的。没办法，目前行情就是这样。”

多次拜托后，才以每百斤二百二十日元勉强凑到五万斤，无论如何得在十天之日想办法凑齐剩下的十万斤。说是十天，其实离八月底的期限已经迫在眉睫。

光靠多门也不是办法，久五郎索性自己去产地，那里买个一万，这里凑个三千，好不容易凑到五万五千斤。回到东京后，多门那边还是音信全无，好不容易凑齐了一半，可惜还是功亏一篑。尽管久五郎哭丧着脸去责问多门，可还是一筹莫展，只好赶在八月底先将自己凑来的五万五千斤运往横滨，请求对方再宽限十天，承诺剩下的四万五千斤一定准时交货。贝鲁梅尔并未回应，只顾检查新到的五万五千斤货品。

“这次的货色和之前的二十五万斤不一样，全是线头。用线头来鱼目混珠，这是日本商人的惯用手法。合约上头写得很明白，明显已经违约。今天运来的五万五千斤居然全是线头！你以为我是外国人就好欺负吗？真是太可恶了！够了，回去吧！等我的回音。”

做生丝这行的生意人以前就有许多连精明人都免不了会受骗的花招，因此门外汉买这东西，注定要当冤大头，不知会被如何耍弄。因此外国商人在交易时也会特别谨慎，这是甲州丝，那是岛田丝、上州丝、诹访丝，或是前桥的玉丝，练就了一眼就能辨别产地的能耐。况且这次又是遇上一个能够识破线头的精明的外国商人，相较之下，久五郎这个门外汉可悲得连线头都分辨不出。

贝鲁梅尔控告久五郎违约，要求他赔偿违约金五十万美金。判决结果双方以二十万美金达成协议。已经出货的二十五万斤货和五万五千斤线头，贝鲁梅尔不需支付一毛钱。

久五郎为了这笔生意，用尽各种方法，四处向人借钱，结果非但拿不到钱，还得支付二十万美金的违约金，这下可真是破产了。

不管再怎么懊恼，眼前只有破产一途，无计可施了。

* * *

之后听别人说，贝鲁梅尔是个哄骗生丝商人的坏蛋。相较于日本生丝商人的狡猾，外国生丝商人也好不到哪去。他们假装自己是门外汉，压缩交货期限，故意揪出劣质品，控诉对方违约，靠白拿货品、赚取违约金的人不在少数。贝鲁梅尔便是其中之一，这令人不免怀疑多门和他搞不好是一伙的。

小沼男爵听闻此事非常惊讶。当然，他一心以为多门能让久五郎大赚一笔，这样他也能分得一些利益，才会将多门介绍给久五郎。他和多门一开始便谈好对分净利十四万日元。

万万没想到竟害得久五郎破产。“绉纱”对小沼男爵来说，就是保障他生活无虞的银行，这下子破产，连本带利全没了。

当初小沼男爵打的如意算盘是多门先赚一笔，再来是久五郎，因此当然相信多门所言。等到久五郎从贝鲁梅尔那里拿到大笔货款时，他当然也能默默地分一杯羹。

没想到事情却搞到这步田地。事已至此也无可奈何，于是他怒气冲冲地斥责久五郎：

“你这小子真是个无可救药的笨蛋！一个破产的穷光蛋没资格娶男爵千金当老婆，我要带她回去。虽然我女儿已非完璧之身，但就算没分到财产也得要些赡养费，问题是你已身无分文，拿什么来付呢？总之先在这份离婚协议书上盖章，再给我吐出点东西来!”

随行的男爵儿子周信，是个爱慕虚荣，专干黑心买卖的冷血家伙。

“现在只剩芝之寮了，位于日本桥的店和土地全给拿去抵押了。没办法，只能看看有没有什么值钱的字画和陶瓷器。”

翻找一阵之后，并未发现任何值钱货。只见政子斜睨着久五郎，说道：

“这男人可狡猾得很呢！故意向大家声称他已经破产、身无分文，搞不好有什么重要东西还藏在身上！搜搜看就知道了。要是没藏在身上，也肯定藏在某处。”

周信一把揪住正想逃走的久五郎，反扭其双手，和妹妹合力剥光久五郎身上的衣物，果然在缠腰布里找到一沓厚厚的五万日元钞票。

“看吧！这家伙真可恶！居然在身上藏了五万日元。要是没发现的话，他打算带着这笔钱远走高飞，真是狡猾至极的家伙。虽然这笔钱不足以支付政子的赡养费，但也不无小补。这笔钱原本是要拿来买几万斤的生丝，明明是跟人家借来的钱，居然大胆藏私，真是无可救药的家伙！你再想想还有哪儿可藏。”

“好！这男人就是这么阴险，满口花言巧语，装得一副可怜兮兮样，要是我们没及时发现的话，肯定被他暗地嘲笑。”

这对兄妹认真地搜索整间屋子。比起原本想暗地里赚一笔的男爵，他的孩子更加恶劣，只见兄妹俩到处翻找值钱的东西。

将每个柜子的抽屉一一拉出，恣意翻找，连桌子抽屉、壁橱里的东西也全数搬出，不放过任何角落。

久五郎的妹妹小花（二十岁）见状十分生气，责备哥哥：

“你还怔在这里干吗？难道只会眼睁睁地看别人在我们家四处破坏？就不能想想办法撵他们走吗？”

“反正都已经破产了，这房子、东西还是我的吗？只能默默忍受别人对我的糟蹋，度过余生。除了忍受之外，还能怎么样？就算争得了什么，也无法重拾失去的人生。”

“就算老婆跑了，还厚颜无耻地向你要赡养费，你也无能为力是吧？真是个懦弱的蠢蛋！干脆一头被豆腐砸死算了。像你这般没骨气的男人竟然是我兄长，真令人生气。要是我的话，也会想离婚！”

久五郎一动也不动地坐在长火盆旁，一副什么都已无所谓的模样。而气愤程度和小花不相上下的就是快把整间屋子翻过来的男爵一家。

已经三四天没事可做的掌柜和女佣们，早已知道这家出了什么事，也懒得管了。对他们而言，眼前最重要的就是自己今后的去处，个个都是管它是着了火还是遭窃，一副事不关己的模样。只有一个容貌秀丽、身材苗条的小女佣滨子面带微笑，好奇地盯着眼前这番骚动，在男主人面前晃来晃去，一下子绕到三人搜查队的右边，一下子又绕到左边，来来去去地像在看热闹般。

这个小女佣看起来就是个会到处招惹男人的骚货。久五郎之所以还能忍受降到冰点的夫妻关系，便是因为情不自禁地爱上了这女孩。她那注定一身都等着男人上钩的性感魅力，也许别人会觉得龌龊、不检点，但在成了穷光蛋的久五郎眼中，滨子比自己更加高贵、纯洁和聪明，久五郎再次为她深深着迷。

反正久五郎也不稀罕政子这个男爵千金，但一想到对现在的他而言，这个小女孩也成了遥不可及的存在，更觉得自己的人生一败涂地。政子、男爵、周信、妹妹这些家伙，久五郎不晓得该先向谁发泄心中的怨气。若真的有所行动，肯定会被这些可恨的家伙攻击得体无完肤，那不就真成了妹妹口中的窝囊废吗？不过已经失去一切的家伙又有何惧呢？

父子三人忙着将政子的日常用品和战利品打包，要求久五郎在离婚文件上一一盖章，附带一张写有支付五万日元赡养费及其他物品的和解协议书。事到如今，久五郎也只能乖乖照办。

“嘿！你小子还挺沉得住气嘛。你肯定在哪藏了巨款吧。把我们如此高贵的男爵千金给玷污了，可不是这么一点小钱可以了事的。嘿！把头抬起来。”

周信用手指点点久五郎的额头，站在一旁怒不可遏的小花冷不防地抓住周信的手。

“你要是敢碰我哥一根手指，我就和你没完没了。小沼家算什么东西啊！根本就是穷鬼男爵、乞丐男爵、骗子男爵，一家人只会联合起来欺负人，世世代代遗传祖先的骗子性格。乞丐！小偷！被说成这样还不生气吗？喂，你这个乞丐男爵的狗儿子！”

“混蛋！”

周信甩了小花一巴掌，小花哇的一声大哭，而且这一巴掌还打得她硬生生飞撞到墙。

大伙这才发现有个小女佣像在看热闹似的，站在跌坐在地的小花身旁，而且眼睁睁地看着主人家千金跌坐在自己脚边，也不晓得要关心一下，依旧兴趣盎然地瞧着眼前光景。

“你这个臭女人站在这里干吗？”

小女佣完全无视周信的怒目瞠视，依旧气定神闲。看来她根本不把周信的威吓放在眼里，脸上还是挂着不可思议的笑容，惹得政子大声怒骂：

“就是这个女佣！污秽、不检点的女人！那个男的对这女的可倾心得很，真是一丘之貉！”

滨子一脸不可思议地张大眼，佩服似的看着政子，让政子有一种被耍弄的感觉。

“给我滚出去！女佣居然不知分寸地闯进客厅，成何体统！”

滨子露出更加感佩的神情看着政子，不一会儿像念佛还是念咒文似的唱着：

“想上我的只有乞丐男爵吧!”

她露出有些暧昧的笑容，头也不回地转身离去，像横纲和下级力士对决一样，根本不把这些人放在眼里。乞丐男爵的丑陋模样全暴露在三个女人面前。

“喂，快叫人来把东西运走!”

周信愤愤地对政子使了个眼色。搬运工牵来车子，开始将行李一一搬上车。周信边瞅着行李堆，边问政子：

“喂，我那东西你包在哪儿啊？可别给我出什么差错啊!”

“和我的衣服包在一起。”

“哪一个?”

周信打开一看，脸色骤变。

“没有啊!”

“怎么可能?! 啊，真的不见了!”

“真的有放进去吗?”

“是啊! 和这一起放在柜子里的啊! 而且柜子里的东西是包在一起的，应该是在这里面呀!”

“你有亲眼确认过吗?”

“我是将包巾摊开，将柜子抽屉里的东西依序放进去，然后再包起来，不可能掉出来，应该在包巾里，没错啊!”

“一定还在那柜子里!”

“应该是吧!”

当意识到怎么找也找不到时，周信脸色大变，惶惶不安得像个野兽般焦躁不已。索性先将行李全都撤下来仔细检查一遍，再巡视每个房间。依着政子指示，推倒那、拉开这地，仔细翻找每块榻榻米下方后还是一无所获，只见周信发疯似的怒吼：

“畜生！到底是谁偷了那东西！给我马上招出来！”

断定那东西遭窃后，周信将家中大小全监禁一室，搜遍整间屋子，还是没找到那东西。只见他一副要是不再搜查一遍就无法安心似的，一下爬到上方，一下钻到下面仔细搜查，宅邸内外也全都巡视过了，还是没找着。甚至对每个人进行搜身，仍旧一无所获。

“应该没人会偷走那东西啊！会不会是你记错了？”

被这么一说的政子，脸色十分难看，眼看兄妹俩就要吵起来了，毕竟周信阅历较为丰富、警觉性高，察觉这样下去不妥，赶忙拉着父亲和妹妹上了行李车，扬长而去。

*　*　*

久五郎与小花搬了仅剩的财产去芝之寮居住，只有女佣滨子提着行李随行，但小花觉得不需要女佣，拒绝同行。

“没关系啊！我可以不支薪，只要提供伙食就行了。如果我想换个地方自然会走，在那之前就先留我在这儿吧！”

听起来像是跟朋友说话的口吻，一派熟稔样。滨子看起来像十六七岁的女孩，其实她比小花年长两岁，今年二十二岁。可能是觉得彼此已经没什么主仆之分，也没什么好顾忌，也便道出实际年龄。

“二十二？你来应征时不是说十七岁吗？”

“嘿嘿。”

“真是令人不悦的谎话啊！难不成已经是三个小孩的娘？”

“看起来不太像吧！”

滨子的口气依旧从容。当初以为她是个小女孩，只觉得她目中无人，有些惹人厌，得知实际年龄后，倒也能理解。不知为何总觉得她有一种能让人依赖的感觉，尤其是在这失去一切、孤立无援之时，滨子的存在竟然能带来某种力量。虽然小花担心她会和哥哥发生什么暧昧情愫，但如今已落得这般田地，对那个愚蠢的混蛋而言，缺的又岂止是老婆呢？

从搬至芝之寮的那晚开始，久五郎和滨子就已暗通款曲，小花得知后非常愤怒：

“你们实在太过分了！居然一直瞒着我，什么意思啊？！把我当外人是不是？”

“没这回事！我和滨子也是从昨天才开始……”

不知久五郎是否难为情，有些支吾其词。

“骗人！别以为我是三岁小孩，看你们昨晚那样子，一定早就勾搭上了！”

“那是因为我们心灵相通啊！搬来这里更能了解彼此，感情更好了。”

久五郎红着脸吞吞吐吐地说，一旁的滨子只是默默地微笑，态度从容。过了一会儿，久五郎才无奈苦笑：

“你自己不也瞒着我，偷偷和乞丐男爵的儿子来往吗？”

小花像是胸口遭重捶一拳似的。

“你早就知道了？”

“不是，前几天偶然听到你和周信在里面房间争吵才晓得的。”

小花羞红了脸。

“我早就有预感事情会变成这样，只是不好意思说出来。其实被那男人骗的不只有我，还有身份更高的人。”

“身份更高的人？谁啊？”

“我不能说。他向我夸耀时不小心说漏了嘴，反正男人就是喜欢拿这种事来炫耀。不过真的好丢脸哦！居然被哥哥偷听到。”

“拜托，滨子也听到啦！”

“难不成你们躲在隔壁幽会？”

“都什么时候了还有心情幽会吗？待我察觉时，发现滨子像猫一般无声无息地站在旁边，也许是因为我们心灵相通吧！”

久五郎又脸红，吞吞吐吐地说。那种满心欢喜活像个白痴的德性，令小花气得冲向庭院。

但这简陋居所并非安身立命之处。才刚开始习惯新生活，乞丐男爵父子三人又一起现身。

“该把那些藏起来的宝物全都交出来了吧？为了方便搜查，给我全都去另一个房间。协议书上明载赡养费除了那五万日元外，还需支付各种值钱东西，我们有权利索取剩下部分，你们就认了吧！这间房子好像也不错哟！”

花了半天在屋内四处搜索，找来找去只有从店里带来的日用品之类不值钱的东西。周信再次搜久五郎的身，这次从怀里搜出三千日元。

“早点交出来不就得了吗？之前在你家搜时并没有这三千日元啊！再找找搞不好还有呢！”

周信斜睨久五郎一眼，将三千日元塞进怀中。眼见一行人准备离去，但还留恋地看着隔壁房间发牢骚：

“果然不在这里啊！”

“到底在哪儿啊？”

“总觉得可能是典六那家伙。”

“哼！”

周信似乎陷入沉思，问道：

“典六最后一次去‘绉纱’是什么时候？”

“记不得是什么时候，不过有事就会过来，还挺频繁的。”

“总不可能经常有事吧？”

“呵呵，其实是来找我了，直接进我房间。反正事到如今也没什么好隐瞒了。要不是因为这点小乐趣，那种破烂房子怎么待得下去啊！”

周信竟然气得咬牙切齿，态度十分严肃。

“贱人！是你跟他说的吧！”

“我没有，相信我。典六那家伙只是个道具而已。”

政子冷冷地说。待他们离去后，小花叹了口气，说道：

“真是可怕的一群人啊！哥哥不知道嫂子居然勾搭上坂卷一事吧？”

“被蒙在鼓里的丈夫多的是。”

滨子代替一脸怅然讲不出话的久五郎，喃喃自语。

“难不成女佣们都知情？”

“嗯，多少耳闻吧！大概只有我亲眼撞见。”

“你这人走路都没声音，真令人毛骨悚然！”

“会吗？”

滨子扬起头呵呵笑。小花越想越忍不住心中的满腔怨气：

“我说老哥啊！你该不会真的像乞丐男爵说的，偷偷把钱藏起来吧！上次是五万，这次是三千，真的很难叫人不怀疑你没偷藏！现在连我都得陪着一起过苦日子，瞒着我偷藏钱，实在太卑鄙了！快把那些钱交出来啊！而且得分我一半，这样我就可以拿着那笔钱离开这里。我已经受够你了！快点交出那些钱啦！”

“我真的没有藏啊！”

久五郎满脸通红，低着头说。小花气得七窍生烟。

“骗人！要是没藏钱，以老哥的个性不可能这么沉得住气，你这人真是太狡猾了！以前我就这么觉得，只是拼命说服自己不要这么想。你真是个自私自利、冷酷无比的阴险小人。就算乞丐男爵那一家子坏蛋也懂得彼此坦诚、互相帮忙，你却是个背叛亲人，只为自己着想的家伙，私底下动歪脑筋，真是个可怕的坏蛋！你天生就是这德性，故意装得一副肤浅、轻浮的公子哥儿样，面带愧色地支吾其词，活脱脱就是个天生的骗子！我再也忍受不了你了！反正迟早也会搬出去。连累亲妹妹至此，好歹也要摸着良心说声抱歉吧！你说啊！当然光是说说，我是不可能原谅你的，就算你成了乞丐，也有义务保障我这个妹妹生活啊！你这个自私自利又可鄙的大骗子！”

尽管小花气得怒吼，久五郎还是像个天生的骗子似的怯懦地低着头，露出一抹落寞的苦笑，小花见状冷不防地掀起布帘，飞也似的冲出屋外。

之后不知她发生了什么事，就这样再也没回来。这一对个性阴郁的隐世夫妻曾试图寻人，也报了案，期望妹妹平安活着，但另一方面也觉得彼此缘分可能就此尽了，久而久之也就不再那么积极寻人了。

*　*　*

就这样过了近两个月，某天周信怒气冲冲地跑来：

“我晓得东西是你们藏的，不用问也知道，这次绝对饶不了你们！明天一大早我会带几十个师傅和工人，将天花板、地板和墙壁全给拆光，打算找个彻底，绝不容许有任何隐瞒。哼！我要把你们剥个精光，连屁眼都不放过。你们这群肮脏的贱人趁今晚用热水洗掉你们身上的污垢，免得脏了我的手！”

周信宛如被卷入火焰中的秃头妖怪般，杀气腾腾地咒骂不停，粗野的脚步声仿佛快将地面踏裂似的，愤愤离去。

好不容易稍微远离世俗，还是不能图个耳根清净，久五郎无奈地按着额头，说道：

“到底该怎么办才好？”

“没办法，那家伙都已经说了，明天一早连屁眼都不放过，要是有污垢的话，那多丢脸啊！还是先洗个澡吧！”

“现在不是开玩笑的时候吧！”

两个一心隐世而居的人无奈等到了第二天早上。虽然周信说明天一大早会过来，可是等到傍晚还是没看到什么木工师傅、工人的，连周信的人影也没瞧见。后天、大后天，过了十天，过了一个月还是不见人影。居然都没看到那个连人骨都要吮吸的恶棍，还真是稀奇。久五郎就这样日复一日怀着恐惧的心情等待着，过了近两个月，恐惧感也渐渐淡去。

周信之所以没出现，是因为他失踪了。已经过了近两个月，男爵不得不报案寻人。毕竟对方是男爵身份，警方当然马虎不得，于是派了一名巡警开始清查周信的人际关系，终于查访到这对隐世夫妻头上。他们才恍然大悟原来周信失踪了。不过实在很难想象那犹如恶鬼的男人也会遭到毒手，八成是躲起来计划干什么坏事。夫妻俩担心说恶鬼坏话，日后会遭报应，也不敢向警方多说什么。

“小沼周信这个人有没有什么仇敌？”

“我们不清楚他这方面的事。”

“了解。对了，您的前妻是小沼氏的妹妹政子夫人，所以到去年您和小沼家还是亲家，不晓得有没有什么线索，譬如他和女人的感情关系……”

久五郎想起妹妹的事，直觉不能说出来，却又想到既然巡警在找无赖汉周信的下落，请他帮忙找寻妹妹应该并无不妥。

“因为我们只是亲戚之间的往来，所以对他感情方面的事不太清楚。不过有件事和小沼周信没什么关系就是了，其实我们也正为妹妹失踪一事相当苦恼。”

经此一说，小花失踪一事也成了个谜，毕竟任谁都会很自然地将两件事联想在一起，于是将两人兜在一起，竟发现了意外事实。

政子得知之后一脸惊讶：“哦？那女孩也失踪了？”然而她又

左思右想：

“是这样的，我哥和小花小姐虽然在一起过，但还不到情侣关系，要是‘绉纱’没倒掉的话，搞不好他们会共结连理，不过肯定和我的婚姻一样，既肤浅又形式，反正华族和平民结婚就是这么回事。我也想过他们可能私奔了，但实在想不出有什么理由让我哥和她一起闹失踪，所以这两件事根本扯不上关系。小花小姐可能是因为家道中落、生活拮据，跑去卖淫也说不定呢！”

虽然政子毫不客气地这么说，但警方既然掌握到男女关系这条线索，理所当然会将两件事联想在一块儿，于是分别调查小沼家与‘绉纱’和服店，也就逐渐厘清两家关系、‘绉纱’和服店的悲惨命运以及小沼男爵一家仗势欺人的恶行等。然而，两人失踪一事还是没有任何头绪。

政子接受上级警官的严密侦讯，也被问及一些关于周信的私事，晓得警方已经调查到哥哥的恶行恶状，看来再也无法隐瞒了。政子遂道出关于这起失踪案的最大秘密：

“这是我知道的唯一线索，不过一定要我出面才行，这点请务必答应。因为你们无法擅自调查，所以让我和那个人秘密会谈。若是不放心的话，只要你们不多说什么，大可派人同行。”

“只要能厘清真相，夫人的要求当然没问题，不过对方到底是什么来头？”

“羽黑公爵家，我要见的人就是公爵家少爷英高氏的太太元子夫人，也是浅马伯爵家的千金，她是我就读女校时的学姐，一直把我当妹妹般疼爱。”

竟出现这么个头衔显赫的大人物。羽黑公爵家可是日本数一数二的名门贵族，也是警方无法直接接触的名门望族。于是调查人员立刻将政子的要求提报长官，经过慎重考虑后，长官指派了一名便衣警官随同政子前往，与元子夫人会面。

羽黑元子答应与政子会面。只见政子不经意地瞥见羽黑家中的一个女佣，顿时脸色骤变地大叫一声。

“怎么了？”

“真是不可思议，这怎么可能啊！我被弄糊涂了……”

神情显得十分惊讶。女佣也注意到政子，原本想躲起来，但还是与政子打了照面，只见女佣口气尖酸地问：

“你是来打探我的吗？”

“才不是，我是来看元子夫人的。没你的事，退下。”

女佣斜睨政子一眼，悻悻然离开。同行的便衣警官觉得事有蹊跷：

“你认识那女佣？”

“她是‘绉纱’和服店的千金，小花。”

政子愤愤地回道。没想到那女佣竟是失踪的小花。

元子夫人突然取消那天的会面，还差女侍传话，表示这两三天再另行通知碰面时间，期待下次相见。

＊　＊　＊

虽然发现意外之事，但案情依旧扑朔迷离，警方决定将此案委托绅士侦探新十郎，那天古田巡警向新十郎传达此事。

已经收到元子夫人约定会面的通知，于是新十郎随同政子前往羽黑公爵宅邸。机灵的新十郎早就针对此案，比警方调查到更多的资料，得知要前往公爵宅邸赴约的同时，竟收到一个由外界传来的惊人秘密。

“还有收到我哥哥送来的恐吓信吗？”政子问。

“是的。”

“最近一次是什么时候？”

“三周前，平均约两个月或一个月会收到一次。”元子夫人回道。

“依要求付了钱后，确实收到那东西吗？”

“是的，确实有收到。”

“元子夫人是否曾向我哥提出什么其他要求，或是有什么毫不相干的恐吓让你觉得不太对劲呢？”

“做坏事的人怕被发现，一定会低调行事，又不是三岁小孩。”

“我哥三个月前就失踪了，恐吓行为却还是持续着。”

“你是说，失踪的人无法恐吓别人吗？”元子夫人反问。

“半年前，我哥就弄丢了那包用来恐吓元子夫人的东西，可是恐吓行为却持续着，元子夫人也确实付钱拿到东西，所以说……”政子说。

“不管那东西落入谁手中，对我而言都一样。”

“是吗？”

政子思忖片刻。

“府上那个叫花子的女佣是何时来此工作的？”

“没什么印象，大概三四个月，或是四五个月前吧！”

“夫人清楚她的身家来历吗？”

“家里自有其他人会去了解吧！况且杉山女士说，她是和家里有往来的绸缎庄介绍的，保证身家清白。”

“杉山女士是？”

“我的贴身女管家。”

“有往来的绸缎庄是指……日本桥的伊势屋？”

“是的。”

“我想也是。那个女佣正是日本桥绸缎庄‘绉纱’和服店的千金小花小姐，曾是我的小姑，因为半年前我还是‘绉纱’和服店老板的妻子。小花小姐和日本桥伊势屋的千金是同窗，两人感情要好，而且半年前，小花小姐差一点嫁给我哥呢！就像我之所以和‘绉纱’和服店老板结婚的理由一样，因为‘绉纱’和服店是我家的金主，两家往来密切。没办法，谁叫我们男爵家是出了名的穷呢！只要我肯下嫁就能巩固两家关系，反正我哥大概也不想定下来吧！因为半年前‘绉纱’和服店家道中落，父亲命令我离婚，哥哥也趁机表明他根本不想结婚，果然只是在玩弄小花小姐而已。她之所以来府上当女佣，你不觉得有什么奇妙关联吗？”

话说到一半，元子夫人那美丽的脸庞倏地惨白，像是受到什么巨大冲击，浑身颤抖。

看到夫人这般悲惨模样，政子的锐利眼神丝毫未收敛，语气就像猎犬拨开草丛往前冲般犀利骇人：

“夫人曾注意到恐吓信的文字或语气有什么不一样吗？”

“我还能怀疑吗？遭受胁迫的我，只要想到那恶棍的眼神就怕得要死。”

“请让我看一下新的恐吓信。”

“每次收到后，我根本连看都不敢看，都是边闭眼，边注意别在地上留下痕迹，小心翼翼地烧掉信。别再问了！如此恐怖的事……一切都已经……”

元子夫人开始语无伦次起来，摇摇晃晃地起身。整了整心绪，努力站直身子，静静地向政子点了点头，示意请她回去，然后走向新十郎，说道：

“您是结城新十郎先生吧？”

“是的，夫人。为正义而战是侦探的天职，我敢赌命替任何人保守秘密。”

“方便跟您另约时间碰面吗？”

“您太客气了。其实我还担心向夫人提出要求会面是否失礼，只好一直忍着。”

“那就麻烦您务必拨冗与我碰面。”

“其实我送小沼夫人回宅邸后，就没什么事了。”

“就别管我啦！美男子绅士侦探先生和公爵家美丽年轻的夫人挺相配呢！”

政子边大声嚷嚷，边站起来。

看来送政子回去也没什么意义，于是新十郎爽快回应：

“我很讨厌自己老是装成半吊子绅士，也不想自讨没趣。若今后有幸陪夫人同行，我会打扮得寒酸些，比较自在。夫人心里应该喜欢的是那种正派又彬彬有礼的绅士吧！”

“那可真是抱歉了！我最痛恨什么绅士、贵妇的。下次对付你这个侦探，休想我会用什么柔情攻势，有的只是手枪和短刀，走着瞧吧！再见！”

政子撂下这句话，便头也不回地走了。

* * *

元子之所以遭受周信恐吓，起因于与公爵结婚前，曾和周信密恋。就读女校时，元子对比自己小的政子产生特殊情感，两人十分亲昵，因而结识政子的哥哥周信。在他的花言巧语攻势下一时昏了头，连身子都给了对方。虽然自觉愚蠢，毕竟正值爱做梦的年纪，她将自己满心爱意殷切地化成书信送给周信，没想到却成了他用来恐吓的把柄。写给周信的情书多达一百多封。

元子每次收到周信送来的恐吓信，便会派人到其指定地点，以一封两千日元交换回来，一次一封，大约已经赎回十五六封。打从夫人出生便一直照顾她到十一二岁的老侍女杉山忍也陪着夫人来到公爵家。夫人只敢将此事告诉她，她也确实扮演好了使者角色。不过每次都得费尽心思筹措两千日元，真的是件苦差事，也成了主仆俩心头挥之不去的阴影。

若能一次全赎回来，就算十万、二十万日元也无所谓。若是厚着脸皮请娘家母亲帮忙，金额应该不是问题，如此一来也能早日脱离苦海。于是她屡屡写信向周信提议，周信却怎么也不肯答应。他觉得一次玩完太没意思，也怕一整叠交出，要是夫人耍什么诡计，差人将整叠抢走不付钱，就没办法留下任何把柄用来威胁了。所以还是坚持一次一封，来个长期仗。周信给了如此令人憎恶的回复。

元子夫人认为若能将此秘密告诉别人，也许就能获救，于是她鼓起勇气要求与新十郎私下会面。不过元子夫人因为过于恐惧、悲伤，每次都是半闭着眼看完恐吓信，因此对于新十郎提的问题，根本无法提供什么有力的线索。

新十郎安慰她，表示近期内肯定会带着好消息再度造访。新十郎也和老侍女杉山见面。

“都是以什么样的方式进行交易呢？”

“每封信指定的地点、方法和对方派来的人都不同，周信自己从未现身过，都是找些弹三味线这种乐器的女人、车夫之类的，从没重复过。”

“你曾觉得恐吓信内容或用词有什么异样吗？”

“怎么可能还有心思注意这些啊？每次都是看完后将信折起来，赶快烧掉。”

“恐吓信大多是几月几日收到？”

“我刻意用别人看不懂的符号将日期记在日记里，查一下应该就知道了。”

“真是太好了！我所经手的案子很多都是因为细微线索而出现一线曙光呢！最后一个问题，请你仔细回想一下，除了你和少夫人外，还曾向谁提及这个秘密呢？麻烦仔细想想。”

“我确实只跟一个人提起过，就是我儿子杉山一正。因为担心自己能否顺利完成夫人所托之事，才想说请儿子陪我赴约。也许别人会觉得我老王卖瓜，自卖自夸，但我儿子确实是天底下最可靠的男人，没人比他更能保守秘密。您可能会认为这只是个没见过什么世面的女人的片面之词，但我真的只跟我儿子提过这件事，也绝不相信他会背叛母亲。”

“杉山一正……是那位知名武术家杉山先生吗？”

“正是。”

“有个这么了不起的儿子，真是修来的福气呢！杉山先生为人正直，可说众所皆知。”

新十郎调查完日记上记载的恐吓信收信日期后，最后和小花见面。虽然小花也称得上是个美人儿，不过从眉宇间就嗅得出她的好强。

元子夫人开门见山地说：

“因为我有事情拜托结城先生帮忙，希望你能知无不言地配合。”

小花听夫人这么说以后，不但将自己离家出走到这里帮佣的来龙去脉交代得一清二楚，也道出了不少事。

“我想你之所以选择来这里，应该有什么理由才是，能够说明一下吗？”

“其实理由很简单，为了自力更生，想来想去除了帮佣之外别无他途，既然要帮佣，当然要到公爵府这般大户人家啰！虽然我从周信那儿得知公爵府的年轻夫人和我一样，也是被他这个负心汉玩弄的牺牲者，多少有些顾虑，但一心想进大户人家帮佣的我，无论如何还是想进公爵府。偶然得知公爵府是收留我的伊势屋的常客，没想到竟然美梦成真，才能顺利进来当差。”

“来公爵府当差后，你曾想起少夫人的确就是和周信有过一段感情的人吗？”

“从来没有。我根本没在夫人身边服侍过，更不可能有机会跟夫人提这件事。”

“你哥哥和滨子小姐迁居芝之寮之前，有什么特别亲昵的行为吗？”

“没注意到他们有什么超过主仆关系的亲昵举动，但也可能是我没注意到，不过我和周信在最里面的房间争吵时，不只哥哥，滨子说她也有听到。我万万没想到他们竟然会在一起。”

“当时你哥哥在隔壁房间还说得过去，一个女佣却擅自闯入主人房间，肯定有什么理由才是。”

“女佣当然不能擅自进入主人的房间，况且明明知道男主人在房里，又没唤她却擅自进入，的确很可疑。若滨子只是个普通女佣，瞥见男主人在房里应该不会进去才是。而且周信他们来家里大闹时，滨子还一副看热闹的样子在各房间走来走去。”

“那她跑到最里面房间看热闹时，有发生什么不寻常的事吗？”

“可能是看到我和周信走进最里面房间，才跟上前看热闹吧！也可能是要和我哥一起偷听我们谈话。我哥最会装傻了。他看上去是一个胆小无能、不谙世事的人，其实是一个偷听别人谈话且干见不得人的勾当的天才。而且就算被人识破，也会装聋作哑，来个四两拨千斤，然后羞红着脸装作一副不解世事的样子，这些都是他与生俱来的本性。”

“你有写日记的习惯吗？”

“没有，从没写过。不过我的脑子可以代替日记，哪天发生什么特别的事都记得一清二楚。”

“譬如这半年来起了什么大变化，哪时发生什么事，你都记得吗？”

“当然记得。十二月十七日小沼家的人闯进我家，不但要政子离婚、带她走，还搜遍整栋房子，搜刮一空。我和周信起口角也是那天，因为我想阻止他前往仓库物色可以带走的值钱东西，就带他到最里面的房间责问他，因而发生争执。那天真是既可悲又遗憾的日子，我一辈子都忘不了。接着是十二月二十二日，哥哥和我以及滨子一起迁居芝之寮。一月十三日，小沼一家三人闯进我家，口出恶言要我们交出藏起来的东西。三人胡闹一番离开后，我和哥哥吵架后离家出走，所以那天是离家纪念日。幸亏伊势屋好心收留我，但不好意思麻烦人家太久，于是一月二十八日我来到公爵府当差。以上就是这半年来我身上所发生的事。”

“那我可以代替你用笔记下这些事吗？”新十郎记下日期和事情经过，然后对元子夫人说，“若再收到恐吓信，请第一个通知我。”如此嘱咐后，便告辞离去。

* * *

新十郎接着前往久五郎与滨子住的简陋住居。

隐世之人当然不可能写什么日记，也没兴趣聊什么世俗闲事，不论问什么都推说不清楚，还真令人伤脑筋。新十郎只能以小花所言提问相关之事。

“是喔！好像有这么回事吧！”顶多得到这种回答。

“听说周信先生他们曾怒气冲冲地跑来这里搜查？”

“这个嘛……是啊！记得他说什么明天一早要带木匠师傅和工人来拆了这屋子，还说什么连我们的屁眼也不会放过，叫我们走着瞧，那时我们可真是吓坏了。”

“那是什么时候的事？”

“记得那时春光明媚，三月或四月吧！”

“是在小花小姐失踪后吧？”

“是啊！那时只有我们夫妇担心会被检查屁眼，小花已经离家了。所以没有第三个屁眼可检查，不过后来倒也逃过一劫。”

“相安无事是吧？”

“是啊！像周信那种最会死缠烂打的恶棍居然失约，到现在都未现身。”

“说明早要来拆屋子搜查的，只有周信一人是吧？”

“是啊！”

“听说男爵一家三口曾来你这儿搜索，还夺走藏在你怀中的三千日元，和周信独自来的那一次，应该不是同一天吧！”

“啊啊，没错，没错！的确被抢走过三千日元。那天才刚搬来这儿不久，确实有这么回事儿。”

“那么，还记得那天发生了什么其他重大事情吗？”

“咦？其他事？”久五郎吃惊地看着新十郎，有些怔住，似乎想不起来。

“就是搜过屋子之后啊！小花小姐离家出走，行踪不明。”

“咦？离家出走？小花行踪不明？哦哦，没错，那天小花失踪了。”

“看你好像不太关心嘛！之后周信先生再度造访，放话说要拆了屋子是吧！他后来就没再出现吗？”

“是的，他的确只来过这里两次。”

“第一次是一月十三日，那你记得第二次是什么时候吗？”

“我连今天是几日都不清楚呢！过去的事就更不用说了，不过我倒是记得有个女相扑团来此表演。”

“我对于这类事情不太了解，也没什么兴趣，你说的女相扑团是打哪儿来的？”

“哪儿来的啊……”

久五郎并未明确回复。

新十郎向这对隐世夫妻告辞后，接着前往和海舟先生同样是在冰川町的小沼男爵家拜访，为先前失礼一事向政子道歉。

“周信先生交给你保管的那捆恐吓信，是藏在你自己的柜子里，没错吧？”

“你还真是清楚啊！等他需要时再一封一封交给他，不过我对这种小钱可没什么兴趣！”

“看得出来。最后一次看到那捆信是什么时候？”

“我哥最后一次叫我把信拿给他的时候……记得是在发现东西不见的十天还是半个月前吧……”

新十郎见过政子后，也和小沼男爵见了面，先对于周信失踪一事表示遗憾。

“拜托！我才不担心他呢！也根本想不起来他是哪时失踪的。不过政子那家伙这次倒是挺担心的，还以为她和我一样不管她哥哥的死活呢！我们家的人眼中只有自己，才不会主动关心别人的事。”

“那么，家里有哪位记得周信先生是什么时候失踪的吗？”

“女佣吧！周信那小子可是出了名的浪荡子，八成连女佣也勾搭上啦！”

男爵说起话来还真是一针见血。新十郎询问了那名女佣：

“记得是三月十五日傍晚，少爷比平常稍微早一点用过晚膳，出门后就再也没回来了。那天少爷神色看来和平常无异，记得他还边用膳边说：‘这么冷的晚上还要站岗守夜，真是愚蠢，可是也没办法，为了怕着凉，还是尽量穿厚一点出门吧！’”

就是这么回事。因为她只是个帮佣杂役，不用送少爷出门，所以也不晓得周信到底穿得多厚出门。

新十郎返家后，立即查阅杉山老侍女记下来的收信日。恐吓信始于前年十一月，平均每个月一次或是两个月一次，共计十六次。

新十郎将周信那捆恐吓信不见的前后，和其他特殊事件发生日期对照一看，目前得到的资料整理如下。

十一月二十六日恐吓信（十二月五日付赎金，拿到信。似乎是政子交给周信的最后一封信）。

十二月十七日政子强行离婚，搬离夫家。

十二月二十二日久五郎一行迁居芝之寮。

一月八日恐吓信（十一日付赎金，拿到信）。

一月十三日小沼男爵父子三人前往久五郎的芝之寮大肆搜家。当天小花离家出走。

一月二十八日小花到羽黑公爵家当差。

三月五日恐吓信（九日付赎金，拿到信）。

三月十五日傍晚周信失踪。

五月三日恐吓信（七日付赎金，拿到信）。

五月十四日报警寻找失踪的周信。

大致如上所记。日期不明的重大要事是周信再次前往芝之寮，扬言明早要拆屋子来个滴水不漏的搜查的那天。将事情按日期顺序排列后，发现自从那捆信不见，从收到恐吓信到指定交换日的日期缩短了。明明之前都是十天左右，忽然一下子缩短成三四天，没有例外。

“从日期的排列中找出不寻常处，还真是有趣呢！搞不好还能再找出什么类似的关键线索。一月八日收到恐吓信后经过五天是十三日，小沼父子前往芝之寮搜查，假定每当元子夫人收到恐吓信后小沼一家都会去搜查，那么周信前往芝之寮表面上是为了宣称要进行大搜查，其实可以认为和羽黑元子夫人收到恐吓信有关。这事确实发生于三月，碰巧那时有个女相扑团来表演……看来女相扑团也有必要调查一下。”

经过多方查访，得知女相扑团是于三月琴平神社庙会前后，进行为期十三天的表演活动，也就是从三月五日演出至十七日。女相扑力士本身便很引人注目，更何况一连举行十三天表演，照理说应该很多人都知道有此活动。没想到一打听，大多数人都表示没什么印象，不过其中有几个无业游民倒是清楚记得花岚阿染被狐仙唆使搬运大石头一事，那事发生于三月十五日夜晚，刚好是周信失踪当日。

新十郎和元子夫人碰面，询问夫人是否注意到收到恐吓信至付款交易日的天数从半年前开始变短，夫人听闻后有些惊讶：

“好像是呢！因为天数突然缩短，筹措起来真的很辛苦，所以杉山女士还写信请对方多宽限几天，否则这样下去真的吃不消。可是信都寄出去了，仍未更改付款期限，也没有任何响应。”

新十郎前往小沼家，询问政子是否收到过杉山老侍女写的请愿信。

“的确有收到，一共两次。收到那封请愿信后，恐吓行动还是持续着，足见那捆信并非单纯失窃，肯定是被谁偷走了。我们之所以去芝之寮搜查，就是因为收到请愿信，才去找那捆被偷的信啊。收到第二封请愿信时，哥哥独自前往芝之寮搜查，结果还是没找到。想也知道，根本不可能搜到嘛！小花之所以会去羽黑家，就是因为那捆信已经不在那里啦！搞不好那个一直哭诉自己遭受威胁的人，其实早就把信拿回来了。如果明明都拿回来了，还向侦探先生哭诉一直遭到恐吓，您不觉得那个人八成就是下手杀害我哥哥的同伙吗？”

从政子的疑惑中嗅得出深沉的执拗，似乎太钻牛角尖了。这是个极端偏执，为了唯一目标甘愿赌上全部的疑惑的女人。

“总之将日期依序排列，推敲恐吓信与前往久五郎住处搜索一事的关系，证明了某些事实。将三月所发生的事与一月的天数两相对照后发现，元子夫人于三月五日收到恐吓信，一月的话则是收到恐吓信的五天后，你们去搜查久五郎家。幸好杉山女士写了两封请求宽限的请愿信，以及她那记录得十分详尽的日记，才能确定正确日期。”

直接向杉山女士求证，请愿信是于三月十一日下午寄出，所以应该是十三日收到，不然就是最晚十四日会收到。

“这代表什么呢？周信失踪与前往芝之寮大闹一事不是连续发生的吗？对了，还有女相扑一事呢！没错，差一点就忘记了。这可是个关键线索，居然给忘了，我真蠢啊！竟忽略了如此重要之事。谣传女横纲被狐仙化成的女人给唆使搬运大石头，这事虽然听起来可笑，不过要是真的一笑置之，可就遗漏重要线索了。幸好没忘了这事，太好了！里头肯定藏着什么玄机。真是的！一时兴奋过度，脑子都混乱了。总之得冷静一点，冷静一点。”

只见新十郎喃喃自语，拼命压抑心中的万千心绪，陷入长久的沉思。

（到此休息一下，请猜猜凶手是谁吧！）

* * *

因为这起案件非比寻常，新十郎未获准携伴参与，因此从头到尾虎之介、花乃屋和海舟先生都没办法插上一脚。不久元子夫人又收到恐吓信，立即将其转交新十郎。

从那天开始，新十郎请警方多调度些警力，小心翼翼地在某间屋子四周布下严密的监视网。只见一个年轻女子从那屋子里走出来，在街上和某个人碰头，待确定她将一包东西交给对方，并托他办事后，警方一拥而上将那人逮住，侦讯后事情果然如预期所料。那个人就是受托和元子夫人派去的使者进行交易之人，而那包受托之物正是用来交易的其中一封情书。

被监控的屋子正是‘绉纱’和服店，从屋子里走出来的女人就是滨子。

于是嫌犯久五郎与滨子遭到逮捕。

新十郎向前来听闻真相的政子说明经过：

“女相扑一事表面上好像和这案子没什么关系，但一想到居然是从根本不问世事的久五郎口中得知，不免诧异。连那种看起来血气方刚、好奇心重的人都不见得知道女相扑来此表演，更何况是足不出户的隐世之人，原以为或许他只是偶然知道罢了，可是他居然连其他重大事情都不记得，唯独记得此事，不是很奇怪吗？于是我试着将女相扑与周信先生大闹芝之寮一事联系起来，发现事情并不单纯。而且经过调查后，也发现女相扑与周信先生扬言要拆掉芝之寮一事确有关联。周信先生前往芝之寮大闹时，刚好女相扑团正如火如荼表演中。而且有件事显示女相扑与周信大闹一事有着密切关系，那就是谣传女横纲遭狐仙化成的女人唆使搬运大石头一事，从中可以做何联想呢？仔细揣摩各种场合后，逐渐浮现出鲜明轮廓。依府上女佣所言，周信先生失踪当天傍晚用膳时，曾喃喃自语什么怕守夜站岗一整晚会感冒，衣服得多穿点儿才行之类的话。到此，请思考一下周信先生前往芝之寮的前后情形吧！他曾大声嚷嚷明天一早要带着工人去把天花板、地板、墙壁都拆了，彻底搜查一番，足见他出门并不是为了要去搜查久五郎住处，那为何要故意那么说呢？八成是他想利用激将法，诱使对方将秘密之物藏到别处，才故意制造让对方有时间将东西另藏他处的机会，这就是问题所在，也是这起案件最关键的线索。

“我想不用多做解释，你应该能理解周信先生为何要使那招激将法吧！他想说对方肯定会因此害怕，连夜将东西另藏他处，然后躲在暗处监视的他再伺机现身逮个正着。出门前用膳时之所以喃喃自语那番话，便是指这件事，这招可真高明。不过他自以为能识破埋藏地点，达成目的，没想到却遭对方反将一军。只怪他过于轻敌，那两人看起来虽然笨拙，骨子里可是厉害得很呢！你哥不仅比不上他们的才谋，还加上轻敌，才会一时不察，使得那两个看似愚蠢实则聪颖的人早就识破你哥的计谋。他们推测你哥一定会躲在庭院某处监视，打算反将你哥一军。于是拜托花岚，请她搬起大石头，让你哥误以为他们将东西藏在大石头下，轻敌的他没能识破对方的诡计，误以为对方真的将那捆信藏在大石头下。因为实在搬不动那块巨石，便想从石头旁边挖个坑伸过去拿东西。加上担心藏在巨石下方潮湿土中的信会损毁，到时派不上用场，当然毫不犹豫地立刻挖掘。可是在手无寸铁的情况下，徒手挖掘坚硬泥土可是件大工程，于是一心焦急挖土的他就这样被那两人偷袭杀害。

“至于尸体藏在哪儿，大概埋在庭院某处吧！我想警察今天傍晚应该就能问出埋尸地点，看来可怜的周信先生是不可能回来了。偷走那捆信的人是久五郎先生，他有着异于外表的敏锐直觉，早就识破那捆信对你而言是非常重要的东西。大概是因为看到你那天无情地大肆搜刮家中财物，为了泄愤，才兴起偷走那重要之物的念头吧！于是趁大家不注意，偷偷溜到里面房间偷了那东西，碰巧被在屋子各处徘徊的滨子给窥见，她骨子里也是个直觉敏锐、行动敏捷的人，察觉久五郎先生神色有异的她偷偷跟在后头，看到他偷拿一包奇怪东西，这下可称了她的心。于是她主动对久五郎表示好感，示意要是久五郎拿着那包东西定会引人注目，还用眼神提议由她帮忙将那包东西藏到隐秘处，我想她只凭那妩媚笑容便说服久五郎了吧！也许这就是所谓的心灵相通。当然，这一切只是我的想象，不能保证情形就是如此，搞不好那时就像一幅充满浓情蜜意的画呢！虽说他们是杀害周信先生的凶手，看起来脑袋不怎么灵光，但其实却聪明绝顶，实在叫人憎恨不起来。”

新十郎一脸阴沉，不屑地别过脸。

## 穿斗篷的男人

那天不用当班的楠巡警，本来想去浅草奥山看表演，顺道逛逛，不知为何却提不起劲。从言问搭渡船前往向岛，沿着堤防悠闲散步时，瞥见桩上卡着一包东西，楠巡警没想这么多信步走过去，却又有些在意，走了约五十米路后，又折返拾起那东西。

那东西用油纸包着，捆上相当粗且牢固的白线，像是放风筝用的线，而且应该是用来放大型风筝的。打开包裹一看，里头赫然是一条人体的左大腿，和一截从右脚脚踝到脚趾的部位。楠巡警吓了一跳，赶忙拿到自己的隶属单位报案，这天是二月三日。

警方并不是很重视，因为这附近常发生帮派砍杀事件，那些帮派分子常被砍断手臂、脚踝，倒也稀松平常，大概是那些家伙懒得处理，随手一包丢进河里的吧！以地缘关系来看，会这么认为也是理所当然。

楠巡警也颇赞同，因此并未坚持什么。但隔了两天后，也就是二月五日的傍晚，他搭乘竹屋之船前往向岛办事，办完事正准备搭船返回时，不知为何又信步走到堤防上，又发现岸边草丛中有个用油纸包裹的东西。他惊讶地赶忙拾起，果然又是同样的东西。这回里头装的是左臂和右手掌。

“这事可真妙，难不成死者有什么冤屈想告诉我吗？本来差一步就要登船，不知为何又走来这里，总觉得冥冥中有一股力量。两天前原本想去奥山，也是莫名其妙改变心意搭船来此散步。现在回想，那天和今天一样，像是被一条看不见的线给牵引似的。”

楠巡警心中顿时涌起一股诡异又纷乱的心绪，将东西带回署里。

新包裹装的是左上臂，也就是肩膀到手肘部位，还有右手手腕以下部位，也就是手掌。最初那一包装的是大腿与脚踝以下部位，无疑是一起分尸案。

遇到这种尸体被肢解得如此零碎的分尸案，说明起来可是相当麻烦，因为单是以手、手臂或脚等名词来说明并不明确。解剖学上分得相当细致，各部位有其一定的名称，不像平常用语那般笼统。

从肩膀到手肘的部位，以前称为胳膊，现在则俗称为“上臂”，总之有一定的名称。但日语中从手肘到手腕的部位就没有明确名称。因为上半部称为上臂，所以下半部就叫下臂，不过日语中没这称呼就是了。相较于上半部称为上臂，日语中下半部通常称为“手臂”。古书上记载：“渡边纲①砍断鬼之手臂。”书中的手臂指的是手肘以下部位，并非整条手臂，从前的确是此说法。

不过根据现在一般说法，“手臂”通常是指从肩膀到手掌的部位，所以日语中手臂和手是同样的意思。现今惯用语中，没有表示手肘到手腕部位的名称，所以找不到适当语汇来形容肢解得非常零碎的分尸案，像是今年发生于板桥区的分尸案②便是一例，因为尸体只是被大略肢解，记者陈述起来还算简单。相较这起分尸案，光是形容惨遭肢解的部位就够伤神了。像是从手肘到手腕部位，脚踝以下部位，或是脚踝到脚趾部位之类的，一一形容起来的确麻烦。希望读者诸君能体谅笔者口齿不甚敏捷的难处。

那天楠巡警结束勤务，正准备返家时，突然走到泡在酒精中的那些尸块前，伫立良久。

---

① 渡边纲，日本平安时代的武将，日本室町时代能乐师观世信光所作能乐《罗生门》中，有渡边纲在京都斩断鬼之手臂的传说。

② 指 1952 年发生在东京板桥区的荒川杀人分尸案，凶手是被害人的妻子。

“我说这位往生者啊！你捡到他绝对不是偶然，似乎已经看中你似的。也许还会变成幽灵再找上你也说不定，到时一定要问他是打哪儿来的！”

被长官这么一开玩笑，楠巡警似乎亦有所感。

一个玻璃容器装着左大腿与右脚踝以下部位，另一个容器则装着左上臂与右手掌。

“反正都已经肢解得这么零碎，分别将不同部位一起包起来不就得了吗？为何还要两两包在一起，足见凶手并不是着急忙慌地处理尸体。似乎有些不太合理，而且还胡乱地将左右部位凑在一起包，真是奇怪。这么说，这两包都是左右部位混在一起，装着左大腿与脚踝的那包缺了中间小腿部位，装着上臂与手掌的那包也缺了中间从手肘到手腕的部位，而且两包装的尸块部位刚好对称，看来肯定隐藏着什么暗示。”

楠巡警认为其中大有玄机，不断左思右想。过了一段时间，还是没有发现手脚以外的部位，也没有任何关于死者的身份的线索。

不过从那天起，他一回家就开始记录这起分尸案，也打算私下搜查，没想到这日记却成了日后破案的关键。从那天起，他便刻意绕到堤防那儿散步，不过他与死者的因缘只有这两包尸块，因为其他部位被别人偶然发现。

九日发现头颅以及左脚踝以下部位。

十二日发现躯干。

虽然找出头颅就有希望破案，可惜早已面目全非，鼻子与双耳被削去，双眼被挖出，根本无法辨识。唯一留下的是口中金牙，蛀牙颇多，除此之外再也找不到任何明显特征。

不过竟然从最没办法找出线索的躯干中发现意外之事。经过解剖后发现，胃里还留有鸡肉、竹笋等其他食物，看来是在尚未完全消化时遇害的。

而且将头颅与躯干连接起来一看，确定死者是被勒死的。

死者为男性，身高约五尺四五寸，中等身材，似乎不是体力工作者。年龄尚无法确定，应该有二十岁以上，但看起来也不老。

惨遭勒毙的是年约二十至四十岁的男性，所知仅止于此。

* * *

因为发现胃里残留有竹笋，长官们总算有些重视这案子。

“会在寒冬吃笋子的人，是什么样的人呢？大财主还是平民百姓？现在这时节哪里有卖笋子啊！”

当时还没发明罐头，所以胃里残留的竹笋肯定是新鲜货。

“就算寒冬，土壤下方应该会开始长出小笋，要是挖深一点，应该可以找到像手指般又小又嫩的竹笋，可是没听说过有人会吃这种笋子啊！”

警方请教目黑一带的居民，得到这样的回答。从竹笋和鸡肉等食物看来，死者应该是一个美食家，虽然感觉不像帮派分子，不过也有可能是在帮派聚会过程中发生争执，于归途中惨遭杀害，因此胃里残留食物并不奇怪。

“总之先逐一清查失踪人口，也许能找出死者身份，反正也没其他办法可想了。我们需要一个有傻劲、有毅力的人，前往江户一带的蔬果店和餐馆，逐家询问竹笋一事。当然，手边其他工作可暂停十天。不知道有谁愿意呢？”

长官这么说后，有个年轻巡警一脸无奈地站起来，那神情可真是阴郁，这个人就是楠巡警。

“这事就交给我负责吧！毕竟我和这案子有些因缘。”

“嗯，你和这案子有因缘，没有那股子傻劲也可以破案。真是太好了！那就麻烦你针对蔬果店和餐馆进行彻底搜查，不能漏掉任何一家。同时依规定，可暂停手边其他工作十天。”

于是充满干劲的楠巡警开始查访每家蔬果店与餐馆。第一天和第二天在浅草一带查访，第三天念头一转，搭船前往对岸，从向岛一家叫“鱼银”的专送外卖的小餐馆得到如下线索：

“这季节使用竹笋当食材的只有我们，而且只限一月三十一日这天，今年已经是第六年了。因为寺岛有户姓才川的人家，每年一月三十一日做法事时，要求一定得用竹笋当食材，所以我还特地跑去目黑那里的农家挖笋子。”

一月三十一日，没错，就是这一天。不但地点无误，时间也吻合，这条线索肯定没错。楠巡警心中虽然雀跃无比，却刻意表现镇定，尽量不让对方起疑地继续询问，得到以下情报：

住在寺岛的才川平作是个出了名，专放高利贷的家伙，因他走上绝路的至少有一两千人之多，是个靠心狠手辣累积百万财富的男人。自从六年前结发妻子过世后，每逢老伴忌日一月三十一日那天，吃竹笋就成了才川家的惯例，因为竹笋是他死去老伴最爱吃的东西。才川的妻子在世时，都是在竹笋大量上市的季节才吃，从来没在寒冬中享用过，因为会被恶鬼才川平作斥责奢侈。但是妻子死后，才川不顾寒冬竹笋难得，偏要在老婆忌日那天准备竹笋料理与竹笋饭，邀集亲戚前来办一场法事。大家都说自从失去老伴后，恶鬼的心境似乎起了变化。

忌日当天，“鱼银”送往才川家的餐盒共计十四份，还有五升竹笋饭，于十二点十分前送达，也就是午餐时刻。假设死者中午在才川家用完餐，有可能下午惨遭毒手，也有可能将餐盒带回去作为晚餐，因为餐盒里也有竹笋类的炖煮物。

“一共是十四份餐盒，是吗？看来得一一清查出这十四人才行。”

当然不可能直接前往才川家探访。万一不小心打草惊蛇，肯定会惹火前辈们，遭受耻笑的。幸好才第三天，还有七天，楠巡警决心靠自己的力量，稳扎稳打地揪出犯人。

楠巡警前往拜访负责法事的报光寺弁龙和尚，希望能得到线索。幸运的是，这位老和尚颇为开朗健谈。楠巡警谎称自己是剧作家的弟子，这次师父想以恶鬼才川平作为蓝本，创作一出关于恶鬼放高利贷的醒世剧，因此想请教些才川家的事。只见他一拿出四大壶酒作为见面礼，老和尚丝毫未起疑心，高声笑着说：

“贫僧每年只会和才川碰上一面，所以不是很清楚那恶鬼的事。他妻子还在世时，有时也会来听我说法，还曾找我商量、帮忙。等一下，等一下，也许这事很适合作为戏剧的题材。”

听老和尚所言，十二年前平作的长子加十被断绝亲子关系。才十五六岁的加十就已酗酒、沾染女色，根本无法管教。在他二十二岁那年和才川断绝关系，被逐出家门。那时母亲杉代偷偷带着加十来到报光寺，拜托老和尚的弟子们让加十皈依佛门，收其为徒。

“恶鬼才川将亲戚们叫来，当众宣布自己和加十断绝父子关系，还说要是有人同情加十，就不再是他的亲戚，而是敌人。因此亲戚中根本没人愿意照顾加十，恶鬼又怎么可能会有知心好友，更不可能与他人有什么情义可言。所以对加十而言，要是没有亲戚肯帮忙，那就真的变得天涯孤独，势必前途茫茫。她请求我们让她儿子皈依佛门，收他为徒。我们这家穷寺庙要是多来些弟子的话，贫僧就得少喝点酒，幸好那时我碰巧有事去了趟祖庭，后来她就带着那不成材的儿子去京都，让他留在那边的寺院了。”

虽然加十在京都寺院过了两年辛苦岁月，无奈恶习不改，还俗加入帮派之后便生死不明。

“听说才川夫人去世后，恶鬼才川整个人也变了？”

“是吗？他每年都会请我过去做法事、布施，还请大家吃竹笋饭，也许真的有什么改变吧！不过我和那恶鬼交情并不深，也不是很清楚，其实和我最有交情的应该是那顿竹笋饭吧！”

“受邀参加那么特别法事的都是哪些人呢？”

“嗯……受邀参与法事的成员六年来都没变，有平作的弟弟，经营马肉店的又吉和妹妹阿玉，阿玉那个开妓院的丈夫银八，杉代夫人的哥哥，在商店街开设一间名为‘根木屋’小店的长助，以及妹妹阿直和阿安。虽然都是些一只脚已经跨进棺材的老东西，六年来却没人驾鹤西归。再来就是些年轻人了，有平作的次子石松，因为长子遭逐出家门，想当然他是第一顺位继承人。长女伸子与她的夫婿，在当无照律师的角造，次女京子与她的夫婿，也是在当无照律师的能文。两个女儿的夫婿都在当无照律师，听说为了考取律师证已经缴了不少学费。这些家伙都是连棺材边都还没碰到的粗野家伙，这些没良心的讨厌鬼聚在一起享用竹笋饭。”

楠巡警将与会者的名字一一记录下来。平作的弟弟又吉在吉原开了家马肉店，妹妹阿玉的夫婿寺田银八是吉原“三桥楼”妓院的老板。恶鬼平作鼎盛时期不但投资开了七八家妓院，甚至还有像酒馆那样的生鲜商店等，共经营了十几家店铺。现在已将其中一家妓院和马肉店当人情送给妹夫和弟弟，自己再从中分得一些利益。

亡妻杉代的哥哥于庙前商店街开了家名为“根木屋”的土特产店，妹妹阿直与阿安都嫁给生活称不上优渥的小商人，阿直的次子小栗能文（二十六岁）和杉代的次女京子（二十二岁）结婚，能文是平作的秘书，小夫妻俩和平作夫妇同住。

长女伸子（三十岁）的夫婿人见角造（三十三岁）是土木工的儿子，平作想让他担任自己的秘书，因此出资栽培他，不过自从恶鬼吃竹笋饭拾回一点良心后，便不再像以前那样满脑子想发横财，因此角造对现在的杉代家而言毫无用处。三年前搬出杉代家的他在平作的帮助下在吉原附近盘了一家小店，当起无照律师。相反地，与小女儿结婚的能文却搬进杉代家，当了平作的秘书。虽然京子与能文这对夫妻是表兄妹，但是恶鬼对近亲联姻一事倒也没什么意见。

次子石松和遭断绝关系的长子一样，近来也开始酒色不离身，而且似乎打着他是才川家唯一继承人的名号，四处向人借钱。总之不管是哥哥还是弟弟，恶鬼的种就是生不出像样的儿子。石松今年二十六岁。

加上主人平作，共有十二名亲戚与会，十四份餐盒减掉十二份，多出来两盒。

“这么说，一起做法事的有两位和尚？”

“贫僧崇尚节俭，布施和法事我一个人就绰绰有余啦！”

“可是一共有十四份餐盒，那不是多一份吗？”

“还有一份是给往生者杉代夫人的。大家享用竹笋饭的同时，也会在案前摆上一份餐盒和竹笋饭祭拜往生者，等大家用完膳后再收下来，至于进了谁的肚子就不晓得了。其实应该让贫僧带回去才对，这样才符合佛理嘛。”

“餐盒都是当场吃掉吗？”

“大家都会带回去吧！我也不例外。光是那竹笋饭就已经很够分量了，所以餐盒带回去慢慢享用比较划算。”

带餐盒回家享用的人居然这么多，楠巡警听闻后有些沮丧。不过死者当然也有可能并非午餐后便遇害，所以他不断告诉自己千万别丧气。

“我和那恶鬼交情不算深，不能提供你更多情报。不过听说他们家之前的掌柜在浅草开了家名为天心堂的算命馆，当起了算命师。他是恶鬼意气风发时的左右手，听说也是个硬汉。后来见主子改过向善便自愿请辞，在田岛町一带替人占卜算命，所以他应该知道不少恶鬼犯下的恶行。”

究竟是谁吃了餐盒呢？虽然一想到这问题便有些沮丧，但这才第四天，还有六天半，还不至于着急。虽说去找个跟死者胃中残留物毫无关系的算命师，根本像是在绕远路，但总比一下子应付恶鬼的十二名亲戚来得容易些。

楠巡警边想边走出寺院，听从老和尚的建议，前往田岛町的天心堂查访。不过这次遇到的对手可就不像老和尚那么容易应付了。

* * *

楠巡警考虑到自己的年龄，便谎称是加十的结拜弟兄。因为加十没钱玩乐，基于兄弟情谊慷慨借他一千多日元，虽然手上握有借条，加十却突然断了音信，行踪不明，令他十分伤神，因此要请算命师算上一卦，看看加十的去向。

“一次费用多少?”

楠巡警抱着开玩笑的心态试问，只见对方毫不犹豫地回道：

“我这儿费用有点贵哦！好吧！给点折扣，算你三块日元好了。”

竟然如此漫天抬价。楠巡警只好忍痛掏出身上仅有的三块日元。

“我在当恶鬼才川平作的手下，帮他四处去收利息时，可说阅人无数，自然就会看面相了。那时被恶鬼欺骗、压榨的家伙可是多到数不清啊！个个都是狰狞狡猾无比的强敌，丝毫不能轻忽大意。为了知己知彼，百战百胜，我可是拼命研究面相，自然有所领悟，拜此之赐才能成为算命师，我可是抱着必死决心扎扎实实学习，和那种只会靠易经卜卦的三脚猫算命师不同，要是觉得准，下次再来找我吧！找我看相、解惑的人肯定功成名就，所以花个三块、五块日元很值得！”

他睁着凶恶的双眼直盯着楠巡警，脸上没有一丝笑容。

“恶鬼平作也是个会关心的家伙，像是经营马肉店的弟弟又吉、开妓院的妹夫银八，都是靠平作提拔才能过着富裕生活。不过他们要是敢背叛的话，平作可是六亲不认。总之顺他者昌，逆他者亡，加十便是个血淋淋的例子。所谓爱之深责之切，恶鬼平作尤其如此。后来杉代带加十到京都出家，不过后来他又堕落还俗，离开寺院后就行踪不明。知道他行踪的只有杉代而已，也许他们暗地里一直都有联络吧！听说直到杉代过世，之前每个月她都有送钱给加十。恶鬼平作当然知晓此事，也只能睁一只眼闭一只眼，那是因为恶鬼心里一直很感谢妻子。为何这么说呢？因为平作几次遭仇家刺杀，杉代为了保护丈夫，两次身负重伤，托老婆之福，恶鬼才能毫发无伤。妻子如此真心对待自己，就连恶鬼也打从心底感激。所以当杉代先他一步离世时，恶鬼当然很伤心，自然也没心思敛财了。杉代去世后，我在才川家待了半年，眼看恶鬼洗心革面，我的赚头也愈来愈少，才会绝望地改行当起算命师。对了，关于加十的事……”

说罢他摆出算命师的架势，斜睨着楠巡警，露出天下事无所不知的自信眼神，继续说：

“只有杉代知道加十在哪里、做些什么，至于她死后，加十情况如何就不得而知了。杉代临终前握着恶鬼的手痛哭流涕，说倘若加十已经彻底悔改，希望能让他重返才川家，还说他近来确实洗心革面，谨守教训的他甚至隐姓埋名，刻苦学习，越来越有出息了。可是我还在才川家当差期间，平作并未因此遗言而心软。就算心境已变，恶鬼还是恶鬼。爱之深责之切，一旦断绝关系就不可能复合，毕竟那家伙可是铁了心，彻底成了冷血的恶鬼。六年来毫无往来，就算有血缘关系也很难填补这般裂痕，当然难以重拾昔日亲情。平作这个人对家人很好，对外人却非常冷酷，天性如此很难改变。世人天真地认为人与人是需要互相帮助的，好心有好报，但平作的个性可不一样，在他心里始终坚信与他人相处就是一种敌对关系，所以像他那种人根本打从心底不相信任何人吧！所以这六年来一旦他把加十当成了外人，那么他们之间就会产生这道无法跨越的鸿沟。因此就算是妻子的临终遗言，平作还是无法接纳早已形同陌生人的加十。不过前些日子，平作长女的夫婿，那个在做无照律师的人见角造曾来找我，听他说最近平作似乎有些动摇。”

只见算命师一副邪神附体似的，突然双眼圆睁地继续说：

“为什么呢？那是因为次子石松也步上兄长后尘，愈来愈堕落。加十是十五六岁时开始学坏，小时候叛逆也还有挽救的余地，再者加十原本是个好学的孩子，要是让他去上学说不定并不会走上歪路。但是不喜欢念书的平作偏让加十从小伙计做起，培养他继承家业，谁知他不学好遭逐出家门。至于弟弟石松今年二十六岁，听说是从二十三四岁开始学坏的。我离开恶鬼家时，他还只是个二十出头的毛头小子，那时还没学坏呢！石松和哥哥相反，不爱念书又贪玩，对学艺有兴趣的他，不但学弹乐器三味线和歌舞，还每天跑去说书场、看戏之类的。平作想说已经失去一个儿子，不想再逼走一个，便放手让石松做他想做的事。也许看在世人眼中，会觉得沉迷学艺与‘放荡’二字有着天壤之别，但是一向循规蹈矩之人一旦起了歹念，反而更容易学坏。虽说不无道理，但本性因人而异。毕竟石松学坏较迟，一旦堕落就很难振作，和哥哥加十的情况不一样。加上背着才川家继承人的光环，免不了就会像你拜把兄长加十一样，开始向身边的恶鬼们借钱了。而且借的数量那可是比他哥哥多出好几百倍。虽然他也曾来找我周转，不过别忘了，我可是会看面相呢！我直盯着他，石松的面相好比一株爬满害虫，被啃食到快枯槁的小树，所以我怎么可能借他。不过他也真敢开口，居然要借个两万，为了四处筹措这笔钱，还给亲戚们添了不少麻烦，像那个角造之所以来找我，也是来劝我不要借钱给石松，告诉我就算立借据也没用，才川家不会再认石松立下的借据了。总之石松也快被撵出家门了。听人见角造说，依加十目前的表现看来，也许有机会重返才川家。如何？三块日元的费用很划算吧！你那张借据应该不久就能起死回生啦！”

原来如此，原来是这样啊！楠巡警颔首，说道：

“现在的加十先生真的洗心革面了吗？”

“应该是吧！我也想知道他现在究竟如何，不过连亲戚也不晓得他现在人在哪儿，用什么假名生活。依杉代的遗言看来，应该有谁知道加十的下落才是。如果她会向谁泄露，应该也只有丈夫平作或妹妹阿直吧！杉代和阿直从小感情特别好，才会拜托平作出资让阿直的儿子能文念书，培养他做律师，还将自己的女儿许配给他。同样娶了平作女儿，一样由平作助学成为律师的人见角造，却是出身贫穷人家的土木工之子。不过就血亲关系而言，在平作眼中，女婿终究是外人，因此和二女婿小栗能文相比，大女婿人见角造终究是个外人，无论何事都捞不到甜头。在那恶鬼之家，人与人的距离是无法消弭的，就算我是个多么尽忠职守的员工，终究只是个外人，就是这么回事啰！甚至连杉代都沾染上这股家风，绝不将后事托付给没有深厚血缘关系之人。杉代的兄长，‘根木屋’的老板长助是个正派商人，为人讲信用又热心，可是在平作眼中就是个外人，杉代也就妇随夫意了。阿直的话，因为和杉代特别要好，又有能文这个女婿居中牵线，所以要秘密托付后事的话，除了丈夫平作之外，当然就是阿直啦！这是我的看法，如何？三块日元愈来愈划算吧！虽说要问加十的事可以找阿直，但得不到什么正面答复也说不定。反正看你的面相是属于那种越来越走运的人，只要好好握着那张借据，忍耐一下就行了。”

不晓得这个算命师是否想展现值得三块日元的本事，只见他卜了个卦，说道：

“你要找的人就在西方，离东京有段距离。对方品行端正，身体也很强健，加上你的运势还不错，尽管放心去找那个人吧！”

额外得到个卦后，楠巡警起身告辞。

原来如此。要找那天参与法事的人，可从阿直先下手，楠巡警在心里这么想。

* * *

阿直守寡已久，丈夫十五年前撒手人寰，多亏杉代帮忙，一个女人家含辛茹苦抚养四个小孩长大成人。虽然孩子长大，肩头负担也轻松多了，但日子还是不见好转，过着连张罗三餐都得发愁的苦日子。

楠巡警故技重施，谎称自己是加十的拜把兄弟。一说自己是为了找寻加十的下落，想说来趟他的老家打探一下，眼前这位憔悴的老妇马上面露善意。

“谢谢你没催促他还款，还对加十那么照顾，愿意等到他重返才川家，真的很谢谢你。不过遗憾的是，我也不晓得他现在人在哪儿。”

“我听天心堂的算命师说，只有您可能知道他的下落。”

“那个男人还在帮才川先生做事时，我的确知道加十先生住在哪里。其实啊！杉代姐还在世时，都是通过我和加十先生联系，而且受姐姐之托，我曾去探访过七八次。因为姐姐临终前和老爷坦白过这件事，所以老爷曾偷偷叫我过去，严厉命令我不准再插手加十先生的事，今后由他全权处理。因为是老爷的命令，我岂敢不从，只能乖乖听命，假装忘了加十先生的事。老爷的命令似乎也传到加十先生耳里，从此便断了音信。毕竟姐姐曾拼命省吃俭用给他寄钱，如果就对他这么不闻不问，实在很对不起姐姐，所以我曾下决心去找他，结果你猜怎么样？加十夫妇早已搬家，新搬进去的人也不晓得他们搬去哪儿了。”

“这么说，加十先生已经结婚了？”

“是啊！哎呀，我真是的，居然一时说漏了嘴。这是姐姐过世半年前发生的事。加十先生说有件事要请母亲答应，所以受姐姐之托，我为了鉴定新娘子的人品还往返了三四次呢！说起来可真是件重责大任。我可是全心全意地帮忙。对方虽然出身贫穷人家，不过人品非常好，我才敢替她赌命担保，不过姐姐说只有一个条件，那就是加十先生绝对不能向新娘子透露自己的真实身份。这是有原因的，因为十二年前加十先生遭逐出家门时，老爷严正声明过既然断了亲子关系，从今以后就不是才川家的人，也不能用才川加十这名字，更不能对别人透露自己的真实身份，这才是彻底断绝关系。要是有所违背的话，就要告加十先生诈欺。老爷是那种一旦有人违背他的命令就决不原谅的人，所以我们也是谨遵其训，不敢有所忤逆。就算加十先生能重返才川家，但在那之前还是得严守老爷的命令，即使结婚也不例外。对曾经误入歧途而遭逐出家门的加十先生而言，结婚成家有其重大意义，所以我无论如何也要助他一臂之力，帮助他顺利成婚。至于后来的事，就像我之前所言，老爷说他要全权处理，叫我别插手。至于老爷究竟要将加十先生如何，不只我不清楚，大概也没人晓得吧！”

“那他以前是住哪儿？”

“虽然事已至此，但唯恐违背老爷的命令，恕难奉告。”

“那么，只要告诉我他的新名字，可以吗？”

“很抱歉，真的不行。”

“我只想赶快找到加十先生，绝对不会给您添麻烦，像是他身上有什么特征之类的，给我一点暗示可以吗？”

“虽然很想帮你，但真的无能为力。要说特征是有一个，那是他被逐出家门后才出现的特征，只有我知道而已，但我不能说。千万别怨我心机深啊！要是我不小心说漏嘴，可是会被老爷斥责的，到时可就吃不了兜着走啦！况且要是因此害加十先生无法重返才川家，那才真的是罪过。”

“那老爷是有让他重返才川家的想法了？”

“谁猜得着老爷心里到底在想什么啊！虽然这是才川家的秘密，不过外头早就传得沸沸扬扬，说什么加十先生的弟弟石松先生也学坏了，搞不好也会被撵出家门。所以老爷也许会原谅已经改过向善的加十先生，让他重返才川家。不，老爷的心思根本没人知晓，所以这些都是外头随意捏造的谣言罢了。就算大家都这么说，但我只相信自己身边发生的事，只要加十先生能得到幸福就好。不过这事也不是不可能。”

“听说您儿子能文先生与才川家女儿结婚，还成了才川先生的秘书，有没有听能文先生提过什么？”

“没有，能文口风很紧，不止能文，只要是老爷下达的命令，大家可是一个字儿都不敢泄露，不然我们早就被抛弃了。虽然世人都说他是个恶鬼，可是对我们而言，他可是个重感情的人呢！所以我们绝对不敢违逆他。”

看来再问下去也问不出个所以然。虽然因为谎称身份而丢了一个查访线索，不过与其与这些口风紧的家伙们死缠烂打，倒不如另求他途。

“真的好想见见加十先生哦！我看干脆请才川先生让我到他家帮佣算了！”

楠巡警开玩笑地这么说，阿直却回道：

“才川家只有两名女佣，没有男仆，偌大宅子只有两名女佣，好像也无意再多请人。”

听到这番话的楠巡警一时怔住。偌大宅邸只有两名女佣，即便是白天的屋子也比深夜的公园来得冷清，因此光天化日也能在宅邸内进行任何事，可以轻松杀人，也可以从容肢解尸体。

“最近家族里还有什么人失踪吗？”

“哪来那么常闹失踪啊！你把我们想成什么啦！不管是才川家还是‘根木屋’的人，大家都秉性正直，而且代代可都十分长寿。”

看得出阿直有些不悦，楠巡警不禁打了个寒战，只好就此告辞。一眼也好，真想进去才川宅邸，和宅邸内的女佣攀谈几句。他左思右想，总算想到一计，脸上不禁泛出笑意。

* * *

幸好楠巡警继承了些双亲的遗产，于是他带了些钱赶紧前往目黑一带，拜托当地居民挖掘约莫一贯多的小竹笋，将这些买来的竹笋装入小竹笼，还向认识的人家借了一套农事工作服，整个人摇身一变，成了寻常百姓，穿上草鞋，故意涂抹些污泥，然后背着竹笼，算准第六天上午十一点左右经过寺岛才川家的后门。

“我们只向固定的蔬果店、商贩买东西，走吧！不买，不买！”

有个看起来比较年长的女佣出来应门。

“我和那些一般的商贩不同，是在目黑偏僻山区种竹笋的人家。其实每年寒冬向岛有一家叫‘鱼银’的餐馆都会向我采买竹笋，因为今天有事去东京一趟，顺便背了一笼竹笋，便打算问问‘鱼银’要不要买些竹笋。天还没亮我就出门了。快步前往东京办完事，再绕去‘鱼银’问问，结果听老板说有户姓才川的人家会在寒冬买笋，所以叫我来这儿兜售，要是你们不买，我看别的地方也没指望了。您就当做善事，发发慈悲多少买一些吧！”

“咦？来了个奇怪家伙呢！你等等啊！阿金！你出来一下，有个从目黑山区来的怪家伙！”

年轻女佣出来后，两个女的凑在一起，气势更高涨，开起楠巡警的玩笑。眼看她们快要中计，楠巡警拼命藏住心中的窃喜，说道：

“我想除了你们这里，大概也没别处会买冬天的竹笋了。带回去也嫌麻烦啊！反正也卖不了几个钱，我现在要吃便当，权当赏给我一杯水喝吧！我四点就起床出门，真的是饿得发昏呢！这些就当茶水费吧！”

他抓了一把竹笋塞进女佣的围裙，只见俩女佣感激不已。

“你这人可真是慷慨啊！当个农民还真是可惜呢！和那种只会哄抬冬笋价的人不一样。哎呀！你的衣服都脏了。”

“我平常就这德性啊！你们应该也是来自寻常百姓家，但也看不上我目黑一带的笋农吧！我们的笋都是用稻壳和米糠当肥料，那种像臭大使的东西也只有我们会用吧！”

楠巡警边嚼着偌大饭团，边啜饮女佣用土瓶泡的茶，巧妙地导入正题。

“这户人家为何寒冬要吃笋啊？”

“竹笋料理不是我们做的，也没吃到，所以不太清楚原因，不过老爷他们都会吃些竹笋饭和炖煮物。”

“原来如此啊！原来你们每年都没吃到向我买的竹笋啊！”

“有吃过一点竹笋饭啦！不过客人们都会带走餐盒，我们家老爷和小姐夫妇也会吃得很干净，光喝酒不怎么吃东西的少爷则会将餐盒带去给他喜欢的女人享用，所以我们也没口福。虽然会替过世的夫人准备一份，可是每年都不知道是进了谁的肚子。”

“该不会被穿斗篷的人吃掉吧！”

“这可是秘密呢！”

“算了！说给你这个在目黑种竹笋的小哥听，也不见得懂。”年轻女佣说。

楠巡警心想关键呼之欲出，兴奋得心扑通直跳，还得故意装作若无其事。

“老鹰不是只吃油炸豆腐吗？”①

“是竹笋啦！哈哈哈，斗篷啊，就是男人冬天穿的大衣。每

---

① 日语中，“老鹰”和“斗篷”发音相同。日本谚语中有“老鹰抢走了油炸豆腐”的说法，意为重要的东西被突然抢走。

年只在吃竹笋料理那天，有个穿斗篷的男人会从后门进来，避开参加法事的宾客们，偷偷走进位于最里面的别馆。就连我们也不晓得他到底是何时来、何时离开的，是一个很神秘的客人。”

“哦！还真是有趣呢！那不是天狗吗？听说目黑那边有喜欢吃竹笋的天狗，这里的天狗却谁也不见，吃完竹笋就走了？”

“老爷会和他见面啊！少爷、小姐夫妇他们也不觉得这人的存在有什么好奇怪的，大家都知道穿斗篷的客人会来，不过上头命令这件事不准让参与法事的客人们知道。”

“上头命令？不是老爷吗？”

“上头指的就是老爷，这是大户人家用语，普通老百姓不懂啦！”

“那么这怪客到底是天狗还是人呢？”

“文明开化之世，只有你们目黑那边的竹子林才会有天狗出没吧！他看起来年约三十，白天来，白天离去，肯定是人类没错。”

“既然不是天狗那就没意思啦！这么想吃竹笋的只有天狗吧！”

“我只是负责端竹笋饭去别馆，放在那人面前。那人啊！阴沉沉的，坐在屋子里还一副很怕冷似的穿着斗篷，头也没抬地沉默坐着。害我每次都是放下东西就飞也似的逃出来，很害怕他会开口跟我说话呢！”

“丢下客人，让他一个人坐在那里吃竹笋饭？咦？还真是奇怪的人家啊！”

“没办法，得进行法事啊！念完经、用完膳，大伙闲聊一阵，一直到客人回去为止，实在没办法顾及窝在别馆的怪客啊！我们也只是负责送些料理和茶水过去，从来不晓得那个客人到底是什么时候来、什么时候走的。”

“居然有个怪家伙在吃我种的竹笋啊！难不成因为吃了竹笋，出现什么怪人、怪事吗？”

“不好意思，我们这里可从来没发生过什么怪事，只是每年有个穿斗篷的客人来而已，况且他也不是那种怪到极点的人啊！”

“今年也是白天就走了吗？”

“没人注意到那个穿斗篷的客人到底是什么时候离开的。傍晚过去收拾时，别馆早就没半个人影，餐食也吃得精光。”

每年举行的聚会今年也不例外，也没发生什么怪事，照例都会出席法事的客人也都出席，至少没有发生什么让女佣们耳目一新的事。

该问的都已经问了，再待下去也怕启人疑窦，也不能过度大方地送她们竹笋，于是楠巡警抓了三支竹笋塞进女佣的围裙便返家了。

楠巡警做出结论。

“惨遭分尸的人就是那个穿斗篷的男人，也就是遭撵出家门的才川家长子加十。那么凶手究竟是谁？这就是问题所在。”

就算拼命思考这问题，但目前线索有限也很难有所进展，看来若想进一步调查，不能再暗中私访，得光明正大地行使职权才行，否则难以有所突破。

楠巡警将到目前为止的调查材料依序整理，誊写下来做成报告。毕竟是个写作门外汉，他只能将事件内容整理一番，但想到必须为自己的推论做个结论便备感困难，看来剩下的三天休假得全用来写报告，待上班时便上呈长官。

巧的是，刚好那天许久未再出现的部分尸块又被发现，这次包裹里装的是左小腿与左耳。

已经出现第三包包裹。楠巡警突然想到，之前认为包裹里装的尸块部位混杂、左右对称、少了中间部位等特征，肯定有什么玄机，但这次的包裹显然推翻了这项论点，看来判断似乎下得太早、太轻率了点。正当他为此事消沉时，有位资深前辈突然说：

“什么跟什么啊！喂，这报告是你写的吗？什么叫作在寒冬用竹笋当食材的餐馆只有向岛的‘鱼银’？就为了打听这事，休了十天假到处闲晃吗？这案子是你负责的，我也没兴趣插一脚。但光是你提出的那点，我就能举出三家一流酒楼，而且我说的这三家，不管是‘八百膳’‘龟清’，还是‘八百松’，几乎全年都会使用竹笋当食材。你这小子这十天到底是闲晃到哪儿去啦？还不快重新调查，去问问这三家酒楼的厨师啊！连个调查也做不好，实在太糟了！你这个只会蒙混骗人的臭小子！”

看到前辈如此恼怒，楠巡警顿时惊惶失措。第一天和第二天他只在浅草附近做地毯式搜查，虽然下谷的“八百膳”不远，但还没有时间前去调查，想说挪后再去，所以第三天先渡河到对岸的向岛。因为早早地查到“鱼银”，所以后来的调查行动就停滞在“鱼银”，连同样位于向岛的“八百松”和两国的“龟清”也没去调查。

这三家名闻天下的酒楼都离警署不远，既然前辈都这么说了，还是赶快照办吧！于是仓皇不已的楠巡警赶紧前往那三家酒楼查访，果然如前辈所言，每家酒楼在寒冬时节还是会用竹笋当食材，并非什么稀奇事。因为老实的楠巡警真的一家家做地毯式查访，以至于浪费了不少时间，加上一时忘了只有高级酒楼才会使用珍贵食材，才会有所遗漏。真是无可救药的错误，就算遭千夫所指也无力辩驳。楠巡警懊恼到竟起了干脆自杀，将自己大卸八块装成包裹丢弃的念头。

楠巡警积极侦办分尸案的心情消磨殆尽。

之后三月九日、三月十五日又分别于隅田川发现装着尸块的包裹。

三月九日发现的是左大腿与右臂。

三月十五日发现的是右手肘至手掌的部位。

以上突然发现的新尸块是最后一批。双眼、右耳、鼻子、左手肘至手掌部位，以及左手掌、右小腿等部位，自三月中旬直到盛夏来临都无消无息。也许已经进了鱼儿腹中，或是流向大海消失不见了。

分尸案的死者身份不详。眼见案情陷入胶着状态，没有任何破案的希望，当局决定草草结案，倒没有对此表达不满的警察，楠巡警不要说不服，现在的他都羞愧得只想找个地洞钻。

话说盛夏某日，结城新十郎前往隅田川嬉水兼串门子，返家途中顺道绕去警署，注意到这起分尸案。怎么说呢？那罐用酒精泡着尸块的罐子硬是被塞在最角落的柜子下层，时值盛夏暑气，散发出浓浓的尸臭。就在众人为了该如何处置这东西而掀起一片争论时，新十郎现身。

“哈哈！这就是那起案情陷入胶着状态的分尸案的被害者吗？”

他瞧着泡在酒精里的尸块。

“也就是说，找不到可能是这起命案死者的失踪人口吗？”

“虽然收到相当多申报失踪人口的案件，但没有一件符合各项条件，就算勉强凑合，也没有一件达到七成的可能性。”

“都是东京的失踪人口吗？”

“是的，包含周边以及市郊，尤其是隅田川流经的町村。”

“看来这死者似乎是个爹不疼、娘不爱的家伙啊！”

新十郎重新确认放着分尸案的档案匣，兴致勃勃地开始专心读起其中的一册，碰巧是楠巡警苦心撰写的六册长篇报告之一。但是在这吵闹的地方实在无法专心阅读，只见新十郎无奈地合上文件。

“可以让我和写这篇报告的人见面吗？”

“写那东西的大人物啊。当然只有咱们身负重责的楠大人才写得出来啦！咦？楠大人跑哪儿去啦？每次找他时肯定不见人影，到底跑哪儿去啦？哈哈哈，不就在那里吗？您看，那个听到别人大喊才一脸心不甘情不愿，慢慢抬起头来的家伙就是我们的楠大人！”

“你好！幸会，这报告是你写的吗？”

“嗯。哎呀，惨了！”

“啊？什么事‘惨了’啊？发生什么事了吗？这报告书上头写着‘引用自我记录的分尸案日记’这行字，你应该还保存着那本日记吧？不知方不方便拜读呢？”

“搞不好已经烧了。”

楠巡警红着脸，吞吞吐吐地说。一看就知道在说谎，一副虽然很想烧，却又觉得可惜的样子。

因应新十郎的要求，楠巡警回家拿来那本日记，新十郎接过后显得十分兴奋。

“那我就借走报告书和日记了。你是一个具有侦探素质的人。日本还真是个人才济济之国啊！要是知道有你这种人才在，还觉得日本没希望的话，那个人肯定是睁眼瞎子，反应迟钝的家伙。”

新十郎留下被大大夸赞一番，羞得面红耳赤的楠巡警，便走了。

* * *

一周后，新十郎返还报告书和日记，还邀请楠巡警到比较不会有人打扰的别室，两人无所拘束地相对而坐。

“写完这份报告书后，为何调查突然中止呢？”

“准备上呈报告书的那天，有位前辈突然问我有没有去查访三家知名酒楼，一经调查，才晓得那三家酒楼不限时节都会使用竹笋当食材。”

于是他将那天发生的事告诉新十郎。新十郎听了后一脸愕然。

“你的运气还真是不太好呢！运势低迷时，还真的会碰上这种事，不过谁都难免会遇上。其实最叫人扼腕的就是这种偶然，我想对你而言，这是一次很好的教训。那三家酒楼都会使用竹笋当食材，搞不好其他店也是如此。你竟然因为这样便丧失继续追查下去的勇气，表示你也会没勇气面对其他事，对吗？以这起事件为例，能够察觉自己的无力和脆弱的人才是贤者。贤者明知恐惧，却能将此化为前进的力量。恐惧、悲伤时，别忘了告诉自己要有无论生死，都能勇往直前的勇气。”

新十郎像是在训诫一个可爱的迷途小孩般，对楠巡警说。

“你的日记很有趣呢！不只是整理调查报告，叙述也十分大胆，真的很有趣。况且当初是你拾获那两包尸块才着手调查这起案子，而第一包和第二包装的尸块同样都混合左右部位，呈对称状态，也都一样缺少中间部位，你意识到其中似乎暗藏了什么玄机，所以才进一步对这起案子产生兴趣，不是吗？也许只有在日记里才能如此坦言吧！明明已经遭肢解，又为何刻意将两两部位包在一起呢？肯定有什么原因……”

新十郎抬起头，微笑地看着楠巡警，重复同样的话语。

“明明已经遭肢解，又为何刻意将两两部位包在一起呢？肯定有什么原因……是吧？楠巡警，你可是发现了一个重大关键呢！对了，为什么不往这方面探究呢？”

面红耳赤的楠巡警无奈回道：

“因为从第三包开始，就不再是左右部位混杂，也没缺少中间部位，看来我的判断似乎操之过急，过于轻率。”

“是吗？关于同样都是左右对称和缺少中间部位这两点，确实太早妄下论断，不过除了这两点，你其他的判断却不可以说操之过急了。将肢解后的尸块两两装在一起，实在有些刻意又不合情理，不觉得其中一定暗藏什么玄机吗？这是一大疑点，从中可以推测出多种可能性。只因为认为自己的判断轻率便失了勇气，难道就这样一笔抹杀之前所做的努力吗？既然都已经追查至此了，轻言放弃实在可惜。”

新十郎的话语听得出关爱与斥责。

“给你一个提示，只要循着之前得到的情报继续追查下去，就是你重新出发的最好方法。好啦！接下来是……”

新十郎翻看着那本日记，寻找他注意到的重点，说道：

“你从‘鱼银’那边得知有个弁龙和尚负责法事，便先去找那个和尚的决定是正确的。虽然从和尚那里并未听闻什么重大情报，但接下来查访天心堂的算命师可就有了不少的收获。那个算命师所说的可全都是意味深长的情报啊！你将获得的情报整理后，推论惨遭分尸的死者就是每年固定穿斗篷现身的神秘怪客加十，或许你的推论是正确的，不过光靠这个推论是不够的。其实你探索到的线索蕴藏着更多的暗示，大概可列举出五六个。

“譬如天心堂的算命师说是从人见角造那里听闻一旦石松遭逐出家门，加十就有可能重返才川家。这个人见直到小栗和京子结婚，成了平作的新秘书之前，还是平作的左右手，也与平作夫妇同住。可是三年前他的位置却被小栗取代，随即搬出才川宅邸另起炉灶。再来，连狡猾聪明的前掌柜天心堂的算命师也不知道加十到底搬去哪儿、改名成什么了，这是特别值得注意的地方。就算目前加十已经不在世上，连亲戚也不知道他的易名。后来又从阿直那里听到更不可思议的事，那就是连加十的新婚妻子也不晓得他的真实身份与本名。

“虽然阿直所说的，就那时你提出的问题而言，并没有特别的含意，但后来阿直面对你的提问，显得愈来愈不耐烦，而且她的回答似乎迫近真相，不是吗？你看，就是这个，我给你读一遍：‘要说特征是有一个，那是他被逐出家门后才出现的特征，只有我知道而已，但我不能说。’她这么回答。阿直断言除了老爷只有自己知道加十的那个特征，但这只是阿直这么认为，并没有人能证明事实就是如此，总之阿直的话里隐含着重大暗示。毕竟直到杉代去世前，她是加十与杉代之间的传声筒，也是唯一去过加十的住所，和他见过面的人。杉代去世后，阿直便被平作叫去，严令她不准再和加十联络。另一方面，加十也突然断了音信，放心不下的阿直去探访加十，却得知外甥早已搬离，行踪不明。

“当然，这一切是平作的安排，但我们可以从中得到一个结论，那就是杉代身殁后，平作知道加十的新住所和新名字，阿直却不知道。当然，平作知情一事，并不表示除了他之外就没人知道。同样地，阿直不知道，也不能证明其他人也不知情。不过唯一可以确定的是，那就是平作知悉一切。厘清所有的可能性，一步一步地调查是非常重要的一步。阿直这一段暂且先搁着，再来是你乔装成住在目黑的笋农，跑去才川家卖笋一事，实在令人拍案叫绝！乔装成百姓对侦探而言是轻而易举之事，但不见得能那样子和别人攀谈，所以你真的很有当侦探的天分。”

新十郎翻到记载着那段经过的地方，只是读了几行，就像想起什么有趣事情似的哈哈大笑，还掏出手帕拭去眼角的泪水，这举动可真不像平时的他。

“还说什么目黑一带有专门偷吃竹笋的天狗！我说你这个人还真是有意思……”新十郎笑到肚子疼，用双手抚着胸口。

“关于寺岛那个穿斗篷的天狗，虽然女佣对他的描述十分简单而又令人印象深刻，但你不觉得其实很有趣吗？这个天狗的习惯还真是特别啊！每次女佣送竹笋饭过去别馆时，天狗先生都是穿着斗篷，默默地坐在那儿，别馆那里可能没有取暖的火盆吧！想必浇盖在饭上的竹笋对他而言，有着不输给目黑天狗的深刻含意吧！不过这个天狗在才川家并未受到什么很好的招待嘛！女佣连他什么时候来、什么时候离去都不知道，送竹笋饭过去时，还飞也似的逃出来，让他孤零零地坐在别馆直到法事结束为止。这应该是件会引起骚动的事，但除了女佣之外，却没人提过，恐怕无法从其他人那里得到什么关于天狗的情报。听女佣说，石松曾将餐盒拿去送给他喜欢的女人，寒冬收到别人送的珍贵竹笋料理餐盒，印象应该特别深刻。虽说这个装着竹笋料理的餐盒能让那个女人想起当时的情景，但毕竟已经有一段时间了，能否清楚想起来很难说。不过依你写这份报告的时间来看，对方应该不至于忘了收到餐盒一事，我想一个月之内印象应该还是很深刻。”

只见楠巡警红着脸地问道：

“意思就是找出那名女子，请她回想一下那天的事，也就是说……”

“也就是说？”

“这是石松为了制造自己的不在场证明吗？”

“不，还是先别这么想比较好。关于石松这方面，既然知道他曾将自己的餐盒送给某个女子，就要设法找到那女子，询问她是否记得收到餐盒一事，应该能发现什么有利的线索，还是往这方向着眼比较好。一旦有了线索，当然要求证、了解来龙去脉，这是身为侦探的基本原则，千万别急着推理、妄下论断。一旦抓住线索，只要先就有价值的部分确认真伪，哪怕这些线索零乱又细碎，一旦手边掌握的东西多了，自然便能成形，在成形之前可先搁在一旁不去管它。”

“明白了。我想现在就去找到那名女子，问个清楚，我想重新查查这案子！”

新十郎看着楠巡警充满干劲、一副马上要出门去找那名女子的模样，颔首肯定后，不忘叮嘱：

“别忘了还会发现其他一些应该记在日记里，必须确认的线索。”

楠巡警点点头，说道：

“我会重新审视这本日记，努力从中找出更多线索。虽然我的能力不足，但听了先生的教诲后，已经明白自己该怎么做。”

“听到这番话真令人高兴。我来说服署长同意你从明天早上开始重新调查这起案子，用你那独特的眼力去发现更多线索，逐步清查过滤吧！我估计花费一周时间应该能解决这起分尸案，希望你也和我一样，用一周的时间解决这案子吧！当然可别指望我会让你！我很期待一周后能和你讨论这起分尸案，先预祝你顺利成功。”

最后，新十郎像念咒语似的补了一句：

“切记凡事别太勉强！”

* * *

一周后的傍晚，楠巡警前来拜访新十郎，两人对坐餐桌，喝着慕尼黑啤酒。楠巡警说明一周来掌握到的新线索以及得出的结论，新十郎则是不厌其烦地点评各项要点。

“如何？重新确认已经掌握到的线索，并进行过滤后，累积起来的各种琐碎事实应该自然成形了吧？”

听到新十郎这么问，楠巡警犹豫了一下才回道：

“虽然我将确认后的线索试着串联起来，但要得出结论还是十分困难。尤其很在意那个收到石松所送餐盒的女子的说辞，她说事情都过了那么久，早就没什么印象了，所以从她那里根本问不出什么，因此我的推理还是无法具体成形。”

“我从她那里也没得到什么线索，却让我明白另一件事，那就是那女人的确记得收到餐盒一事。既然在餐盒这件事上碰壁，难道就找不到其他线索吗？”

“我的思路没您那么敏捷。”

“那我就告诉你，我在这问题上碰壁后，却发现另一条线索的经过。我们都晓得加十已娶妻，却没有收到任何关于加十失踪的报案，这不是很奇怪吗？要是他老婆还健在的话，应该很担心才是啊。于是我想办法查出他老婆住哪儿，思考有什么办法能确认从加十那边看到的事实，和从平作他们这边看到的事实是否有出入。于是，我想起阿直说过的一段话，那就是加十遭逐出家门后，有了一个以前没有的特征。依才川家的女佣们所言，活像个天狗的加十总是穿着斗篷默默坐着，除此之外并没有其他明显特征。当然，可以随意穿脱的斗篷不能算作特征。到目前为止发现的尸块并没有什么醒目的特征，要说特征的话，可能是身上装了什么东西，或是身上有什么特征之类的，但是到目前都没有发现，因此应该是尚未找到的尸块部位有什么特征才是。我也曾想过穿着斗篷，默默地坐在房内的他会不会是个哑巴，但并没有能够暗示有此特征的线索，所以这个论点暂且排除。其次，若是身体部位有什么特征的话，应该是在尚未发现的双眼、右耳、鼻子、左手肘至手掌部位、左手掌或是右小腿上吧。脸上留有右耳和鼻子被削掉的痕迹，证明加十有鼻子，也有右耳，就算畸形，还是有此器官。再者是右腿，因为发现有右大腿和脚踝以下部位，可以断定右小腿虽然一直没找着，但应该没少。虽然我曾想过也许这部位有刺青或是伤疤之类的，但依阿直所言，加十的特征应该是一眼就能看见，并非那种藏在衣服下的特征。这样的话，有可能本来就不存在的器官只剩下双眼、左手掌到手指部位。若是成人后才双目失明，一个人不可能走那么远的路，当然也想过会不会是单眼失明或是装了义眼。

“从这一点出发，可以考虑很多可能性。但是要先思考一下这起案子的特殊之处，就是分尸一事。倘若只是为了掩饰单眼失明，耳朵或是鼻子畸形、受伤的话，有必要把关节全部切断吗？光是依脖子、肩膀、手肘、手腕、大腿、膝盖、脚踝等，每处关节部位来肢解就挺费工夫的，还得冒着被人发现的风险。从时间上来算，挖除双眼、削掉双耳和鼻子等，全部加在一起恐怕五分钟都不用。若是脸上某处有什么必须掩饰之处，只要把这个特征予以去除，再将他毁容的话只需五分钟就够了，仅仅为了遮掩事实的话，普通人根本不会花这么大的功夫再去肢解全身。

“冒着这么大的风险干这种事，肯定有其必要性。换句话说，为了掩饰某种明显特征，冒这个险是值得的。单单为了掩盖脸部的某个特征，没必要花这么多时间，也没必要冒这么大的风险。那么，除了脸部之外，只剩下左手肘至手掌这部位还是个疑问，那么这部位到底有什么特征呢？是不是有文身之类呢？比起这些原因，让凶手非得分尸的理由，那就是加十本来就没有这一段肢体。可以试着推论加十在世时，就少了左手肘以下的部位。虽然凶手顺利杀死加十，但他知道尸体少了这部位，就算毁容也很容易查出死者的身份。因此为了掩饰这特征，必须将尸体大卸八块，让人觉得缺少某部位也没什么好奇怪的。况且原本不存在的部位当然找不到，所以得想个办法让别人以为这部位确实存在，只是没被找到罢了。依其肢解方法分析，凶手肯定有此想法才下手分尸。如此烦琐地肢解完后，再两两凑成一包丢弃，这手法确实很妙，也就说明之所以肢解得如此零碎并非为求方便弃尸，而是为了制造就算死者缺少的一部分肢体没被找着也没什么好奇怪的假象。如果这是凶手分尸的理由，也就没什么不合理之处了。

“不过，凶手这么做反而画蛇添足，因为那个穿斗篷的天狗，也就是加十，连和他见过六次面的女佣们也不知道他到底有没有手。为什么呢？因为天狗一直都是穿着斗篷沉默地坐着，女佣们每年也只有看到他穿着斗篷的样子，谁也无法证明斗篷下没有手，反之也没办法证明有手这回事。不难想象被逐出家门又失了一只手的加十，为何要穿斗篷遮掩的心情。综合以上论点，可知加十的特征就是少了左手肘以下的部位。为了验证这个结论，我大胆地下了个赌注。

“我去拜访阿直，谎称自己是加十先生遭逐出家门后认识的朋友。所以我当然知道加十先生的特征，所以故意以加十先生没有左手是众人皆知之事为话题，试探阿直的反应，结果阿直的反应证实我的猜测无误。然后我又谎称自己在京都曾和加十同游过大阪、名古屋、横滨等地为诱饵，顺利套出阿直曾前往加十位于横滨的住处。毕竟平作要加十搬家也不可能搬得太远吧。横滨离东京不远，经调查后发现横滨一带的人口失踪案件，果然有类似加十的人列名其中。后来我查到加十的妻子佳代夫人的住所，立刻约她碰面，想向她确认一些疑点。首先，平作命加十迁居时，他曾前往横滨亲自指示。此外，陪同他一起去处理的人，还有当时的秘书人见，以及那时才二十出头的实习律师小栗能文。那时平作和加十约定，命他每年杉代的忌日都要来一趟东京，并给他一整年的生活费。也许那时他就当着众人的面，承诺要是加十能洗心革面，考虑给他改善境遇，也不需要再对佳代夫人隐瞒真实身份。也许从六年前重逢那一刻起，父子之间的隔阂已经消除了一大半吧。无论如何，从那一瞬间开始，加十的境遇注定会改善一事便成了既定事实，人见和小栗不可能没想到这一点。不过加十能洗心革面到何种程度，他的境遇能得到多大改善，还有待观察就是了。因此与其说母亲忌日一到就会上京的加十总是迅速钻进别馆，为的是不想让别人发现，还不如说是因为顾虑自己是被逐出家门的人，不方便露脸罢了。可想而知养尊处优的石松得知母亲忌日时，哥哥都会回来一事后心情肯定十分混乱吧。一旦哥哥重返才川家，自己就得让出继承权，也就落得什么都不是了。

就像父亲对待亲弟弟又吉那样，只是丢给他一家马肉店经营，或是像父亲的妹夫银八那样只分到一家妓院。和恶鬼才川平作的万贯家产相较，经营马肉店的叔父遭遇有如天壤之别。也许石松就是因为这样才会益发苦闷，自暴自弃，放浪形骸，自甘堕落吧！从他打着自己是才川家继承人的名号，四处向人借钱的情形看来，不用说就知道他心中有多郁闷，累积了多少怨气。再来说说我和佳代夫人碰面一事，也就是从那个收到石松给的餐盒的女人那里得不到的答案，却从佳代夫人口中得知。那就是从加十前往东京后，一直苦苦地等了他两个月，佳代夫人终于压抑不住心中的不安，明知这么做不被允许，还是毅然决然地寄信去才川家询问，也收到了回信，但信中只简单写着遭逐出家门的加十当然不可能留在才川家，短短几句而已。于是再也忍受不了的她亲自去东京才川家，结果出来接待的人，口气和那封回信一样，说什么被逐出家门的加十不可能留在才川家的人就是小栗能文。这回答很诡异，不是吗？怎么说呢？表面上加十与平作处于父子关系断绝的状态，但能文应该知道实际上并不是如此。不管怎么说，不管是身为亲戚也好，还是身为秘书也好，对于加十行踪不明一事居然如此冷漠，丝毫不担心，以他的身份来说，不是更诡异吗？就像我期待收到餐盒的女子的回答，同样证明了某个事实，那就是放荡不羁的石松常喝醉酒，在她那里过夜，证明他根本不可能有时间进行分尸作业，不巧那女人对竹笋料理没什么兴趣，所以对收到餐盒那天的情形根本没什么印象。杀死加十，石松也被逐出家门的话，才川家的继承权自然落到自己头上，能文相信自己绝对有此机会，于是制订杀人计划，顺利杀害加十并予以分尸，也许京子是共犯。恶鬼的女儿变成鬼一点都不稀奇，人类本来就很容易变成鬼。京子对于十二年前被逐出家门的哥哥根本没什么感情，对于别人要来抢夺财产一事愤怒不已，毕竟如此琐碎的分尸作业与杀人计划很难独立完成。”

于是，能文遭到逮捕，经过侦讯后，证实京子也是共犯。

“千万别小看女人啊！绝对不能一味认为女人就是善良、柔弱、爱好和平的动物，要是相信这般似是而非的说法，可是当不了侦探的啊！”

新十郎向羞红了脸的楠巡警，如此低语。

# 附录　坂口安吾文学年谱

**1906年（明治三十九年）/1岁**

10月20日，出生于新潟县新潟市西大畑町28番户（现新潟市中央区西大畑町579号），在父亲仁一郎的十三个子女中排行第十二，上有四兄（二人早夭）七姊，下有一妹。由于出生于丙午年，又是第五子，故得名“炳五”。

**1911年（明治四十四年）/6岁**

进入西堀幼儿园就读，但厌恶刻板的幼儿园生活，时常逃学，漫无目的地闲逛于陌生的街道。是年起，母亲的歇斯底里症状加重。

**1913 年（大正二年）/8 岁**

进入寻常高等小学就读，被称作正义感强烈的孩子王。通过读书，对猿飞佐助的忍术、马庭念流的剑术产生强烈兴趣，暗自研究忍术的修炼方法。

**1917 年（大正六年）/12 岁**

由于母亲爱吃蛤蜊，于暴风雨中下海捉蛤，没有获得任何感谢，反而遭到严厉训斥。

**1919 年（大正八年）/14 岁**

进入县立新潟中学就读，在同学的推荐下开始阅读芥川龙之介、谷崎润一郎的作品。

**1921 年（大正十年）/16 岁**

近视加重，成绩下滑，频繁逃学，最终留级。同时对教师、高年级学生及学校的军事化管理表现出强烈的反抗态度。汉文教师对其极为不满，称："你配不上'炳五'这个名字，既然你看不清自己，以后就叫'暗吾'吧。"同学中开始流传"Ango"的称呼。

**1922年（大正十一年）/17岁**

成功进入三年级，但逃学习性不改，终因成绩过差及打架事件等，被迫转入东京的丰山中学，与父亲、兄嫂等共同居住。在自传体小说《何处去》中，有一段逸话："新潟中学三年级的夏天，我被开除了学籍。那时，我在课桌掀盖的背面刻下了一段装模作样的文字：余将成为伟大的落伍者，有朝一日重现于历史之中。"而在晚年的访谈中则改口称，刻下文字的位置是"柔道馆的板窗"。

在丰山中学就读期间，开始对宗教、哲学产生兴趣；喜读石川啄木、北原白秋的短歌，并尝试创作。逃学猖獗，依然如故。

**1923年（大正十二年）/18岁**

对佛教兴趣日益加深，并开始接触巴尔扎克等西方作家的作品。

初次尝试文学翻译。据自传体小说《风、光与二十岁的我》："他（一名拳击手同学）让我翻译了一篇拳击题材的小说，以他的名义发表在《新青年》上，题目叫《人心收揽术》。那其实是我的译文。他本来说'稿费一张三块钱，分你一半'，后来支支吾吾找借口，一个子儿也没给我。"

是年，父亲仁一郎病逝。

**1924 年（大正十三年）/19 岁**

尝试创作戏曲，未能完成。对文学怀有憧憬，但没有创作的自信。投身于田径等体育运动，获得优异成绩。

**1925 年（大正十四年）/20 岁**

自丰山中学毕业，成为荏原寻常高等小学下北泽分校的教员，教授五年级学生。进一步接触芥川龙之介、谷崎润一郎、正宗白鸟、佐藤春夫的作品，西方作家中尤喜契诃夫。

与同乡文学青年伴纯相熟，前往山中小屋，打算隐居一夏，旋因不堪条件艰苦而作罢。

**1926 年（昭和元年）/21 岁**

对佛教的向往日益强烈，辞去教员一职，进入东洋大学，专攻印度哲学。在学期间大量阅读佛教及哲学相关书籍，每日仅睡四个小时。

**1927 年（昭和二年）/22 岁**

由于长期睡眠不足，陷入神经衰弱。期末考试期间遭遇车祸，头部撞在水泥地上，头盖骨出现裂纹，此后开始出现抑郁症状。开始学习梵语、巴利语。

得知芥川龙之介自杀，深感震惊。

参与东洋大学罢课事件。

**1928 年（昭和三年）/23 岁**

进入 Athénée Français① 初等科就读，专攻法语。远离东洋大学罢课纷争。产生颓废派倾向。

这段时期初次尝试创作小说。据自传体小说《小山羊的记录》："我写下了第一篇小说。当时并不是希望成为小说家，只是读了契诃夫的某个短篇，情绪激动难以平息，于是自己也试着创作，用了一个晚上，写出那么一篇。现在情节都忘光了，只记得主人公是位老人。小说本身未必多好，当时带给我的只是一种快感：纵笔如飞，行云流水，一个晚上笔记本写得满满当当。"

**1929 年（昭和四年）/24 岁**

在 Athénée Français 升为中等科，嗜读法国作家莫里哀、伏尔泰、博马舍。产生前往法国留学的念头，终因担心精神不稳定而作罢。

---

① Athénée Français，日本著名语言学校，法国人 Joseph Cotte 于 1913 年创办，位于东京都千代田区。主要教授法语、拉丁语、希腊语等，许多知名文人曾在此学习。

**1930年（昭和五年）/25岁**

在 Athénée Français 升为高等科，东洋大学毕业。在报纸上看到某酒馆招聘经理，认为酒馆经理不需要强颜欢笑，不会因表情僵硬而被上司训斥，属于适合自己的工作，瞒着家人偷偷前往应聘；于面试中发现完全不能胜任，主动要回简历，狼狈离开。

与葛卷义敏（芥川龙之介外甥，于 Athénée Français 相识）、长岛萃等共同创办同人杂志《语言》，并于创刊号发表翻译文章《关于普鲁斯特的速写》。

**1931年（昭和六年）/26岁**

处女作《寒风中的酒窖》发表于《语言》第二号。葛卷义敏因整理芥川遗稿，与出版社岩波书店合作密切，在葛卷的努力下，《语言》改名《青马》，由岩波书店创刊。

《风博士》发表于《青马》创刊号，获小说家牧野信一高度评价，自此登上文坛，并与牧野保持密切来往。受牧野之邀，于杂志《文科》连载长篇小说《竹林之家》。

**1932年（昭和七年）/27岁**

二月，于《文艺春秋》发表《蝉》。

三月，于《青马》第五号发表《论 FARCE》。《青马》停刊。

对创作方向感到迷惘，决定走上“小说家”而非“诗人”

的道路，从而与牧野产生意见分歧。

与酒吧“温莎”的女招待坂本睦子关系暧昧，以此为契机，与同样追求睦子的中原中也相识，结下深厚友谊。

于“温莎”结识女作家矢田津世子。

**1933年（昭和八年）/28岁**

二月，于《文艺春秋》发表《小房间》。

三月，与矢田津世子关系急剧升温。与矢田一道受邀，加入半同人杂志《樱花》。

六月，由于经费问题，与矢田等共同退出《樱花》。

八月，与矢田等创立“陀思妥耶夫斯基研究会”，因成员反响冷淡，一个月后中止。

十一月，于《行动》发表《陀思妥耶夫斯基与巴尔扎克》。

**1934年（昭和九年）/29岁**

一月，因长岛萃病逝，深受打击。

二月，于《纪元》发表《长岛之死》，后改题为《关于长岛之死》。

四处旅行。与矢田关系若即若离。

染上淋病，经井伏鳟二传授“秘方”，治愈。

**1935年（昭和十年）/30岁**

春，通过在竹村书房担任编辑的中学同学大江勋，参与《司汤达选集》的策划工作。

五月，于《作品》发表评论《拒绝枯淡的风格》，批评德田秋声，收到德田之弟子尾崎士郎的斗酒挑战，喝至吐血乃止。自此与尾崎结下终生友谊。

六月，由竹村书房出版第一本单行本《黑谷村》。

八月，于《文艺春秋》发表《渴望逃避的心》。

九月，开始创作以矢田为女主人公的连载小说《狼园》。

**1936年（昭和十一年）/31岁**

一月，《狼园》于《文学界》正式发表。数年未见的矢田登门，两人正式表明恋情，急剧陷入爱河，但持续未及一个月，终以分手作结，自此再无来往。

三月，《狼园》连载至第三期，作罢。牧野信一自杀，闻讯后深受打击，前往小田原奔丧。

五月，于《作品》发表《牧野先生之死》。重新染上淋病。

六月，开始构思野心勃勃的长篇小说《吹雪物语》。

夏，受竹村书房邀请策划一套法国文学丛书，未成；与尾崎士郎计划创办同人杂志《大浪漫》，终因稿件不足而作罢。

秋，受记者北原武夫之邀，不时于《都新闻》发表匿名评论。

十一月，正式开始《吹雪物语》的创作。

**1937年（昭和十二年）/32岁**

二月，为潜心创作《吹雪物语》，前往京都嵯峨投奔朋友隐岐和一，受到隐岐热情招待。

四月，加入同人杂志《文学生活》，不久《文学生活》停刊。

因金钱紧张，多次向朋友借钱。

年底，《吹雪物语》初稿基本完成。

**1938年（昭和十三年）/33岁**

一月，于《文学界》发表《在女占卜师面前》。

六月，《吹雪物语》打磨完成，回到东京。外甥女村上喜久投河自杀。

七月，《吹雪物语》由竹村书房出版。亲自撰写宣传语，并在信中向出版社表示："我相信，本作拿下一两个文学奖不成问题。"最终反响不大，销量平平，自此进入失意时期。

十一月，于《都新闻》发表《侦探之卷》。

**1939年（昭和十四年）/34岁**

二月，长兄献吉就任新潟报社董事。参加文人围棋会比赛，获胜，甚感自豪。

五月，为构思新的长篇小说，移居至茨城县取手町，在当地医院的一间屋子里生活。

八月，取手发生洪水，见义勇为，救助落水少年。

**1940 年（昭和十五年）/35 岁**

一月，受三好达治之邀，前往小田原市三好家别墅居住。在三好的推荐下，对日本天主教历史产生兴趣。

七月，于《文学界》连载《不惜性命》，亦是历史小说创作的初次尝试。

十二月，加入《现代文学》同人杂志社。

**1941 年（昭和十六年）/36 岁**

与《现代文学》同人平野谦、荒正人等集会，阅读侦探小说，进行“猜犯人”游戏。《不连续杀人事件》的构思萌芽于此。

五月，为创作长篇历史小说《岛原之乱》，前往九州取材旅行。

七月，小田原市连日暴雨，早川决堤，三好家为洪水所淹；借居之别墅遭到损毁。

八月，因报社整合，成立新潟日日新闻报社，长兄献吉任董事兼副社长。得知小田原洪水消息，写信请求将铺盖及书籍寄回，惹怒因洪水而焦头烂额的三好。

十月，于《现代文学》发表《岛原之乱杂记》。

**1942年（昭和十七年）/37岁**

二月，母亲去世。

三月，于《现代文学》发表代表作《日本文化之我见》。

五月，完成《天草四郎》，约四万字，因不够满意，终未发表。

夏，在研究“岛原之乱”的过程中，对宫本武藏产生兴趣，准备撰写相关历史小说。

十一月，因“一县一纸”报社整合，新潟日日新闻报社与其他报社合并，成立新潟日报社，献吉任专务董事。

十一月至十二月，于《文学界》连载《青春论》；由于《青春论》后半部分主要围绕宫本武藏展开，故放弃撰写相关小说，重新回到《岛原之乱》的创作中。

**1943年（昭和十八年）/38岁**

一月，于《现代文学》发表《五月的诗》。

三月，于《现代文学》发表《讲谈先生》。

七月，于《现代文学》发表《卷首随笔》。

九月，于《现代文学》发表《二十一》。

十月，短篇作品集《珍珠》由大观堂出版，由于部分表现与军国主义精神不合，被勒令禁止再版。

《岛原之乱》写作不顺，转而创作历史小说《黑田如水》。

**1944 年（昭和十九年）/39 岁**

一月，因战时出版规制，《现代文学》停刊；于终刊号发表《黑田如水》，并以其作为原型，开始创作中篇小说《二流之人》。

三月，矢田津世子病逝。

为逃避劳力征用，成为日本映画社的非正式员工。接受日映委托，至次年前后共创作三部剧本——《大东亚铁路》《阿图岛》《黄河》，皆未拍摄。

九月，献吉就任新潟日报社社长。

**1945 年（昭和二十年）/40 岁**

一月，应《新文学》所托撰写随笔一篇，杂志方面惧怕审查，拒绝发表。

四月，空袭愈演愈烈。献吉提议回乡避难，拒而不从。

八月，日本投降。

十一月，与尾崎士郎商议创办同人杂志《风报》。GHQ 大幅追查战犯，献吉因惧怕而辞去新潟日报社社长一职。

十二月，尾崎士郎被 GHQ 战犯事务所调查，为尾崎辩护。

**1946 年（昭和二十一年）/41 岁**

四月，于《新潮》发表《堕落论》，一跃成为流行作家。

五月，因意见未能统一，退出《风报》创刊。

六月，于《新潮》发表《白痴》。

十月，于《新生》发表《战争与一个女人》，经 GHQ 审阅，删减大部分内容。于《新潮》发表《颓废文学论》。

十一月，参加座谈会“现代小说畅谈”，太宰治、织田作之助与会，是为“无赖派”三位代表作家首次会面。

十二月，出席江户川乱步主办的推理作家 & 爱好者定期集会“周六会”，讲述自己的侦探小说观。

**1947 年（昭和二十二年）/42 岁**

一月，织田作之助病逝。因过度悲痛，未能出席葬礼。于《新时代》发表《家康》。于《近代文学》发表《戏作者文学论》。

二月，于《东京新闻》连载《花妖》，持续四个月后遭到腰斩。

三月初，于酒吧“千岁”结识二十四岁的梶三千代，雇用三千代为秘书，每周上门，不久进入半同居状态。

四月，三千代盲肠炎引发腹膜炎，住院。

六月，加入同人杂志《文学界》。三千代出院，两人正式同居。应母校东洋大学之邀，进行约一小时长的演讲。于《新潮》发表《教主的文学》。于《肉体》发表《盛开的樱花林下》。

七月，于《光》发表《玩具盒》。于《妇人文库》发表《恶妻论》。

八月，于《日本小说》连载《不连续杀人事件》，附有“猜犯人悬赏”，引起广泛关注。

十月，于《爱与美》发表《替青鬼洗兜裆布的女子》。

**1948 年（昭和二十三年）/43 岁**

一月，于《风报》发表《献给天皇陛下的话》。思索社出版《二流之人》。

三月，针对一月发生的帝国银行抢劫案，于《中央公论》发表《论帝银事件》。

四月，上书首相芦田均，为被 GHQ 开除公职的尾崎士郎辩白，未果。

六月，太宰治殉情自杀，为躲避蜂拥上门的媒体记者，前往热海小住。招待《不连续杀人事件》责编渡边彰饮酒，因酒质粗劣导致渡边肺病复发，为表歉意，将连载所得全部赠予渡边。

七月，三千代发表《安吾先生的一天》，其中提到安吾写给自己的遗书。观战本因坊—吴清源十番棋，于《读卖新闻》发表《本因坊—吴清源十番棋观战记》。于《新潮》发表《不良少年与基督》。进行题为《欧洲式性格，日本式性格》的演讲。

八月，于《ALL 读物》发表《太宰治情死考》。于《季刊作品》发表《织田信长》。抑郁症加重，开始大量服用巴比妥类安眠药。

十月，出现幻视幻听，开始创作长篇小说《火》。于《人间喜剧》发表《战争论》。

十二月，晚星社出版单行本《不连续杀人事件》。

**1949 年（昭和二十四年）/44 岁**

一月，于《宝石》发表《评〈刺青杀人事件〉》。

二月，《不连续杀人事件》获侦探俱乐部奖。产生巴比妥类安眠药依赖症，不时出现疯狂之举。前往东京大学附属医院神经科住院。

三月，接受持续睡眠疗法，病情逐渐恢复。

四月，遭蒲田税务局认定税金滞纳，因住院暂缓执行。向税务局提出异议申请。出院。

六月，作为评委出席第 21 届芥川奖评选，获奖者为由起繁子、小谷刚二人。对由起繁子的作品尤加赞赏。

八月，巴比妥类安眠药依赖症复发，遭池上警察署拘留。接受医生建议，前往伊东疗养地居住。

十月，于《作品》发表《小山羊的记录》。

十一月，于《文艺春秋》发表《战后新人论》。于《近代文学》发表《体育·文学·政治》。

**1950年（昭和二十五年）/45岁**

一月，于《文学界》发表《肝脏先生》。于《文艺春秋》连载《安吾巷谈》。参加第22届芥川奖评选。

二月，前往小田原观看竞轮，采访选手取材。

三月，三千代怀孕，后堕胎。于《文学界》发表《由起繁子，做个利己主义者》。

四月，于《新潮》发表《推理小说论》。于《讲谈俱乐部》发表《投手杀人事件》。

五月，于《新潮》连载《我的人生观》。

八月，参加第23届芥川奖评选。

十月，于《小说新潮》连载《明治开化安吾捕物帖》。

**1951年（昭和二十六年）/46岁**

二月，《安吾巷谈》获文艺春秋读者奖。于《新潮》发表《战后合格者》。

三月，于《新潮》发表《人生三大愉悦》。于《文艺春秋》连载《安吾新日本地理》。

四月，于《ALL读物》连载《安吾人生谈》。

五月，旁听“查泰莱公审”。旅行取材期间，家中藏书被税务局查封。

六月，前往东京国税局，吊销藏书查封处分。

八月，于《新潮》发表《孤立杀人事件》。

九月，观看竞轮比赛时，认为存在作弊现象而进行告发，因证据照片不够清晰，遭到驳回。于《新潮》发表《战后文章论》。

十一月，大量服用巴比妥类安眠药，出现幻觉。

**1952年（昭和二十七年）/47岁**

一月，旁听“查泰莱公审”判决，作《查泰莱旁听记》。于《新潮》连载《安吾行状日记》，于《ALL读物》连载《安吾史谈》。

六月，于《新潮》发表《夜长姬与耳男》。

九月，于《新潮》发表《输血》。

十月，于《新大阪》连载长篇历史小说《信长》。于《文学界》发表《军备已无用》。

**1953年（昭和二十八年）/48岁**

一月，于《西日本新闻》连载《明日天晴》。

三月，因《新大阪》擅自转载连载中的《明日天晴》，怒而拒绝继续连载《信长》。于《小说新潮》发表《都会中的孤岛》。

四月，于《文艺春秋》发表《牛》。

六月，于《文艺春秋》发表《枭雄》。于《小说新潮》发表《选举杀人事件》。

七月，参加第29届芥川奖评选。

八月，长子纲男出生，与三千代正式办理结婚手续。于《讲谈俱乐部》发表《山神杀人》。

十二月，于《King》发表《小镇二天才》。

**1954年（昭和二十九年）/49岁**

一月，参加第30届芥川奖评选。于《讲谈俱乐部》发表《年糕作祟》。

二月，《不连续杀人事件》由春阳堂书店再版。

五月，于《小说新潮》发表《女剑士》。

七月，于《小说新潮》连载《左近之怒》。

八月，于《知性》连载《真书太阁记》，未完。

十月，于《别册小说新潮》发表《通灵杀人事件》。

各地取材旅行。

**1955年（昭和三十年）/50岁（未满）**

二月十一日，前往高知取材旅行。十五日，回到东京。

十七日晨，突发脑出血，骤然离世。

二十一日，于东京青山殡仪馆举行了无宗教仪式的葬礼。

五月，百日法事，文坛相关人员到场约一百五十人。

**图书在版编目（CIP）数据**

时钟馆的秘密 /（日）坂口安吾著；杨明绮译. —杭州：浙江文艺出版社，2022.3

ISBN 978-7-5339-6662-1

Ⅰ. ①时… Ⅱ. ①坂… ②杨… Ⅲ. ①侦探小说-小说集-日本-现代 Ⅳ. ①I313.45

中国版本图书馆 CIP 数据核字（2021）第 219195 号

策　　划：邵　劼
责任编辑：邵　劼
营销编辑：王莎惠
封面设计：人马艺术设计·储平
责任印制：吴春娟

**时钟馆的秘密**
[日] 坂口安吾　著
杨明绮　译

**浙江文艺出版社　出版发行**
地址：杭州市体育场路 347 号　邮编：310006
经销：浙江省新华书店集团有限公司
印刷：浙江新华数码印务有限公司
开本：850 毫米×1168 毫米　1/32
字数：176 千字
印张：12.625
插页：6
版次：2022 年 3 月第 1 版
印次：2022 年 3 月第 1 次印刷
书号：ISBN 978-7-5339-6662-1
**定价：59.00 元**